“当代诗歌语言研究”系列之一

董迎春 著

“独自走上我的赤道”

海子“大诗”谫论

中国社会科学出版社

图书在版编目(CIP)数据

“独自走上我的赤道”:海子“大诗”谫论 / 董迎春著.—北京:
中国社会科学出版社, 2017.10
ISBN 978-7-5203-1074-1

Ⅰ.①独… Ⅱ.①董… Ⅲ.①海子-诗歌研究 Ⅳ.①I207.22

中国版本图书馆 CIP 数据核字(2017)第 238680 号

出 版 人 赵剑英
责任编辑 慈明亮
责任校对 杨 林
责任印制 戴 宽

出 版 中国社会科学出版社
社 址 北京鼓楼西大街甲 158 号
邮 编 100720
网 址 http://www.csspw.cn
发 行 部 010-84083685
门 市 部 010-84029450
经 销 新华书店及其他书店

印刷装订 北京君升印刷有限公司
版 次 2017 年 10 月第 1 版
印 次 2017 年 10 月第 1 次印刷

开 本 710×1000 1/16
印 张 18.75
插 页 2
字 数 239 千字
定 价 88.00 元

目　　录

下篇（1986—1988）

导　论

考察20世纪80年代，海子必然是一个不可回避的研究对象，无论其诗艺价值，还是后来的传播影响，都可看出海子的独特光芒。他虽一生短暂，但其作品却是当代文学最为重要的经典之一。随着《海子诗全编》及各种针对海子诗学研究的著作陆续出版，海子对于当代文学及文化的影响有目共睹。这种影响至今仍然在年青一代的文学心灵中产生着重要的“魔力”作用。

海子将自己的诗歌分为“小诗”与“大诗”两种。“小诗”主要是海子的抒情诗和纯诗，而“大诗”则是海子早、晚期不同阶段创作的长诗。本书着重探讨海子早期（1984—1985）、晚期（1986—1988）共十部长诗的写作。早期包括《河流》《但是水、水》《传说》；晚期包括《太阳·断头篇》《太阳·土地篇》《太阳·大扎撒》等以“太阳”为主题的七部长卷，其中有一些未完成。学界习惯将这七部长卷称为“太阳七部书”。

第一节　海子：文学符号/“大诗”谱系

海子的影响在其去世后日益显著。作为文本符号的“海子”，也成为20世纪90年代重要的诗歌符号之一，对90年代以来的诗歌写作产生了重要影响。

第一，作为经典作家的“文学符号”。

除了1993年上海三联书店出版了由西川主编的《海子诗全编》之外，1995年人民出版社“蓝星诗库”还出版了《海子的诗》，到目前为止，已出版的海子各种诗集不下十余种，在各类当代诗人排行榜中，海子多次入选并排名靠前。在第三代诗、后朦胧诗等多种诗歌选本中，海子都是经典推介对象。

20世纪90年代以来，除却公开出版的十余部海子研究专著，还有众多发表于网络上的相关论文。他的诗歌也纷纷被谱曲，每年各种各样的纪念活动，数量之多，令人感叹。还有学者建议将海子忌日定为“中国诗歌节”，可见，海子影响之广泛深远。

“海子诗歌”无疑是90年代以来的文学“经典”之一。“经典化不仅给人们文化上的满足，在这个意义漂浮的后现代社会，经典是自我认同的需要。作为社会人意义缺失，我们被原子化为孤独的人，就更依赖文化的符号组合关系。符号体系的组织，不是具体社会组织的抽象化表征，相反，是抽象社会关系的具体化。我们不知道如何把自己置于一个有意义的叙述之中。为了逃脱意义失落的空虚，我们不得不寻找替代叙述。经典由于其独特的文化意义，成为一个重要的替代叙述来源。”① 无论群选经典，还是学院经典，海子在当代诗歌经典中都占有重要位置，当然，这种经典地位，也离不开各种传媒，特别是网络的推动，“在后期现代社会中，媒体不是比喻，不是介质，而是一个组成原则，是社会机构的一个最重要部分：无怪乎媒体集中地体现了当今社

① 赵毅衡：《意不尽言——文学的形式—文化论》，南京大学出版社2009年版，第41页。

会的符号学困境”。[①] 因而，海子的经典化是一个由青年群体、学术精英、大众读者、媒介传播共同聚合和打造的文化符号，也彰显着他的文学价值与传播影响。

海子作为被选择的经典，已经成为一个时代的诗歌神话/文化符号。在精英文化范畴，对海子的认同代表着一种精神话语与传统态度，建构了从屈原至海子这个诗歌传统的连续性和传承性；就大众群体而言，海子的影响主要归功于媒体宣传与入选教材，这些途径扩大了海子在大众层面的文化影响，但该影响多少还停留在表面。海子从诗歌的写作能指层面逐渐演变为90年代以来的一个浮游在文学空间的文化所指符号，这里面显然是符号的意义在发挥作用：“符号是携带意义的感知：意义必须用符号才能表达，符号的用途是表达意义。”[②] 在某种程度上研究海子正是研究这个符号背后的意义问题，对意义的阐释，也会不断折射出90年代以来文化意识中存在的相关问题。

显然，海子及其诗歌研究，已经成为90年代以来当代诗歌写作与批评的重要对象之一，作为一个“文学符号”已初具神话效应。他的作品被不断认知，特别是关于“大诗”的价值也逐渐受到学术界重视。90年代以来，海子研究逐渐成为当代文学研究的“显学”。

根据“中国学术期刊网”数据不完全统计，将海子作为硕士、博士学位论文的研究有近百种。早在1997年，诗评家谭五昌就系统地将“海子论”作为自己的硕士学位论文加以研究。

2001年年初，燎原的传记《扑向太阳之豹·海子评传》[③] 的出

---

① 赵毅衡：《单轴人：后期现代的符号危机》，《学习与探索》2010年第4期。

② 赵毅衡：《符号学原理与推演》，南京大学出版社2011年版，第1页。

③ 2006年，海子研究专家燎原出版了《海子评传》修订本，补充了一些史料、修正了一些评述，本文引用相关文献主要以此为准。参见燎原《海子评传》，时代文艺出版社2006年版。

版，让公众更进一步地了解海子的生前逝后，无形加大了海子的传播与影响。与海子相关亦评亦传的“传记类”著作还包括：余徐刚的《诗歌英雄：海子传》[①]、边建松的《海子诗传：麦田上的光芒》[②]、高波的《解读海子》[③]、朱云乔的《面朝大海，春暖花开：海子传》[④]、李斯的《从明天起，做一个幸福的人：海子故事》[⑤]、李清秋的《没有任何夜晚能使我沉睡：海子诗传》[⑥]。此类研究者结合海子的人生经历与重要事件，就海子不同时期的重要作品分别加以鉴赏与点评，勾勒出一个极具抒情风格的海子形象。2009年，在海子去世二十周年之际，海子同乡金肽频编辑出版了四卷本的《海子纪念文集》[⑦]，分别为诗歌卷、散文卷、海子诗歌读本、评论卷。这部“丛书”的出版对海子的影响推助极大。

对于海子文学作品的艺术与思想价值的研究成果如下：金松林的《悲剧与超越——海子诗学新论》[⑧]、胡书庆的《大地情怀与形上诉求——对海子〈太阳〉七部书的阐释》[⑨]、赵晖的《海子，一个“80年代”文学镜像的生成》[⑩]、西渡的《壮烈风景：骆一禾论、骆一禾海子比较论》[⑪]，这些著作的陆续出版进一步深化了海子的诗歌研究，它们从文本与思想深处考察海子“抒情”肖像的另一“哲

① 余徐刚：《诗歌英雄：海子传》，江苏文艺出版社2004年版。

② 边建松：《海子诗传：麦田上的光芒》，江苏文艺出版社2010年版。

③ 高波：《解读海子》，云南人民出版社2003年版。

④ 朱云乔：《面朝大海，春暖花开：海子传》，中国华侨出版社2013年版。

⑤ 李斯：《从明天起，做一个幸福的人：海子故事》，现代出版社2014年版。

⑥ 李清秋：《没有任何夜晚能使我沉睡：海子诗传》，现代出版社2015年版。

⑦ 金肽频主编：《海子纪念文集》（诗歌卷、散文卷、海子诗歌读本、评论卷），合肥工业大学出版社2009年版。

⑧ 金松林：《悲剧与超越——海子诗学新论》，广西师范大学出版社2010年版。

⑨ 胡书庆：《大地情怀与形上诉求——对海子〈太阳〉七部书的阐释》，河南人民出版社2007年版。

⑩ 赵晖：《海子，一个“80年代”文学镜像的生成》，北京大学出版社2011年版。

⑪ 西渡：《壮烈风景：骆一禾论、骆一禾海子比较论》，中国社会科学出版社2012年版。

思”景观，慢慢深入到被学术界忽略的海子“大诗”研究（以胡书庆的《大地情怀与形上诉求——对海子〈太阳〉七部书的阐释》一书为代表），这些成果在以往海子抒情诗（纯诗、小诗）的研究基础上，开始向他更为丰富深刻的“大诗”推进，呈现出一位历史诗人和哲学诗人的精神实质与思想深度。

荷兰学者柯雷《精神与金钱时代的中国诗歌——从 1980 年代到 21 世纪初》[①] 以“文革”以来的中国当代诗歌为研究对象，深入考察了早期朦胧诗之后的先锋诗歌。此书第三章“‘死亡传记’和诗歌声音：海子”重点探讨了海子的诗歌及其价值，特别是长诗的潜在影响。美国学者奚密《现代汉诗——一九一七年以来的理论与实践》[②] 探讨了“意象，隐喻，跳跃性诗学”“传统与现代：创新的传承”等“现代汉诗”话题，指出了汉语诗歌的特征及当代诗人作品的价值，但未能对海子作品展开专门论述。美国学者 Lupke 的 *New Perspectives on Contemporary Poetry*[③]，对当代中国诗歌研究颇丰，也多有对海子作品进行分析，但此书更多的是从文化史的角度探讨当代诗歌的话语转型，除了对“朦胧诗”前后一些诗人介绍之外，并未能从汉语诗歌的诗性与隐喻性等诗歌本体维度挖掘更具意义的当代诗歌作品。90 年代后，海外汉学界则重点关注“知识分子”与“民间写作”及网络诗歌话语，并未指出海子的东方隐喻写作于当代诗歌书写的特殊作用。

第二，“大诗”谱系梳理。

---

① ［荷兰］柯雷：《精神与金钱时代的中国诗歌——从 1980 年代到 21 世纪初》，北京大学出版社 2017 年版。

② ［美］奚密：《现代汉诗——一九一七年以来的理论与实践》，上海三联书店 2008 年版。

③ Christopher Lupke, *New Perspectives on Contemporary Chinese Poetry*, Palgrave Macmillantm, 2008.

海子晚期的“太阳七部书”，走向了文学上的“晚期风格”①，这与许多文学大师的晚期写作极其相近，为当代文学留下了重要的思想遗产。

“大诗”，一般指印度古代文学中的长篇叙事诗，比如伽梨陀娑的《罗怙世系》和婆罗维的《野人和阿周那》等几部较早的作品，以及后来一些著名的长篇叙事诗，内容多取材于史诗传说，辞藻和描写颇为讲究，在梵文文学中影响很大。“古代印度大诗的显著叙事特征是叙事篇幅巨大，动辄上千颂；叙事结构复杂，环中生环。古代印度称一切原创性文艺作品为‘诗’（kāvya），在梵语文学史上，‘诗’泛指纯文学或者美文学，有‘大诗’（mahākāvya）和‘小诗’（khandakāvya）之分。”② “大诗”，既指偏重于叙事性质的长篇叙事诗，更体现为对世界观照的精神高度。中国当代的“大诗”写作主要集中于海子、骆一禾等第三代诗人的创作中，这些“思想性写作”是对“后朦胧诗”的超越与突破。

海子倡导“大诗”，不得不提起朦胧诗后期的“史诗”写作。海子毫不讳言他与杨炼、江河的关系。③ 由杨炼、江河等人的“现代史诗”书写，到昌耀与海子的“大诗”追求，其审美与文化的关注点已经由文化寻根走向了对人类心灵的勘探与追求。如此说来，“大诗”的意义就表现为对既有诗歌秩序与美学原则的“断裂”，这

---

① 参见杨有庆《作为一种批评概念的“晚期风格”——萨义德对身体状况和美学风格关系的思考》（《武汉理工大学学报》2010年第2期）。杨有庆认为，“晚期风格”作为萨义德晚年的重要批评概念，是其结合自身的死亡体验对诸多不同领域的、具有否定性的艺术家晚期作品自我放逐特征的概括，颠覆了艺术家会随着时间流逝而趋于平静的传统观念。“晚期风格”作为一种向死而生的美学类型，是艺术家在即将到来的死亡面前对时代的厌倦。这种厌倦与死亡体验使他们获得了某种成熟的主体性，用分裂、疏离、不协调和不妥协等格格不入的自我放逐姿态来深化死亡，但同时也在客观上使其晚期作品在语言和美学方面都具有新的风格特征。

② 蔡枫：《印度大诗的叙事特征》，《汉语言文学研究》2011年第1期。

③ 海子：《伟大的诗歌》，西川编《海子诗全编》，上海三联书店1997年版，第898页。本书所引海子诗歌皆出自此版本，不再标著者及编者，只标《海子诗全编》。

种“断裂”的话语实践，以一种积极的建构态度与实践精神，试图在新的文化语境中创造诗歌“神话”。

从杨炼、江河等具有文化寻根意识的史诗写作到“第三代诗”中极有影响的“新古典主义”“整体主义”等带有“史诗”性质的隐喻写作，最后发展为海子、骆一禾、昌耀等倡导与践行的“大诗”的话语实践，当代“长诗”写作由20世纪80年代初的转喻式文化寻根意义上的思考走向了隐喻、神话的思维与转义。

海子写道：“诗有两种：纯诗（小诗）和唯一的真诗（大诗），还有一些诗意状态。”[①]“我的诗歌理想是在中国成就一种伟大的集体的诗，我不想成为一个抒情诗人，或一位戏剧诗人，甚至不想成为一位史诗诗人，我只想融合中国的行动成就一种民族和人类结合，诗和真理结合的大诗。”[②] 昌耀在《昌耀的诗》后记中写道：“我是一个‘大诗歌观’的主张者与实行者。我并不强调诗的分行……也不认为诗定要分行，没有诗性的文字即便分行也未尝不配称作诗……诗美随物赋形不可伪造。”[③] 相对于昌耀，海子在“大诗”实践与理论的思考上，显得更为丰富与具体。

有关“大诗”的论述，在当代文学史上较少被关注，即使是专门的当代诗歌史也少有涉及。但是，80年代中晚期，海子、骆一禾等积极倡导“大诗”的理念与实践。这种诗歌写作标示了诗人的精神追求与书写高度，也表现出高度、难度写作的综合素养与哲理观照。

---

① 海子：《动作（〈太阳·断头篇〉）代后记》，《海子诗全篇》，上海三联书店1997年版，第888页。

② 引文见“海子简历”，《海子诗全编》。查看了海子的《诗学：一份提纲》《我所热爱的诗人——荷尔蒙尔德林》等诗学论文，都未发现海子此句原文，只有《诗学：一份提纲》中海子表达了近似诗学观点，此处“简历”中的引文疑为编者据海子主要诗学观点提炼而成。

③ 昌耀：《昌耀的诗》，人民文学出版社1998年版，第423页。

杨炼早在《智力的空间》中就对这种“综合素养”与“精神高度”提出要求：“智力的空间作为一种标准，将向诗提出：诗的质量不在于词的强度，而在于空间感的强度；不在于情绪的高低，而在于聚合复杂的智力高低。简单的诗是不存在的，只有从复杂提升到单纯的诗：对具体事物的分析和对整体的沉思，使感觉包含了思想的最大纵深，也在最丰富的思想枝头体现出像感觉一样的多重可能性。层次的发掘越充分，思想的意向越丰富，整体综合的程度越高，内部运动和外在宁静间张力越大，诗，越具有成为伟大作品的那些标志。”① 显然“大诗”是一种难度与高度兼备的写作，海子的“大诗”追求也意味着某种“伟大作品”诞生的可能。笔者综合学界论述海子作品中的“大诗”“大诗写作”“长诗写作”“大诗主义”等提法，将其统称为“大诗”。

我们统一称海子的“长诗”写作为“大诗”，一是它区别于传统或同期的长诗写作，渗透更多的文化与思想意蕴；二是海子所称的“大诗”，是一种创造性的、更具世界眼光的写作，其理念代表着一种诗歌精神，包蕴着诗人的历史担当与文化理想。

“大诗”研究专著方面的成果包括：胡书庆的《大地情怀与形上诉求——对海子〈太阳〉七部书的阐释》，该书以诗性语言探讨了海子晚期“太阳七部书”的写作，应该算是第一部系统探讨海子“大诗”的理论专著，它将海子研究从传统的“抒情诗”（小诗、纯诗）研究推向了“大诗”（长诗）的系统观照与反思。著者坦言：“我对诗人（海子）‘生命叙事’的一点解读终归带有较多的主观猜测成分，很难说真正触及了诗人的内在心理实质。”② 因为海

① 杨炼：《智力的空间》，谢冕、唐晓渡主编《磁场与魔方：新潮诗论卷》，北京师范大学出版社1993年版，第126页。

② 胡书庆：《大地情怀与形上诉求——对海子〈太阳〉七部书的阐释》，河南人民出版社2007年版，第7页。

子“大诗”的复杂性与未完成性，导致此类研究的艰难与滞后，尽管如此，这部著作仍是海子研究走向深入的一个重要“节点”。西渡的《壮烈风景：骆一禾论、骆一禾海子比较论》一书，上卷探讨了海子挚友骆一禾的长诗《世界的血》《大海》等，揭示其成长为天路英雄的精神历程，展示了其诗歌的“壮烈风景”。下卷则通过骆一禾、海子的比较研究，总结二者在艺术气质、精神构造、思维特征和诗歌理想方面“互文”相通的一面。“在写作意识上，他们都拒绝接受‘古典—现代—后现代’的线性文学史观，而共享着一种共时性的、统摄性的文学史观，这种文学史观使他们都表现出某种程度的反现代主义的倾向。在一个时间本身被价值化的时代，他们一起重新发现了浪漫主义的精神和美学价值，并以之作为诗歌写作最重要的精神根柢。”① 在此基础上，作者还指出了“中国诗坛长期以来把骆一禾、海子视为孪生之子的批评误读”，“研究海子创作的得与失，分析其非理性倾向在其诗歌写作中正、负两方面的作用，特别是其负面的作用”②。这些都为“当代诗歌写作与批评”提出了警示性意见。

根据“中国学术期刊网”所做筛选，较早以海子“大诗”作为写作现象与范式来探讨的论文，是笔者2005年发表的《面对大诗与疼痛的海子》③。2006年以后，海子“大诗”研究陆续出现在硕士学位论文及相关著述中。其中以张敏《“大诗”建筑的庙宇——海子诗歌的宗教精神》④ 为代表，他从海子的诗学观出发，挖掘其宗教精神的载体，即诗歌主体“王子”和诗歌本体“太阳”所包蕴

① 西渡：《壮烈风景：骆一禾论、骆一禾海子比较论》，中国社会科学出版社2012年版，第349页。

② 同上书，第353页。

③ 董迎春：《面对大诗与疼痛的海子》，《中学语文》2005年第1期。

④ 张敏：《“大诗”建筑的庙宇——海子诗歌的宗教精神》，硕士学位论文，西南交通大学，2006年。

的宗教精神。论者指出，海子的诗学理论是其独特的艺术创造，诗人在其中倾注了宗教式的狂热与迷恋。“太阳”是诗歌“王子”建筑的精神庙宇，这个神——日神并非某一个具体的人格神，不是上帝也不是梵，它只是海子宗教情怀的一种寄托。论者从海子的诗学观和作品论两部分展开对海子的“大诗”做了一次宗教精神的历险与探寻。除此，还有一些论著重点针对海子的“长诗”做出分析。比如，李永艳的《论“大诗”的理想及其幻灭》[①]，他以海子“大诗”为研究对象，分析其诗学理想的形成及失败原因，指出了由于诗人生命体验的缺少与对现实生活的脱离最终导致其长诗大厦的虚空与无法完成。笔者的《大诗写作：普世性写作》[②] 则梳理了20世纪80年代杨炼、江河等朦胧诗人的长诗写作对海子的影响，并重点指出“大诗”理念的形成不同于史诗、叙事诗的写作，它更强调东方哲学与文化抱负对人类思维的影响与可能。而对“大诗”精神的关注，则在邹建军《学院诗歌批评的建立与大诗的产生》[③] 一文中予以凸显，论者指出“诗是人类精神世界的一个窗口，更是一个民族灵魂的镜子”，他以痖弦《深渊》、洛夫《石室之死亡》等作为探讨对象，但此文并未提到海子、骆一禾，以及90年代昌耀等人倡导的“大诗”。2007年，青海诗人曹谁写作《大诗主义宣言》，跟西原、西棣等诗人共同发起大诗主义运动，创办民刊《大诗刊》，提出“大诗主义”的“三合主义”：合一天人，融合古今，合璧中西。另有理论著作《反大诗主义宣言》《大诗学》。[④] 他们对海子、昌耀等倡导的“大诗”观念进行学术梳理，认为其文本实践的理念与精神追求，可以说是“大诗”话语在21世纪“80后”诗歌中的

---

① 李永艳：《论“大诗”的理想及其幻灭》，《西北农业大学学报》2010年第1期。

② 董迎春：《大诗写作：普世性写作》，《广西民族大学学报》2011年第3期。

③ 邹建军：《学院诗歌批评的建立与大诗的产生》，《理论与创作》1994年第3期。

④ 曹谁：《大诗主义》，参见 http：//www. baike. com/wiki/大诗主义。

一种继续与传承。

诗人黄翔也有过“大诗”的提法，他的夫人秋雨潇兰曾在给笔者信中写道：

> 也无疑可以说：“对南方来说，黄翔主要是中国的；对中国来说，黄翔首先是世界的。”他的精神意识独具他那一代人罕见的东方人文特征和色彩（包括西方人文东方化），却不因“地域和种族”自我封闭。他的世界是敞开的，这是一个“自我本体的精神的宇宙”。
>
> 由于心性相通，我们共同认为：这个世界不应该是“贪欲”的、更不是当下中国的“贪官的世界”，而应该是属于诗、诗人和“诗化人生”的世界。两者相比较，21世纪当今一代新人究竟应该作何选择和选择什么?！一个民族是否只能纵容“人欲泛滥”却不能容忍东方“精神文化”有存身的一席之地?！
>
> 顺发给您几篇黄翔另一类型的“诗”——散文（他的鸿篇巨制式的“大说”也是“诗”、“大诗”）。[①]

可见，秋雨潇兰所提供的作品《在意大利的天空下》（《星辰起灭》上、下卷之一）、《绝对虚无》（《总是寂寞》之一）、《太阳从黄昏中升起》（《匹兹堡梦巢随笔》之一）、《叩击中国古老的门环》（《女性“精神肖像”系列之一》）、《缪斯之城依萨卡》（《星辰起灭》上、下卷之一）等，充满了诗人对自我和世界的深刻的在场体验，试图在超验、直觉的精神世界中勘探生命的奥秘与可能。这种当代诗歌隐喻与神话思维的写作传统，成为当代文学的一个重要精神来源。

海子、骆一禾、昌耀等诗人所坚守的“大诗”话语实践和诗意与

---

① 见笔者与黄翔夫人秋雨潇兰通信，2008年11月20日。

诗性本体精神，让诗歌回归到民族的文化与文学传统，回归大艺术、大生命、大世界、大灵魂的精神境界。海子与昌耀的写作情怀无疑开启了当代“大诗”的写作方向与思想追求，它既不同于西方现代哲学与理性诗歌，也不同于传统东方梵诗中的叙事写作，如海子所言，他们综合了这种种思想，站在人类的心灵和东方文化的高处，践行着“大诗”的理念与追求，使中国当代诗歌具备了某种与西方诗歌对话的品质与可能。“大诗”因此成为当代诗歌写作的一种尝试，并作为一种积极的思想力量推动了当代诗歌写作的历史进程。

显然，海子诗集的文学文本、研究的各种理论选本、专著理论选本、各种带有勘探和补遗性质的传记及评论文本的集结与出版，无疑推动了海子作为文学符号在学术界内外的影响，也加强了其在20世纪90年代以来的诗歌影响。当代诗歌除了“史”的文化意识与发展阶段的认知之外，在诗歌内部仍然有一条突破时代语境的发展线索，即走向语言本体意识的写作，海子的写作正是语言本体意识中的超验与感应的象征写作。这一点也是海子区别于其他长诗写作的价值与原因所在。

第二节 海子诗歌影响

1989年3月26日，海子卧轨自杀；他的非正常死亡，增加了他的神奇、神秘色彩。他的“祭诗”行径似乎吻合了80年代末文化上的“挽歌”特征——虚无意识，开始盛行。

20世纪80年代末诗歌发展到以诗人伊沙为代表的“反讽叙事”[①]，诗歌的娱乐化、游戏化现象越来越严重，话语转义中的“反

① 董迎春：《走向反讽叙事——20世纪80年代诗歌的符号学的研究》，苏州大学出版社2013年版，第200页。

讽”也发展到比较成熟的阶段。如果要突破“反讽”的语境论思维，就不得不重新进行轮回的话语转义，转向隐喻思维的诗歌话语。面对80年代末的反讽中心的写作趋势，海子迎难而上，不断走向隐喻话语的神话写作。

根据海登·怀特的“转义”理论，隐喻的诗歌对应着神话的写作，海子无疑走向了神话、神性的写作，他晚期的“太阳七部书”表现得最为典型与集中。20世纪80年代末，“第三代诗”中的部分写作表现为反神话、反隐喻的“口语写作”，以“反讽”话语为主，而海子的“大诗”显然淡化了“反讽”及其背后的“文化虚无”①，他要在民族与人类、诗与真理之间找到某种通道，这就不得不使海子必须要与当时盛行的“反讽”话语做抗争与疏离，在世风盛行的反神话、反隐喻的“口语”书写中重新找回神话的隐喻写作。海子不畏艰难、不顾世俗地进行着冲向隐喻的神话思维。时代意识因此无形地成为海子践行“大诗”理念的现实压力，海子似乎并未顺利完成这“太阳七部书”就过早离世，这不得不说是时代和文学的某种遗憾与损失。

但是，海子冲击神话写作的某种形象成为80年代的一个特殊的文化“符号”，正如有人指出：

> 作为一个标志性的文化符号，海子的诗歌风格、诗学抱负、诗人气质无疑是80年代文化精神极富症候性的呈现，此外，由于“诗人之死”在90年代以来的“文化共用空间”里不断地彰显出它强有力的后制效应，海子为人为诗的精神维度得到强调并被夸大，在幻影幢幢的“文化镜城”中，想象“海子”自

① 按海登·怀特话语转义理论，反讽的修辞策略背后的意识形态则对应着虚无主义，这就意味着话语必须进行隐喻转义，重新诞生新的神话，人类思维才有可能走出误区。

然成为想象“80 年代”的一种方式。[①]

虽然海子诗歌也有时代语言的局限，包括一些认知上的不当判断。但无论如何，海子已经变成一个诗艺和思想深处的写作典范与榜样，对 20 世纪 90 年代以来的许多青年诗人产生了不可或缺的精神影响。海子由此形成的“文化符号”与他的诗歌影响、力量一样，对同期的知识分子写作、神性写作等，产生了深远影响。

“向死而生”，是海德格尔提出一个思想观念，影响了西方现代哲学与文学的发展。这种思想路径，在创作态度上表现为对“虚无”的积极审视，通过诗性言说实现创作主体与受众读者的情感与思想共鸣。在西方，荷尔德林、里尔克、特拉克尔等诗人都是这类写作的代表，他们远离喧嚣，在孤寂中抚慰、反思自我，寻找生命突围的精神路径。在荷尔德林看来，“我寻寻觅觅，像磷火抓住一切，也为一切所慑服，但也仅仅在一瞬间，无济于事的力量徒然困倦。我处处感到不足，却不能找到目标”。[②] 荷尔德林对海子影响很大，“向死而生”的思想路径折射了西方现代性反思与技术统治论，也有助于探讨海子“大诗”的形成与影响。他们推崇的“诗性言说”的确为现代文明与多元思维提供了反思可能，海子的“大诗”自觉地践行着这个思想路径。可以说，以海子为代表的“大诗”实践维系了当代诗歌写作的高贵与尊严，也保护诗艺与诗思的本体回归。

海子的诗体意义与诗歌传统，对 90 年代以来的诗歌与文化产生了重要的影响，具体表现为以下三个方面：

第一，海子的孤寂诗书写强化了语言本体的诗学意识，并对 90 年代以来的诗歌书写产生启示。

---

① 赵晖：《海子，一个“80 年代”文学镜像的生成》，北京大学出版社 2011 年版，扉页。

② ［德］荷尔德林：《荷尔德林文集》，戴晖译，商务印书馆 2006 年版，第 12 页。

海子的探索无疑推动了90年代以来的长诗写作，他在语言本体与文化意识上的融合使“大诗”走向了诗与真理合一的境界，突破了时间与时代的文化语境的局限。“中国当前的诗，大都处于实验阶段，基本上还没有进入语言。我觉得，当前中国现代诗歌对意象的关注，损害甚至危及了她的语言要求。”① 在种种思想探索中，他同许多先辈诗人一样，陷溺于现实境遇的生活和内心压力的重重拷问之中，孤寂的生命状态，成为海子创作的内部动力，让他的诗歌成为某种富有质地与光晕的文化声音，“如此伟大的声音必须重新回到世道运转的交响曲中，并且更加宏大，这也是我在孤独的时光中的希望和意境”。②

海子也是当代“第三代”诗人中的一个极其重要的典范。“新的美学和新语言新诗的诞生不仅取决于感性的再造，还取决于意象与咏唱的合一。”③ “口语写作”的误区表现为对“想象力”与“审美”的放逐与背离，进而走向了另一种文化形式上的“犬儒主义”。但是，海子几乎没有受到“第三代诗”中“口语写作”影响，自觉远离了“反讽”话语的艺术表达技巧，在隐喻的、神性的思维中，创造当代文学史的诗歌神话。这样的诗歌态度，让海子深深扎进对语言的尝试与探索。因而，海子的语言是诗学意义上的与诗歌本体意识的写作，这对90年代以来的神性写作、大诗写作等诗歌群体产生了重要影响。

第二，以“太阳七部书”为代表的“大诗”探索，推动了90年代以来当代诗歌的长诗和史诗写作。

如同海子以身体走向宗教意义上的献祭，他正是通过这种神话、史诗中身体的血腥、壮观、破碎和悲剧呈现出其诗歌的精神含

① 海子：《日记》，《海子诗全编》，上海三联书店1997年版，第880页。

② ［德］荷尔德林：《荷尔德林文集》，戴晖译，商务印书馆2006年版，第59页。

③ 海子：《日记》，《海子诗全编》，上海三联书店1997年版，第880页。

量。他回避了当下物质化、消费性的“口语写作”，不断在人心与人性深处进行具有建构意义的“大诗”写作，揭橥文化中被日常性和消费化遮蔽的诗性与灵魂。

海子晚期的“太阳七部书”表现出他诗歌整体的精神实质及其对精神性、宗教性的关注，让“大诗”走向了民族与文化的灵魂深处，这对21世纪以来的“新死亡诗派”“神性写作”等史诗、长诗写作，产生了重要的文化影响。“大诗”的精神与灵魂，促使一批诗人在“文化虚无”的时代语境中对人类心灵的守望与守护，这无疑提升了当代诗歌的精神实质，使读者看到心灵深层的精英文化与思想情怀，对当下文艺复兴和文化重构有着重大的建设意义。

第三，以海子为代表的“大诗”理论与实践，对90年代文化产生了积极影响与探索可能。

20世纪90年代以来，走向了消费与物质的大众文化，其背后渗透着浓厚的“文化虚无”情绪，海子晚期“太阳七部书”，却呈现了另外一种审视“虚无”的生命路径，即“向死而生”的文化可能，这种生命路径蜕变成一种意识深处即摆脱“虚无”的思想方式。“你们感觉到它，你们却不能说起人的规定，你们这样全然为虚无所俘获。”[①] 海子的思想继承又不同于荷尔德林这类圣哲，他要面对、转化的正是这类先哲对生命的态度，最终实现“诗与真理、民族与人类合一”的“大诗”。

尽管，海子以隐喻、神话的思维搏击反讽的写作并未成功，但这种精英情结与文化理想，对21世纪以来的当代文学、文化与批评仍有其积极的建构价值，这种诗性言说对缮心养性的文化回归极具启示意义。

---

① ［德］荷尔德林：《荷尔德林文集》，戴晖译，商务印书馆2006年版，第42页。

第三节 “大诗”：未完成的志业

20世纪西方理论界加快了转义从修辞学层面向认知思维的转换速度，使之成为人文学科诸多领域考察历史和文化的新的认知视角。新历史主义理论家海登·怀特认为，隐喻、转喻、提喻和反讽这四种转义形式构成了一个思维认知的轮回。在海登·怀特看来，“反讽、转喻和提喻都是隐喻的不同类型，但是它们彼此区别，表现在它们对其意义的文字层面产生影响的种种还原或综合中，也通过它们在比喻层面上旨在说明的种种类型表现出来。隐喻根本上是表现式的，转喻是还原式的，提喻是综合式的，而反讽是否定式的”。[①] 尽管它们之间有着无法割舍的联系，但转义各形式之间的话语差异，也成为我们深度剖析时代、社会、文化、意识的有效的理论视角。“反讽则是辩证的，元分类的，自觉的；它的基本策略是词语误用，即用明显荒唐的比喻激发对事物性质或描写本身的不充足性的思考。”[②] 海登·怀特的话语转义理论，为探讨当代诗歌话语提供了重要的理论基础。

如上所述，海子要挑战和搏击反讽转义，并欲将其轮回到新的隐喻与提喻内涵，从而去探索和完成当代文化话语转义的另一种可能。“海子本人相当看重《太阳》的写作。他生前曾表示过他将给世界留下两部书，其中之一便是《太阳》。另一部则是他的自传。但他的自传我们永远也不会看到了。在他的遗稿中没有任何自传的

---

① ［美］海登·怀特：《元史学：十九世纪欧洲的历史想像》，陈新译，译林出版社2004年版，第44页。

② ［美］海登·怀特：《后现代历史叙事学》，陈永国、张万娟译，中国社会科学出版社2003年版，第8页。

章节。”[①] 80年代末的诗歌书写明显走向“口语”中心的叙事模式，特别是“反讽”的修辞策略逐渐成为诗歌书写最重要的精神指向。海子作为“第三代”诗人的代表，在这种反讽走向中心化、秩序化的诗歌整体写作氛围中，仍然坚持综合知性的思想性写作，其诗歌话语因此而体现出整体性的“提喻”特征。海子晚期将整个生命的能量用于“太阳七部书”的写作，并借用现代表现意识中的神话、梦呓、意识流、幻想等手法，勘探人类隐秘的精神世界，为当代诗歌贡献了另一种书写可能。

骆一禾在《海子诗全编》序中写道：“《七部书》的想象空间十分浩大，可以概括为东至太平洋沿岸，西至两河流域，分别以敦煌和金字塔为两极中心；北至蒙古大草原，南至印度次大陆，其中是以神话线索‘鲲（南）鹏（北）之变’贯穿的。这个史诗图景的提炼程度相当有魅力，令人感到数学之美的简赅。海子在这个图景上建立了支撑想象力和素材范围的原型谱，或者说象征体系的主轮廓（但不等于‘象征主义’），这典型地反映在《太阳·土地篇》（以《土地》为名散发过）里。在铸造了这些圆柱后，他在结构上借鉴了《圣经》的经验，包括伟大的主体史诗诗人如但丁和歌德、莎士比亚的经验。”[②] 这七部“大诗”构筑了海子的精神世界及抵达的思想极限。“这不同于体系型主神神话和史诗，波及到一神教和多神教曾指向的根本问题，这是他移向对印度大诗《摩诃婆罗多》及《罗摩衍那》经验的内在根源。那里，不断繁富的百科全书型史诗形态，提供了不同于体系性史诗、神话型态的可能。然而这和他另一种诗歌理想——把完形的、格式塔式造型赋予潜在精神、深渊本能和内心分裂主题——形成了根本冲突，他因而处于凡·高、尼

① 西川：《编后记》，《海子诗全编》，上海三联书店 1997 年版，第 932 页。

② 骆一禾：《海子生涯》，《海子诗全编》，上海三联书店 1997 年版，“序言”第 2 页。

采、荷尔德林式的精神境地：原始力量核心和垂直蒸晒。”[①]

海子的诗歌理想就是写作一种“伟大的诗歌”：“伟大的诗歌，不是感性的诗歌，也不是抒情的诗歌，不是原始材料的片段流动，而是主体人类在某一瞬间突入自身的宏伟——是主体人类在原始力量中的一次性诗歌行动。”[②] 海子要写的就是这样一种超越“民族与人类、诗与真理”的跨民族、具有普世性的终极之诗。

海子的理想、语言、审美、思想、精神关怀、终极思考，复杂地纠结在一起，从而体现出一种综合与超越的诗歌抱负。海子认为，“中国当前的诗，大都处于实验阶段，基本上还没有进入语言”[③]。著名学者王岳川认为，“目睹本真以后的个体跨越生存界限的选择，在界面的一端是诗国的辉煌——诗言思而思言道——对‘大诗’、‘大道’超越性领悟，在界面的另一端是生命处境的烦扰窘困”。[④] 海子与世俗生活做着艰难地抗争，他的“死”，被看作“20世纪末中国诗坛为精神而献身的象征”[⑤]。

“一切文学，余爱以血书者。”[⑥]王国维在《人间词话》论及李煜的词时，引用了尼采的这句话。李煜，亡国之君。王国维，国学大师。尼采，德国哲学巨人。时空交错恍惚中他们奇幻的身世和死亡构成了世界隐秘的一角，这一精神长廊里面还有荷尔德林、凡·高等，同他们一样，海子以他的非凡人生和当代诗歌的“神话”书写完成了对文学和艺术的虔诚坚守与忠实祭奠。

① 骆一禾：《海子生涯》，《海子诗全编》，上海三联书店1997年版，“序言”第3页。

② 《海子诗全编》，上海三联书店1997年版，第898页。

③ 同上书，第880页。

④ 王岳川：《中国镜像：90年代文化研究》，中央编译出版社2001年版，第221页。

⑤ 西川：《死亡后记》，《海子诗全编》，上海三联书店1997年版，第921页。

⑥ 王国维：《人间词话》，滕咸惠译评，吉林文史出版社2004年版，第30页。

上　　篇

（1984—1985）

第一章

《河流》："大诗"的端倪

海子研究及影响主要集中在海子的抒情诗（海子称为"小诗"），而海子的"大诗"研究一直未被学界重视，由此海子的"大诗"研究，对考察作为当代文学、当代诗歌的重要作家、诗人的海子具有重要意义，并逐渐成为文学史情结编织与重新认知的重要内容。海子的"大诗"写作是混沌而驳杂的，但其中恰恰渗透着海子不同于早期抒情诗"小诗"的观念。"小诗"偏向东方的、传统的、温和的、审美的抒情与追求，而"大诗"则偏向西方的、现代的、激烈的、哲理的人性关怀与反思，后者融注了极具现代视野的神话与哲学思维，是世界性文学在中国当代作家中的体现，如海子自己所追求的"大诗"就是"诗、哲学、宗教合一"的神性写作。

"所谓的文学史资料几乎没有触及创造诗歌的秘密。一切都在艺术家的内心进行，似乎我们在他的生活中可以观察到的一切事件，只对其中作品有着表面的影响。更重要的东西——缪斯女神的行为本身——与她的经历、生活方式、遭遇以及一切可以在一部传记中披露的事情无关。历史能够观察到的一切都是无意义的。"① 解析海子"大诗"，对于推动和深化海子的作家作品研究、诗学价值

---

① ［法］保罗·瓦莱里：《文艺杂谈》，段映虹译，百花文艺出版社 2002 年版，第 33 页。

与影响研究意义重大，也为重新审视海子的诗歌遗产提供了某种可能。尤其晚期“太阳七部书”较少被关注，也许由于其复杂性和残缺不全，再加上海子是一个极具世界眼光与现代象征主义的写作者，导致比史料梳理还要艰难的文本分析变得更难进入。因此，“太阳七部书”的晦涩与庞杂，正是海子晚期诗歌研究困境的关键原因所在。

研究海子晚期“大诗”，不得不梳理其早期“大诗”。从中可以清晰地展示海子诗学的形成过程及独特价值。海子的“大诗”创作主要集中于两个阶段：1984—1985 年、1987—1988 年。第一阶段包括：《河流》《传说》《但是水、水》三部。第二阶段，则是海子著名的“太阳七部书”写作时期，作品包括：《太阳·断头篇》《太阳·土地篇》《太阳·大扎撒》（残稿）《太阳，你是父亲的好女儿》《太阳·弑》《太阳·诗剧》《太阳·弥赛亚》。海子“大诗”主要形成于“太阳七部书”的创作阶段，但是探究早期的三部“大诗”有利于清晰地考察与梳理海子的诗学理论。

第一节　河流：“个人塑像”的诗意绵延

第一阶段（1984—1985）的《河流》是海子的第一部“大诗”，它是海子“大诗”与文化传统形成的一个思想根基，深入梳理“河流”的抒情话语，可以有效地认识一个纯净浪漫的抒情者的自我形象。“诗歌的话语不再仅仅对立于一般的语言，而且也有别于思想的语言。……语言便显示出它的全部重要性；语言成为本质的东西；语言作为本质的东西在说话，因此，赋予诗人的话语可称为本质的话语。”① “诗有两个邻居，一个是吟唱，一个是思想，作

① ［法］莫里斯·布朗肖：《文学空间》，顾嘉琛译，商务印书馆 2005 年版，第 23 页。

诗居于两者之间。"[①] 这种抒情话语建构了海子诗学的早期特征。同时，我们发现理解海子独特差异的诗学观念和文化语境，有助于考察其后期形成的"向死而生"的哲学思想的前期基础。

相对于海子其他"大诗"而言，《河流》的结构、思路显得清楚可见。全诗分为《春秋》《长路当歌》《北方》三个部分。

《春秋》包括："诞生""让我离开这里""水哟，你这带着泥沙的飞不起来的蓝色火舌""母亲的梦""回声"。该部分写了个人对传统、命运的当下思索，是生命的初始，亦是个人时间维度在历史面前的文化反思。诗人写道："我遇见历史和你/我是太阳，你就是白天/我是星星，你就是夜晚"[②]，"在一片空地之上/诞生了语言"，"让黑夜和白天的大脚/轮流踩上我的额头"，"诗人纷乱的心灵/我，预先替世界做出呼吸"，"其他的迷路人却把我当成了山口"，"我就居住在/冬天和春天之间/那几层黑土里/不必叫醒我"，"岸上/主人信步走去"，"我呼吸，我八面威风，我是回声/开窟为自己塑像"。

《长路当歌》包括："父亲""树根之河""来到南方的海边""舞"。从"母亲"写到"父亲"，"母亲"在海子诗歌里充当了母体文化的符号，而"父亲"形象则是海子自觉地将文化与生命意识从东方母体投向了西方宗教的文化意识的体现，其参与建构了海子诗歌的神学背景与宗教关怀，"而是因为你是一群缓缓移动的沉重的影子/我游着，那些叶片或迟或早在尖锐中冒出头来/像锐痛中的果实，像被撕裂的晚年"。而在"树根之河"中，海子写道："那些树根被早晨拎走了头颅，我摘下自己的头颅跟着他们走去"，"我在

① 戴晖：《译者序》，［德］荷尔德林：《荷尔德林文集》，戴晖译，商务印书馆 2006 年版，"译者序"第 2 页。

② 《海子诗全编》，上海三联书店 1997 年版，第 184 页。本章所引海子诗歌皆出自《河流》。

树根里把一条路当作另一条路来走，我在树根里碰翻了土地，甚至河流”，“树根”显然与“腐土”“哭泣”的生命河流联系在一起。“南方”是屈原的故乡，相对于粗犷、豪情的“北方”，她充满了东方的瑰丽与美学趣味，“母亲捧着水走过黄昏的风圈，爱人越缩越小，只能放进心里/一群牧羊人在羊群山苍凉的掩映下想起了南方和雨”。而“舞”，则是海子在洞穿了母体文化之后的一种精神涅槃、一种生命图腾的舞蹈，“你制造的器皿和梦的线条无一例外地泄露于大地上/你在土地上上抱着一块石头就像抱着你自己，再也离不开/那些离去的渐渐变成仇恨/一天又一天，太阳不足以充实你也不足以破坏你……春天战胜了法则，你踩着村庄走向比树和鸟还高的地方，走向比天还高的地方”。

《北方》包括：“圣地”“过去”“想起你的时候”“种子”“爱”“歌手”。这个结尾的处理，既吻合了海子早期柔和、东方、唯美、诗性的抒情主张与审美趣味，也表现出海子后期诗歌性格的美学倾向。“圣地”开始写道：“太阳痴长/于是更多了背叛和遗忘。”“过去”则是“在我醒来之前/一块巨大的石碑盖住喉咙/鲜血和最后的一口空气/只好在自己的心房里自己烂掉”。“想起你的时候”只有一句“想起你的时候”，既指个人生活的河流，也指生命意识不断绵延的精神长河。“种子”则是让“土地紧张地繁殖土地//让血乎乎的盾/被大把大把盐粒擦亮/挡住北方”。“爱”，让“人类委身于种子”“先知委身于大地”“渔夫委身于海岸”。“歌手”，“编钟”，“仿佛儿子拖回一捆捆粗硕的鱼骨和岸/仿佛女儿含海的螺号/在夜里神秘地发芽”。

在诗歌的艺术技巧与思想深度上，《河流》第三部分《北方》这一章节，似乎更体现了海子后期诗歌创作技艺的综合与思想深度。这一章节，诗人的存在体验似乎变得极为艰辛，如盘古开天、后羿射箭，又如敦煌壁画、龙门石窟，穿越历史与时间，揭示出人类生存的艰辛与诗意，"在作品中发挥作用的东西也几乎不露痕迹地显现出来，那就是在其存在中的存在者的开启，亦即真理之生发"。[①]含混复杂、雄浑瑰丽的河流意象，象征着海子个体体验的生命史的过程。

海子写道："我爬上岸/黑压压鸟群惊起，无处藏身/飞遍了/我的影子移动着，压住冰川/划过一道深深的水流/微弱的呼吸是音乐/割开溶洞，让我孤单地住在里面/我爬上岸/砸碎第一块石头"，"土陶吞下大鸟/吞下无边弧形的河床/地震把我的骨头唱断/唱断一节又一节"，"树枝哑笑了/日子像残红的果实撒了一地/未来沉下去只有文字痴长/太阳痴长/于是更多了背叛和遗忘/为什么一个人总有一条通往地下再不回头的路/为什么一支旧歌总守望故土落日捆住的地方"，"含泪大雁/背后是埋剑的山岭/山岭背后是三月/畦地的孩子们/要求自自然然地生长/每颗种子都是一座东方建筑/我要砸开他们的门/我要埋出清澈如梦的河流，黑松林和麦垅/山岭，三月五月的燕麦/倚剑而立"。这既是朴实的与河流相关元素的生命生长，亦是对精神背景的客观描述，"一部作品只有通过某种偶然事件将其抛出思想之外，才能离开一个如此具有反射性和富于回响的空间"[②]。它源于东方、生于北方，最终又指向差异的、生长的东方，指向具有独特精神性、建构性的生命反思与命运沉思，是对母体文化的反省与突围。

海子沉浸于汉语思维中的母语性与抒情性，传承诗歌传统中的语言意识、诗意话语，不断表现出通过诗学建构诗人"自己塑像"的雄心壮志："诗，说到底，就是寻找对实体的接触。这种对实体的意识和感觉，是史诗的最基本特质。当前，有一小批年轻的诗人开始走向我们民族的心灵深处，揭开黄色的皮肤，看一看古老的沉

① ［德］马丁·海德格尔：《林中路》，孙周兴译，上海译文出版社2004年版，第23页。

② ［法］保罗·瓦莱里：《文艺杂谈》，段映虹译，百花文艺出版社2002年版，第203页。

积着流水和暗红色血块的心脏，看一看河流的含沙量和冲击力。他们提出了警告，也提出了希望。虽然他们的诗带有比较文化的痕迹，但我们这个民族毕竟站起来歌唱自身了。我决心用自己的诗的方式加入这支队伍。我希望能找到对土地和河流——这些巨大物质实体的触摸方式。我开始时写过神话诗，《诗经》和《楚辞》像两条大河哺育了我。但神话的把握缺乏一种强烈的穿透性。”①

“语言不仅被体验为共享的东西，而且是受历史的重负压迫和腐化的东西。因此，对于每一个清醒的艺术家来说，艺术创作意味着需要处理两个可能相互冲突的意义领域，以及它们之间的关系。”② 这种“大诗”的理念与抱负，体现了写作者自我身份的责任担当与诗歌精神追求中的文化认同。“诗人的责任、工作和职能就是将它们展示出来并使它们运作起来。诗人于是致力于和献身于在语言中定义和创立一种语言；这个工作是长期、艰巨和棘手的，它要求思想具有最全面的素质，它永远不会完成，因为严格说来它永远不可能发生，这个工作试图建立一个人的话语，这个人要比任何真实的人在思想上更纯粹、更有力和更深刻，在生活中更激烈，在言语上更高雅和巧妙。”③《长流》是海子“大诗”的第一部作品，也是一个传统生发及思想渊源勘探与转化的过程，这个起点与自觉点燃了诗人的“大诗”火把——在燃烧自我中不断地冲击命运真相与艺术真谛。

“河流”提供了一种孕育与诞生的可能。“让我就在这时醒来/一手握着刀子/一手握着玉米”，这“河流”灌注万物，让诗意与生存发生关联，沉淀成人生的隐喻与象征，推促自我存在的形而上学的体验与沉思。海子写道：“颅骨里总有沉重的东西/在流动/流动/

① 《海子诗全编》，上海三联书店 1997 年版，第 869 页。

② ［美］苏珊·桑塔格：《沉默的美学》，黄梅等译，南海出版公司 2006 年版，第 60 页。

③ ［法］保罗·瓦莱里：《文艺杂谈》，段映虹译，百花文艺出版社 2002 年版，第 181 页。

人和水/相逢在尘土中/吸引着太阳和盐"，在"颅骨"深处牵引我们行动的仍旧是大脑，是理智，是诗歌能量，引导我们对"沉重的东西"的沉思，它们又如河水般涌现，闪烁和显示生命的光焰与质地，"人"因此在"河流"的凝视中获得了生命的启示，"人和水/相逢在尘土中//吸引着太阳和盐"，而"太阳和盐"则补充精神的钙质与能量，从而滋补着灵魂，生命由此显现出庄严与肃穆，"我突然被自己的声音激动"，"春天战胜了法则，你踩着村庄走向比树和鸟还高的地方，走向比天还高的地方"，河流，悠远流淌，永无疲倦，亘古不息，以真相与真理见证着生命哲学。同时，河流也包裹着疼痛、隐患，意味着苦难与困境，"你制造的器皿和梦的线条件无一例外地泄露于大地上/你在土地上抱着一块石头就像抱着你自己，再也离不开"，"在我醒来之前/一块巨大的石碑盖住喉咙/鲜血和最后一口空气/只好在心房里自己烂掉"，河流的宽广与涓涓不息消释了这种苦难与疼痛，并不断将其转化为内心的智慧与洞察，兑换成精神的资源与生命的呼吸。

"诗歌——在其之中，是诗人——就是这种向外部世界敞开的内在深处，向有生命之物无限保留地展开着，它就是世界"①，海子要索寻的便是一片如梦般迷幻、如水般净透的空灵之境："我是一条紫色的土地的鞭策/在日子深处隐现/我的眉心拧结着许多紫色的梦/世界像成群的水禽/踩上我的弓箭/大地在倾斜……就像越来越多的声音充满平原和山地/躲也躲不开/正在成熟的婴儿掉进我的血管/河岸的刀尖逼向一切"，"我"，充满了使命与责任感（"鞭策"），"在日子深处隐现/我的眉心拧结着许多紫色的梦/世界像成群的水禽"，身背"弓箭"，探索的是一条智慧与苦难的河流，至少不会轻松，"大地在倾斜……就像越来越多的声音充满平原和山地/躲也躲不开/正在成熟的婴儿掉进我的血管/河岸的刀尖逼向一切"，

① ［法］莫里斯·布朗肖：《文学空间》，顾嘉琛译，商务印书馆 2005 年版，第 158 页。

“我凝视/凝视每个人的眼睛/直到看清/彼此的深浊和苦痛/我知道我是河流/我知道我身上一半是血浆一半是沉沙”。海子经常通过抒情与质询直逼困境与苦难的真实人生，错落有致地形成层次与格局鲜明的歌唱风格，以艺术化的语言展示现实中无法容纳的生命体验与审美空间，“诗人纷乱的心灵/我，预先替世界做出呼吸”，“我呼吸，我八面威风，我是回声/开窟为自己塑像”，从而形成语言的刺点与疼痛，以此打开生命的智力空间与智慧之门，彰显出诗意生存的普世价值，不断抵达“大诗”的真相性、真理性。“真理生成的又一种方式是思想者的追问，这种作为存在之思的追问命名着大可追问的存在。”①

第二节 河流：流向精神的大河

《河流》的写作，仿佛一场逼真梦境，又是一种思想抱负，海子慢慢形成了他语言与思想兼备的瑰丽魔幻的独特风格，即通过超验的象征与通感写作打通了语言与存在之间的内心通道。“诗人是乐观的。他从语言内部寻找出路，他游戏于字形、字音、字义与书页的排版之间，像晶体一样，从限定的法则中造就全新的变幻的画面。”② 海子“大诗”将这种变幻、梦幻、魔幻推向了一个极致，这个理路在《河流》中得以丰富体现。

他写道：“梦想草原来的一匹小红马/像一把红色的勺子/伸向水面”，让不可触摸的“梦想”通过诗的形式“伸向水面”，展示出日常、命运的存在式、体验性的质询与沉思。“不只是因为家庭，

① ［德］马丁·海德格尔：《林中路》，孙周兴译，上海译文出版社2004年版，第49页。

② ［法］弗朗西斯·蓬热：《采取事物的立场·序》，徐爽译，上海人民出版社2009年版，第4页。

弟兄们才拉起手来/我在夜里变得如此焦躁，渴望星星划破皮肤，手指截成河流"，《河流》这部海子早期"大诗"，一开始就呈现了诗歌对生命哲理与艺术理想的极致探求，"河流"是水，是生存，亦是诗意、苦难，"一切回声/冰冷的回声……传说中的春秋/那些我大口大口吐出的鲜红的日子/也成为回声/当母马有孕时/它实际上还可以重活一次/你的背上月明星稀/你是我一切的心思/你是最靠近故乡的地方最靠近荣光的地方/最靠近胎房的地方"。"河流"，是海子古老不变的精神故乡，甚至是历史长河的生命象征，是"母亲"，这些精神背景，让诗人找到根的厚实与亲近，执着向前，坚定隐忍，"我只能趴在冬天的地上打听故乡的消息，屋后的坟场和那一年的大雪/有一行我的脚印/在永永远远的堆积、厚重、荣辱、脱皮、起飞的鸟和云，概括着一切的颤抖中/你是河流/我也是河流"，"你就是自己的父母，甚至死亡都仅仅是背景"，"你是一群缓缓移动的沉重的影子/我游着，那些叶片或迟或早在尖锐中冒出头来/像锐痛中的果实，像被撕裂的晚年"。精神背景，不仅是世界与他者，同时亦是融合的自我，"我"与"世界"的关系是"或此或彼"的纽带，海子诗歌的混乱与无序往往成就了书写的差异性与异质性，"你也该重新认识一下周围，花里盛着盏盏明亮的灯，叶里藏着刀"，这"周围"的存在：灯/刀（美好/险恶、纯粹/紊乱），"走向何方，树根，我不是没有遗失，我遗失的是空旷，你的一个月份/用一些鱼骨，用一些锚架，把春天砸开一个缺口/把剩下的碎片都扫进我的心"。"河流"，是一种精神返乡，亦是一种诗学远征。

海子的精神谱系，虽然从早期的《亚洲铜》《中国器乐》《木鱼儿》《东方山脉》等便一直关注民族的、东方的文化传统，但他也及时向西方现代诗歌、异域文化、哲学意识学习，后者反而成为海子诗学的精华与核心部分。海子"大诗"重点展现了海子"向死而生"的思想景观，这一点无疑是从东方迈向普世伦理与终极关怀的一个表征。“写作，就是去肯定有着诱惑力威胁的孤独。就是投身于时间不在场的冒险中去，在那里，永无止境的重新开始是主宰。就是从‘我’进入‘他’……写作，就是从魅力的角度来支配言语，并且通过言语，在言语之中同绝对领域保持接触，在这领域里，事物重新成为形象，在那里，形象，从对象的暗示成为对无形的暗示，成为当不再有世界，当尚未有世界时对存在着的东西的不透明和空无的敞开。”① 丰富的文化眼光与哲学关怀，让海子自然地形成了与同期其他作品不同的史诗性与宗教性合一的“大诗”追求。诗既是一种诗意思维，同时也是一种命运道说的路径，诗与哲学由此联结并展示了诗歌的无限可能与终极价值。

《河流》是海子的精神返乡，是海子“自我”与“世界”的心灵对话。“我”作为在场者、体验者，不断向大地发出诚挚地邀请，不断在与世界的联系中，探询“自我”的深度情感与真正面目，将个体的生命史的建构与时代有效地联结在一起。他写道：“我为你穿过一切，河流，大量流入原野的人群，我的根须往深里去/腐土睡在我的怀中，就那么坐成一个鼓凸的姿式，我在腰上系着盛水的红容器，人们称为果实/当你把春风排到体外你就会与一切汇合，你会在众人的呼息中呼息，甚至安眠/你把自己静静地放入人群，你在耳朵里把太阳听了个够，树根/你的厚厚的骨架在积雪的川地上，踏成季节，和以后的一切，爱或者恨/都重新开始，即使在麦地里永远有哭泣的声音传得很远，甚至在另一块麦地里都/能听到，树根，你身边或许就是河流/或许就是四季，或许就是你饲养的岁月一群，或许就是爱人，或许就是你自己的眼睛”，“没有人知道故乡的土地在道路和河流之下还有什么春天就在这时被我带来/三两个人拖着浓重的影子，举箭刺穿燃烧在荆棘丛中的一个声音/小兽们睁着眼睛，善良的星星和风暴预言的粗沙堆在离心很近的地方/

① ［法］莫里斯·布朗肖：《文学空间》，顾嘉琛译，商务印书馆2005年版，第16页。

垒住，泉涌如注，我扶膝而坐，倾听着花朵迁往苦难的远方/倾听着远方墙壁成长的声响，我粗大的手掌摸过城，在夜晚人们隔门相望/你是河流，你知道这一切//线条被撕开，零乱的掉在路上他们头也不回地走了"，"把脸当作翅膀，把脸挡住一切，一片长满黑漆漆树根的地方解决一切/我在枫木中伸直手掌/和送葬的人一同醒来，我的思绪烂在春花时刻，我坐在那里，一动不动"，在母体文化与异域文化碰撞之际，海子以东方诗人的直觉与对存在的大呼吸、大体验，建构着大我的生命诗学，完成了东、西方的文化对话、对接，他以东方诗人的直觉与诗性融合西方文化的反思性、存在式的体验来抵达他所追求的"大诗"境界。

第三节 早期"大诗"对晚期创作的影响

从生命诗学的角度去观照历史与建构诗学，作为海子的第一部"大诗"，《河流》不断将个人的抒情融注于知性的思考与思辨探求中，从个人的生活河流奔向精神大河。对海子进行文本细读和精神阐释，有助于区分海子早期"大诗"与晚期创作的关系，有助于梳理与考察海子的"大诗"观念的精神谱系，同样对当代诗歌史的"重新编织"具有不可或缺的重要意义。

第一，对东方民族、古典传统的学习构成海子精神谱系中的重要组成单元，这为海子晚期差异性、独特性的中西诗歌与现代意识的融合，提供了重要的审美趣味、哲学基础。

《河流》写了东方、大地、母亲、诞生，这一切似乎都与"河流"或者"河流"掩藏的生命秘密相关，这里有爱的温情，海子在《河流》中不断提到"爱人"："母亲捧着水走过黄昏的风圈，爱人越缩越小，只能放进心里/一群牧羊人在羊群山苍凉的掩映下想起了南方和雨”，“我也能筑起图案：笔直的鱼，一丛手指让海弯曲地折断/甚至牛望着星星坠进海里，爱人飞上天”，天真烂漫，童心无泯。同时也充溢着对东方的文化想象：“编钟如砾/在黄河畔我们坐下/伐木丁丁，大漠明驼，想起了长安月亮/人们说/那儿浸湿了歌声。”编钟、黄河、伐木、长安，都与古代中国的传统文化相关，这里面所表现出的海子对传统的尊重与传承，同时也变成一种想象经验与诗艺素养，引导着诗人对人心、人性的现代体验与文化探索。

《河流》里充满了这类传统的、东方的意象，比如：瓦盆、鸳鸯、鼓钹、陶罐、九歌、长安、村庄、鼓瑟、麦地……这些语词诗意地建构了诗人的心灵世界、最初经验和传统的文化视野与审美趣味。“诗歌就如一个浩瀚的词语大地，这些词语之间的关系、组合及能力，通过音、像和节拍的变动，在一个统一的和安全自主的空间里得以体现。这样，诗人把纯语言变为作品，而这作品中的语言回归到了它的本质。”① 可见，海子的早期“大诗”无疑在不断地学习《诗经》、屈原的抒情传统，并在表现的情感中不断呈现出对灵魂内部和心灵秘密的勘探与追寻。

第二，从对母语传统的传承与汲取中转向对西方哲学现代性的反思与质询，这为海子晚期“大诗”的转型提供了认识论与哲学基础。

他写道：“河流和月光溶解了头颅/我再也没有醒来/只有牙齿/种子/有节奏的摩擦、仇恨//含泪大雁/背后是埋剑的山岭”，这为海子后期形成反思性、宗教式的文化史诗提供了认识论意义上的转型基础与意识建构。“河流”无疑是中国传统文化不断流淌的血脉和历史的隐喻与象征，河流的绵延与西方现代话语的联结，奠定了“大诗”的基础。“在滴血的晚风中分娩//谷底走出一批湿漉漉的灵

① ［法］莫里斯·布朗肖：《文学空间》，顾嘉琛译，商务印书馆2005年版，第23页。

魂/向你索取通道"，"年轻的排着种子和钟的手掌/在雾中除了农具/谁也不认识/磨烂了/分出十指/峡谷和火堆洞穿你们发黑的眼眶/断岩层留下雷击的光芒/不断向以后开放/土陶吞下大鸟/吞下无边弧性的河床/地震把我的骨头唱断/唱断一节又一节"，诗里布满着万物复始，万物复苏的图腾与魔幻，最终抵达诗意的栖居与精神自由。"文学其实一直有对现实进行移置、调整、充满暗示地缩略、扩展性地魔魅化，使其成为一种内心表达之媒介、成为全体生命状态之象征的自由。"[①] 这种魔法与超验的感应与象征，成就了"大诗"的语言与思想的融并与光辉。

《河流》渗透着海子的传统文化趣味与抒情特征，但是在写作的诗与思的提升与探索过程中，海子逐渐意识到另一个即时的形而上学的体验和母语文化的会通与互渗关系，并开始隐约地不断转向生命的沉思、内心的质询。"艺术的权威、美、形式的力量和诗歌的效力，在一群人的思想上从来没有如此迫切地要成为一种内心生活的基本内容，这种内心生活我们完全可以称之为'神秘主义的'，因为有时它是自足的，它满足并支撑着不止一个人的心灵，如同某种确定的信仰。"[②] 东方文化的闲逸趣味、抒情特征渐渐和西方的反思文化与宗教情怀交融，诗人也由一般的、平常的抒情转向了对现代诗歌的内部、内心的命运关注与哲理沉思。该转型恰恰形成了海子"大诗"的文化抱负与终极信仰，使之自觉地与同期以"反讽"话语为特征的写作区分。"'诗'，我对我的事业十分确信地说，'是哲学这一科学的开端和结束。就像雅典娜跳出朱庇特的头颅，哲学源于诗这一无限的神性存在。并且这样源远流长直至结束又回到

① ［德］胡戈·弗里德里希：《现代诗歌的结构：19 世纪中期至 20 世纪中期的抒情诗》，李双志译，译林出版社 2010 年版，第 62 页。

② ［法］保罗·瓦莱里：《文艺杂谈》，段映虹译，百花文艺出版社 2002 年版，第 217 页。

诗，哲学的不可调和汇合到诗之神秘的源泉’。”① 诗歌事业在海子的生命意识中也逐渐变成了诗与艺术的本真、本体的坚定认同，它成为一种生命信仰，推动着他的晚期“大诗”风格的形成与建构。

第三，语言从诗的表达到诗的创造，语言与思想合二为一的诗歌创作意识的初步形成，“诗、哲学与宗教的合一”的“大诗”写作由此呈现。

海子在与“河流”的对话与抒情中慢慢呈现出思辨与知性倾向，语言与思想互为表现，不断从体验式的直觉转向认识论与语言合一的现代诗写。“惟语言才使存在者作为存在者进入敞开领域之中。在没有语言的地方，比如，在石头、植物和动物的存在中，便没有存在者的任何敞开性，因而也没有不存在者和虚实的任何敞开性。”②

河流，是浇灌生命的源泉，也是融留与沉思的精神象征。“有一种思想叫做诗歌思想。它不同于掩藏起个人面孔的、以逻辑为工具的、以现成概念为依靠的思想；诗歌思想建立在观察、体验和想象之上，它包容矛盾、悖论、裂罅、冲突、纠缠与妥协。矛盾修辞，既是我们的现实，也是我们的语言，也是使我们的思想不得不独特的因素。”③ 河流是生命之流，意识之流，文化之流，哲学之流，更是考察人心与人性的现代语境。“在一片空地之上/诞生了语言和红润的花草，溪水流连”，在语言的意识流动中，我们倾听着“溪水”涌现的节奏与智慧，这片“空地/诞生了语言”，也诞生了诗的艺术。“语言本身就是根本意义上的诗。但由于语言是存在者之为存在者对人来说向来首先得以完全展开出来的那种生发，所以，诗歌，即狭义上的诗，才是根本意义上最原始的诗。语言是

---

① ［德］荷尔德林：《荷尔德林文集》，戴晖译，商务印书馆 2006 年版，第 77 页。

② ［德］马丁·海德格尔：《林中路》，孙周兴译，上海译文出版社 2004 年版，第 61 页。

③ 西川：《大河拐大弯·序》，北京大学出版社 2012 年版，第 3 页。

诗，不是因为语言是原始诗歌（Urpoesie），不如说，诗歌在语言中发生，因为语言保存着诗的原始本质。"[①] 在虚（"语言"）、实（"空地""花草""溪水"）之间，海子以他天赋与直觉的修辞能力，创造着具有独特情感经验与魔幻特征的话语，形成了诗的语境与张力，诗意而空灵。同时，这些哲学式的追求与苦难体验，让海子获得了某种宗教殉道般的特质与气场。"大诗"因此表现出与当代诗歌不同的精神格局与书写景观。

第四，诗意绵延：从长诗写作转向"大诗"情结。

"河流"除温情、柔美之外，也时刻紧张、艰深，诗人通过对历史、文化、生命、艺术的多角度审视，让读者接近了一部生命孕育、诞生、成长、死亡之诗。"诗歌成为了一种行为，它非常孤独地将自己的梦幻游戏和魔力音调投入一个被摧毁的世界。它在最后一个意义层面上所表述出的，是抽象的角色和张力，是无法穷尽的多义性。"[②] 这些体验都在"河流"深刻地审视中获得了文化的认同和建构。"我便是诗人/行吟/马蹄踏踏，青草掩面/牧羊老人击栅栏而泣/枫叶垂望墓地/只有火光在鼓面上越烧/越寂寞/不该死的就不会死去/平原/爬满了花朵和青蛙化石"，"一层水使我沉默多年/阡陌上/人们如歌如泣/人们撕下泥土/人们凿井而饮/狠狠地在我身上抠了几只眼/让你痛苦地醒来"，他们最终都变成"歌手"，"编钟如砾/在黄河畔我们坐下/伐木丁丁，大漠明驼，想起了长安月亮/人们说/那儿浸湿了歌声"，"歌声/就是你们身上刚刚抽出的枝条"，"于是人类委身于种子/于是先知委身于大地"，大地，是文化的归宿，是灵魂寻求家园的最初原因与理想居所。"诗歌所表现的是一个复合的灵魂。包括我们的人格、个性在内，我们身上的一切都不

---

① ［德］马丁·海德格尔：《林中路》，孙周兴译，上海译文出版社 2004 年版，第 62 页。

② ［德］胡戈·弗里德里希：《现代诗歌的结构：19 世纪中期至 20 世纪中期的抒情诗》，李双志译，译林出版社 2010 年版，第 115 页。

是凭空来的。我们的灵魂的力量来自无数世代的千百个比我们更优秀的灵魂。我们身上的每一个进步都得自他们的祝福。因此，一个诗人应该自觉地、不断地从古往今来的那些不朽的灵魂那里汲取精神的力量，来不断地充实自己、丰富自己。”[①] 海子挑战了同时代以“反讽叙事”为话语为特征的转喻写作，同时也挑战传统与自我，要创造出“融合中国的行动成就一种民族和人类的结合，诗和真理合一的大诗”[②]。而晚期的“太阳七部书”则是“大诗”的具体呈现，它们离不开海子早期“大诗”的探索与练习。海子晚期诗歌必然也指向了艺术上晚期风格的超越与成熟，“晚期风格是内在的，但却奇怪地远离了现存。唯有某些极为关注自己职业的艺术家和思想家才相信，它过于老迈，必须带着衰退的感受和记忆来面对死亡”。[③]

海子的《河流》等早期三部“大诗”的写作既是对“长诗”本身的突破，也是对自我、人类思维的精神探险，《河流》及后来作品慢慢形成了海子所倡导的“大诗”的独特与差异签名。正是这种自我塑型，让海子的创作呈现出文学书写的当代性，并使海子成为跨越时空且具独特贡献的汉语诗人。

海子早期《河流》等三部“大诗”的写作，也可以看出模仿、抒情、传统、东方元素，而晚期“大诗”则是差异、哲理、反思与综合，早期的“大诗”写作既是探索，也奠定了晚期以“太阳七部书”为代表的“大诗写作”的精神基础。研究“太阳七部书”具有深远意义：“‘太阳七部书’是中国诗歌史上一份独特的精神和文本建制。它是海子彻底深入生命内部和诗歌内部后所留下来的生命

① 西渡：《灵魂的未来》，河南大学出版社 2009 年版，第 245 页。

② 海子：《个人简介》，《海子诗全编》，上海三联书店 1997 年版，扉页。

③ ［美］爱德华·W. 萨义德：《论晚期风格——反本质的音乐与文学》，阎嘉译，生活·读书·新知三联书店 2009 年版，第 22 页。

体验和精神体验记录。它是在心灵的基点说出的透明、洁净的灵魂话语，是对人的生命存在根本处境的觉醒与道说，是人类精神苦难的本质表达。"① 研究早期《河流》等"大诗"也同样重要，它们有助于我们认识海子诗学的整体面貌与思想来源。海子的《河流》无疑是个人的生命探索，是对中国传统的、民族的经验和文学传统展开形而上的沉思，同时深挖意识内部隐秘的、幽暗的精密世界。"诗人不是作为私人化的人参与自己的构造物，而是作为进行诗歌创作的智慧、作为语言的操纵者、作为艺术家来参与的，这样的艺术家在任意一个其自身已有意味的材料上验证着自己的改造力量，也即专制性幻想或者超现实的观看方式。"② 大地与世界的关系与纽带，在海子的《河流》中隐有呈现，使作品不断从抒情的力量转向内心的力量，并为生命意识的觉醒提供了某种可能。同时，对人类的苦难、人的局限也有所涉及和体验。

海子第一部"大诗"《河流》既是对个人生命体验融注历史的感知、审美，也是诗人突破时间、历史的维度展现生命的形而上学的追问。"河流"中渗透着传统、东方的美学体验，也同时开始吸收借鉴西方的知性、宗教意识，这为他后来所形成的跨越东西方文化经验、跨越民族与人类、诗与真理相结合的"大诗"写作奠定了基础，同时也进行了初步而有效地探索与话语实践。

---

① 胡书庆：《大地情怀与形上诉求》，河南人民出版社 2007 年版，第 9 页。

② ［德］胡戈·弗里德里希：《现代诗歌的结构：19 世纪中期至 20 世纪中期的抒情诗》，李双志译，译林出版社 2010 年版，第 3 页。

第二章

《传说》：从传统走向现代

《传说》是海子早期阶段（1984—1985）的第二部“大诗”，在海子早、晚期十部“大诗”中显得尤为重要。海子晚期“太阳七部书”的完成，离不开早期几部既有鲜明的抒情思辨话语特征，也有丰赡辽阔的气势和格局的史诗写作的探索与实践。海子自觉地对中国传统的母语文化，特别是以道家文化为代表的东方美学的主体认同，是海子的“大诗”有别于印度“大诗”、西方史诗的思想基础。

第一节　《传说》的结构

《传说》全诗分为六个章节，具体包括：“老人们”“民族歌谣”“平常人诞生的故乡”“沉思的中国门”“复活之一：河水初次带来的孩子”“复活之二：黑色的复活”。其中四个篇章的下面都引用了中国古典诗文，它们分别是“白日落西海”（李白）、“行到水穷处/坐看云起时”（王维）、“天长地久”（老子）、“静而圣/动而王”（庄子）、“有客有客”（《周颂》）、“大鸟何鸣”（《天问》）。稍加细察，不难发现，这些带有文化情结与传统认同的“互文性”

引言也从另一个角度说明了海子对东方文化的倾心关注。相对于儒家经世致用的外在礼仪规范，以闲情逸致与生命哲学为特征的道家文化和诗文更好地反映出东方美学的意境趣味与美学主张，它们有效地与生命态度结合，反映了中华传统文化以及诗文中嵌注的闲逸、洒脱的文人意识，这种带有牧歌民谣风格的古典文学也从另一层面展示了诗人对当下文化语境的觉醒意识与疏离态度，时刻显示出诗人焦虑的反思型现代意识。

长诗《传说》的副标题写着“献给中国大地上为史诗而努力的人们”，诗人从长诗开始便自觉地履行迎难而上的精神求索并在“大诗”方面做出某种积极的“努力”。

在第一章“老人们”中，海子太多次地写到“告别”：“黄昏，盆地漏出的箫声/在老人的衣袂上/寻找一块岸//向你告别”①，“再一次向你告别/发现那么多布满原野的小斑/秦岭上的大风和茅草/趴在老人的脊背上/我终于没能弄清/肉体是一个谜”，“向你告别/没有一只鸟划破坟村的波浪/没有一场舞蹈能完成顿悟/太阳总不肯原谅我们/日子总不肯原谅我们/墙壁赶在复活之前解释一切/中国的负重的牛/就这样留下记忆/向你告别/到一个背风的地方/去和沉默者交谈/请你把手伸进我的眼睛里/摸出青铜和小麦/兵马俑说出很久以前的密语”，“向你告别/我在沙里/为自己和未来的昆虫寻找文字……用你们乌黑的种子填入/谷仓立在田野上/不需要抬头/手伸出就结了叶子/甚至不需要告别/不需要埋葬”，这种“告别”不是断裂，而是延续，这是“根”，是文化之根，生命之根。“老人啊，你们依然活着/要继续活下去/一支总要落下的花/向下扎/两枝就会延伸为根”，“老人”意味着一种“传说”，也标显着一种“传统”。“老人”，既是传奇，也是影响；既是过去与沉思，也是未来

① 《海子诗全编》，上海三联书店 1997 年版，第 206 页。本章所引海子诗歌皆出自《传说》。

与可能。海子迷恋“水”的世界，以水隐喻东方文明。他在诗中呈现了种种关于东方的“传说”，但是诗人也对这种“传说”中的精神背景保持着警惕与不断地质询。这是《传说》的“混沌”世界，本身就意味着海子与所处的文化语境无法割裂的精神传承与思想纽带。其中的依恋与认同，也折射出海子灵魂深处的不安与焦虑。

在第二章“民间歌谣”这种暧昧、混沌的生命意识中，海子再次扎进自身的传统，进行某种清醒的追问与心灵追忆。

在《传说》中，海子写到了“歌谣”。东方的歌谣，歌唱着北方，“北方的七座山上/有我们的墓画和自尊心/农业只有胜利”，北方是诞生地，它推动了诗人心灵内在化的过程。北方亦是传统、传说，“平原上的植物是三尺长的传说/果实滚到/大喜大悲/那秦腔，那唢呐/像谷地里乍起的风/想起了从前……/人间的道理/父母的道理/使我们无端地想哭/月亮与我们空洞地神交/太阳长久地熏黑额壁/女人和孩子伸出的手/都是歌谣，民间歌谣啊/十支难忍的神箭/在袖口下/平静地长成/没有一位牧人不在夜晚瘦成孤单的树”，东方的“民谣”滑过广袤、低沉的北方，滑过无限与无终的内心，诗人充当了“牧人”，时而平静，时而“无端地想哭”去面对“人间的道理/父母的道理”，最终要实现的图景还是：“我把众人撞沉在永恒之河中”，“泡在古老的油里/根是一盏最黑最明的灯/我坐着/坐在自己简朴的愿望里/喝水的动作/唱歌的动作/在移动和传播中逐渐神圣/成为永不叙说的业绩/穷人轮流替我抚养儿女/石匠们沿着河岸/立起洞窟/一尊尊幸福的真身哪/我们同住在民间的天空下/歌谣的天空下”。

第二章，海子不断写到秦腔、唢呐、歌谣、庙宇、编钟、炕头、洞窟等具有中华民族、民间特色的北方意象，由此可见，海子的精神血脉无法与中华传统割裂，他的潜意识中涌动着民族、传统的气象与文脉。诗人此刻对传说、传统做出心灵的诉求与逼问，同时作为一个精神向导不断引领“我们”质询、探索，他写道：“编钟，闪过密林的船桅/又一次/我把众人撞沉在永恒之河中”，这是一种否定性的生活经验与情感经历，同时也为诗人自我的精神提升和生长提供了经验与基础。

第三章“平常人诞生的故乡”写了海子的理想家园（“故乡”），这是指他个人的精神故乡，也是他反思传统与文化的思想家园。他写道：“北方的七座山上/有我们的墓画和自尊心”，“饥荒，日蚀，异人/一次次把你的面孔照亮”，“城门上/刻着一对双生子的故事”，“人们走向越来越坦然的谈话/兄弟们在我来临的道路上成婚”，“望望西边/森林是雨水的演奏者/太阳是高大的民间老人”，“有人骑鹤奔野山林而去”，“那是叔叔和弟弟的故乡”，这种带有传说、谣曲味道的追忆，同样布满了海子式的忧郁与虚无，他反复用到“掩埋”“粘血”“长眠”“荆棘”“迷失”“严冬”“颤抖”“孤岛”“葬”等相关否定性情绪与经验的意象，这既反映了海子对传统的纠结和撕裂的感受与处理，同时也反映出西方文化与现代哲学的虚无意识对海子诗歌的影响。这就不得不使海子必须在追问传统中融注西方文化经验与现代文学视野，不断为晚期以“太阳七部书”为主的“大诗”打下重要的哲学基础。

第四章“沉思的中国门”，写了诗人对“传说”思考之后再次反思中国文化的出路，与诗人所处的文化传统相连，也与现实境遇中的苦难相连，海子既是“传说”中的叙述、抒情主角，同时也成为间接的全能“声音”，慢慢形成了海子诗歌的大气与深刻，也预示了海子晚期“大诗”与其密切关联。“不知是谁/把我们命名为淡忘的人/我们却把他永久地挂在心上/在困苦中/和困苦保持一段距离”，“我们在心上铸造了铜鼎/我们造成了一次永久的失误”，“他从印度背来经书/九层天空下/大佛泥胎的手”，但是，“中国的沉思是另一扇门”，“在歌唱/其实是沉默/沉默打在嘴唇上/明年长出更多的沉默”，海子思考的“他”无疑是一个全能的上帝，至少可以说是一个至上至高的精神主体，诗人在《传说》中向我们展现的海子精神谱系的建构已初具成形，而这种种“沉思”指向了海子与其他诗人不同的精神背景。经由“沉思的中国门”，诗人慢慢完成了与西方文化和现代哲学的对话。

第五章“复活之一：河水初次带来的孩子”。海子引用了《周颂》“有客有客”，欢迎远方来客的唱词。这里诗人要欢迎的正是一种现代文化的到来，相对农耕文化和农业文明，海子有意识地将视角投向了西方文化和现代文明。“他们没有拥抱/没有产生带血的嘴唇/他们不去碰道路”，“母亲生我在乡下的沟地里/黑惨惨的泥土/一面瞅着我的来临/一面忧伤地想到从前的人们/那些生活在黑暗的岸上的人们/而以后是一次又一次血孕”，“又一次回到黄昏/经受整个夜晚/扑倒在腥红阴郁的泥地上/这毕竟是唯一的结果/第一次传说强大得使我们在早晨沉沉睡去/第二次传说将迫得我们在夜晚早早醒来//这是闯进的宿鸟/这是永生的黑家伙”，“道路”“血孕”“夜晚”“黑家伙”，这些经验暂时从传统中游离，不断向西方文化、现代哲学靠近。“那就让我们来吧”，这是母语文化的首次裂变，是对华夏文化的某种现代启示，其中既浸淫着传统的血脉，也接受西方文化语境的外来影响，这两种磁场与思维完全不同的文化形态不断地碰撞与融合，形成了“沉思的中国门”的出路。

第六章“复活之二：黑色的复活”，讲述了“复活”与“黑暗”内部的“秘密”成长。第五章已经涉及西方的审美、宗教经验，它们构成海子诗学的现代情结和精神资源。最后文化的“传说”蜕变为精神的“复活”。海子写道：“大黑光不是白天诞生/也不是一堆堆死去的蜡烛头/他们哑笑着熄灭：/熄灭有什么不好”，这种投向火焰的献祭精神与后期的“太阳七部书”中所构建的“大诗”精神有了直接的联系。“不要问那第二次复活”，“胳膊上晒着潮湿的土地/烧毁云朵/烧毁/我们在黑雨中静静长起”，“东方之河/是流泪的母马/荒野冷漠的头颅/不断被亲吻和打湿”，“我有三次受难的光辉/月亮的脚印/在湖面上/呕吐出神秘的黑帆/呕吐出大部分生命”，“火”，“火啊，你是穷人的孩子/穷是一种童贞/大黑光啊，粗壮的少女/为何不露出笑容”，“火不比我们更快地到达圆周之岸/谁能说出黑腥的血是我们又一次不祥的开放/只有黑土承认/承认他有唯一的名字，受难的名字/秘密的名字/黑土就是我们自己/走完五千年的浅水/空地上/黑色的人正在燃烧”，“有火/屈原就能遮住月亮/柴堆积如山下叫嚣的/火 火 火/只有灰，只有火，只有灰/一层母亲/一层灰/一层火”。海子的“大诗”《河流》基本上就可以洞悉出他后来在诗学上所选择的“大诗”情结了，而《传说》则将这种“大诗”从东方文化与抒情风格转向了带有终极与反思意味的“黑暗”背景，一种献祭的、激烈的、密集的、浓厚的燃烧热情推动着海子向精神大河不断地迈进。海子写道：“飞是不可超越的。飞行不是体力和智力所能解决的。它是一次奇迹。如果跨入鸟的行列，你会感到寂寞的。你的心脏在温乎乎的羽毛下伸缩着。你的心脏不是为防范而是为飞行所生。地上的枪口很容易对准你。在那蓝得伤心的天幕上，你飞着，胸脯里装着吞下去的种籽，飞着，寂寞，酸楚，甚至带着对凡俗的仇恨。”①从《传说》中表现的“飞”的价值与立场，变成一种迫切的现代思维与文化情结，导向海子对文化内部以及所孕育的可能的形而上学的思想激情与理想抱负。“一首诗可以是一个真理，它如此宽容，以至于我们可以在它提供的人性百态中想象我们自身。一首诗是这样的一个场所，超越的和内在的状态在那里变得可以触知，而想象就是去感受那些可能的东西。它让我们去享有我们因为奔波劳碌而没有过上的生活。更具有悖论意味的是，诗允许我们活在我们自身之中，仿佛我们刚好在自

① 《海子诗全编》，上海三联书店 1997 年版，第 871 页。

己能把握的范围之外。”[①] 他不断反思母语文化、东方文明的局限，积极热烈地冲刺现代诗歌的表现可能与对终极命运的关怀，在20世纪80年代一个整体的思想氛围与转型时期，完成对河流文明的现代反思与精神突围。

第二节 《传说》的精神意蕴

《传说》既体现了海子早期诗歌的抒情和对传统文化的传承的关系，同时也在精神气质上也愈加接近他晚期“太阳七部书”的“大诗”风格。比如出现了“太阳”“火”“斧头”“头颅”等相关意象，完全突破了东方牧歌与谣曲的农业抒情模式，而是从神话与哲学深处体现了“人”的存在与文化突围的形而上学的追问。这些源于现代诗歌丰富的撕裂和混沌的现代意象组合成海子“大诗”独特的灵魂质地与宗教氛围。

正如后来海子所写道：“史诗是一种明澈的客观。在他身上，心灵矫揉夸张的翅膀已蜕去，只剩下肩胛骨上的结疤和一双大脚。走向他，走向地层和实体，这是一项艰难的任务，就像通常所说的那样——就从这里开始吧。”[②]《传说》的史诗化写作，无疑既是一次向传统致敬的精神练习，同时也隐含着深刻的文化焦虑与对人性、人心的终极追问。

第一，传统的母语文化是《传说》重要的精神思想资源，特别是海子早期阶段的审美趣味和东方体验不自觉地吻合了道家文化传统。

---

① ［美］哈罗德·布鲁姆等：《读诗的艺术》，王敖译，南京大学出版社2010年版，第306页。

② 《海子诗全编》，上海三联书店1997年版，第874—875页。

如前所述，海子对母语文化中的道家文化有着深切的认同，他多次引用庄子式的语录："天长地久""静而圣/动而王"。从《传说》开始，海子更加关注中华文化中的道家文化，这种文化也代表了东方独特的观照世界的经验与思维方式，渗透了东方人对天、地、神、人的审美态度与文化关怀。海子在《传说》的第二章"民间歌谣"引用王维的"行到水穷处，坐看云起时"，可见，中华文化中的道、禅思想也开始参与建构海子精神与心灵成长的思想源泉。海子写道："我们从哪儿来？我们往何处去？我们是谁？一只红色的月亮和一两件手掌嘴唇磨得油亮的乐器，伴随着我们横过夜晚。那只红月亮就像一块巨大的抹不掉的胎记。"①这种文化的"胎记"，也是一种影响与焦虑，可见他的诗学建构的确与母语文化传统和源泉密切相关。

第二，不自觉地汲取西方文化史诗的叙事长处、神话传统，让早期诗歌不断融注现代思维和世界经验，完成与西方文化的有效关联、对接。

《传说》在"第二次复活"中最终指向了"火"的图腾，而火与"太阳"、西方文化的基督教的殉道文化有着某种微妙的关联。"生命力的原初面孔显现了。它是无节制的、扭曲的（不如说是正常的），像黑夜里月亮、水、情欲和丧歌的沉痛的声音。这个时候，诗就是在不停地走动着和歌唱的语言。生命的火舌和舞蹈俯身于每一个躯体之上。火，呼的一下烧了起来。"②"火"是一种受难的献祭与激情，意味着某种热烈与赤诚，也代表着牺牲与救赎。"我们在心上铸造了铜鼎/我们造成了一次永久的失误"，"铜鼎"是中华母体文化的象征，这"永久的失误"让海子对母语中所蕴藏的东方文化进行反思。但海子的血液毕竟是东方文明与炎黄子孙的，这种

① 《海子诗全编》，上海三联书店 1997 年版，第 871 页。

② 同上书，第 870 页。

“诗写”不过是“中学为体，西学为用”的“他山之石”之运用，海子希图在另一种文明中建构属于中国气派、中国作风的“沉思的中国门”，通过探索在语言与诗歌之上的生命之诗、大地之诗的书写可能，最终要建构的还是一种文化精神，即一种传统文化中较为缺失的史诗品质与“大诗”情怀，取小诗（抒情诗、纯诗）的抒情传统而代之，从而完成“诗与真理、人类与民族合一”的“大诗”追求。

第三，海子从《传说》开始自觉地融注现代诗歌的智力结构、知性特征，从文化深处探索“大诗”的现代诗语，将带有混沌而超验的象征主义的语言与“大诗”的精神追求有效地统一与联结。

他通过隐喻、象征等诗歌的现代技巧，不断地呈现语言的魅力与机智，让诗语逐渐走向诗与思的合一。“大雁栖处/草籽粘血/高岸为谷，深谷为陵/四匹骆驼/在沙漠中/苦苦撑着四个方向/他们死死不肯原谅我们/上路去，上路去/群峰葬着温暖的雨云”，诗的意象不仅是简单的物象，而是以超验与感应，进行心灵的裂变与生发，它们也被赋予灵性，不断生成海子对苦难、虚无的终极体验。“在语言那迷人的森林里，诗人们故意迷失在其中并陶醉于这种迷失，他们寻找着意义的十字路口、出人意表的混乱和奇异的相会；他们不惧怕其中的迂回、意外和幽暗。”① 现代诗歌，很大层面上源自这种精神情绪笼罩中的语言与思想的融合。海子这种诗艺上的探索与价值对当下诗歌的创作极具艺术启示。

诗歌是沉默的情感地带，也是诗人灵魂的投射。海子执着于对人类隐秘精神的勘探与冒险，探索这个超验和感应的精神实体。“实体就是主体，是谓语诞生前的主体状态，是主体的沉默的核心。我们应该沉默地接近这个核心。实体永远只是被表达，不能被创造。它是真正的诗的基石。才能是次要的，诗人的任务仅仅是用自

① ［法］保罗·瓦莱里：《文艺杂谈》，段映虹译，百花文艺出版社2002年版，第262页。

己的敏感力和生命之光把这黑乎乎的实体照亮，使它裸露于此。这是一个辉煌的瞬间。诗提醒你，这是实体——你在实体中生活——你应回到自身。”①他奔走于尘世与现实，在夜色的孤独中品尝精神的孤独，在东方的道家文化中不断地获得某种神秘的启示。“沉默是苦思冥想的地带，是思想成熟的萌芽阶段，是最终为言说争取到权利而经受的磨炼。”②

夜晚，是悠远而迷人的，是海子整个诗学背景的思想基础，海子的诗学就是对内部“黑暗”的哲理观照，“我们是残剩下的/是从白天挑选出的/为了证明夜晚确实存在”，“那么多夜晚被纳入我们的心”，从本体论来讲，同样是直觉的源泉与创作的动力，“夜晚我用呼吸/点燃星辰/中国的山上没有矿苗/只有诗僧和一泓又一泓清泉”，“诗僧”的提法很独特，他既是黑暗形而上学的观照形象，也是诗人自我探索的形象隐喻。“啊，沉思，神思/山川悠悠/道长长/云远远/高原滑向边疆/如我明澈的爱人/在歌唱/其实是沉默/沉默打在嘴唇上/明年长出更多的沉默。”“沉思”，最终抵达了“沉默”，沉默是对思想与文化可能“沉思”后的更高价值认同，无限性无疑超越了现实果实，沉思因此构成了诗人灵魂关注的重要路径。“沉默是艺术家超脱尘俗的最后姿态：凭借沉默，他解除了自己与世界的奴役关系。”③海子在诗歌中修行与顿悟，但他又绝非仅仅是一个甘于孤寂、离群索世的隐士，而更多是在大生命大灵魂的呼吸中，以僧侣的静修与品质，保持诗的绝对抒情与对思想的在场体验，从而让“沉思”品质，构成“大诗”的精神养料与思想钙质，从《传说》的传统中，建构传说中的精神乌托邦与灵魂高原。

第四，《传说》从早期抒情自觉转向本体论意义上的终极关怀，

① 《海子诗全编》，上海三联书店 1997 年版，第 869—870 页。

② ［美］苏珊·桑塔格：《沉默的美学》，黄梅等译，南海出版公司 2006 年版，第 52 页。

③ 同上。

在诗的艺术与日常世界间不断进行深度的生命体验与灵魂的形而上学思考。

伴随着诗人的成长，必然形成诗歌内部语言的自觉和外部神性力量的推助，海子便在“传说”这种母语文化传统的反思中，践行着诗人自我的身份与责任。“我仿佛看见，却又惊醒，仿佛看见了我自己的形象，我仿佛感觉到他，世界的精神，犹如朋友温暖的手，但是我醒来却认为是抓住了自己的手指。”① 在自我形象、世界图像的想象与实践中，在语言的导引下，在自我建构的思想图景召唤中，海子不断完成一个诗人的抱负与决心。“语言保持了最后的界限，在这界限处还有可能通过以毁灭性词语剔除实物来创造空间，让虚无进入。虚无的进入在这里是与恐惧相伴的。恐惧能够扩展，渗透少数留存的实物，使它们变得悚然，而因为其他实物的离场而让其悚然则更令人悚惧。但这一切都是语言所为；在语言中所发生的，不可能在任何现实世界中发生。”②《传说》与《河流》一样，诗人通过对深藏于语言深处的心灵奥秘的揭示，让思想破茧而出，不断呈现出魔幻超验的诗意世界，以极富张力的想象空间与极具神性的“大诗”来呈现自我与世界的秘密。

《传说》是河流的传说，是生命的道说，是日常世界与思想景观双重维度上的形而上学的沉思与生存体验，“一门艺术的命运，一方面与其物质手段的命运有关；另一方面与它相联系的是，那些对它感兴趣并且从它那里感受到一种真正的需要得到了满足的人的命运。”③ 海子写道：“我们穿着种子的衣裳到处流浪/我们没有找到可以依附的三角洲/树和冥想的孩子/分别固定在河流的两边/他们

① ［德］荷尔德林：《荷尔德林文集》，戴晖译，商务印书馆2006年版，第11页。

② ［德］胡戈·弗里德里希：《现代诗歌的结构：19世纪中期至20世纪中期的抒情诗》，李双志译，译林出版社2010年版，第117页。

③ ［法］保罗·瓦莱里：《文艺杂谈》，段映虹译，百花文艺出版社2002年版，第251页。

没有产生带血的嘴唇/他们不去碰道路/夜行者/走过遍体遗弃的爱情/手抚碑文，愤怒，平静，脑袋里满是水的声音”，这里多次出现“洲”“河流”“水”，它们与“传说”相关，然而，这“冥想的孩子”来自水，但又正在挣脱“水”，他试图接近“火”（“血”“碑文”），成为艺术道路上的“夜行者”“探险者”。“第一次传说强大得使我们在早晨沉沉睡去/第二次传说将迫使我们在夜晚早早醒来”，“夜晚”是孤独的体验，也是思想的触媒，它提供了一种宁静的、诗性的生命语境，促成主体对“孤寂”展开哲学的思考。“这是些闯进的宿鸟/这是些永生的黑家伙/老人们摆开双手/想起/自己原来是居住在时间和白云下/淡忘的一笑”，“早晨在毫无准备时出现”，诗人是生活的漫步者、创造者，亦是人生智慧与生命哲学的阐释者、传播者。“母亲生我在乡下的沟地里/黑惨惨地泥土/一面瞅着我的来临/一面忧伤地想起从前的人们/那些生活在黑暗的岸上的人们/而以后是一次又一次血孕/水中之舞，红鳞和鳃，生命的神游/水天鹅在湖泊上平静地注视”，诗人以“水天鹅”自喻，以自我的成长背景来隐喻生命的重重磨难，在“土地”与“河流”的“注视”中获得智慧与诗意的升腾。

第三节 《传说》的审美话语与文化价值

《传说》是对传统的重新检阅与审视，既合理地汲取了传统文化中积极且富有民族意味的文化资源，同时也开始密切地投入西方知性、神性的现代性诗艺技巧与话语实践，为当代诗歌书写提供了某种话语启示。

第一，从早期抒情诗与史诗的理解逐渐转向深沉、跨界的“大诗”话语，诗人自觉的写作意志为晚期的“大诗”实践提供了探索基础。

海子通过精神“复活”的体验与想象，再现庞大的“大诗”景观与混沌综合的诗学背景，通过对苦难的殉道式体验和涅槃式升华来揭示其“向死而生”的存在论、本体论这种西方现代哲学，及其书写引起的内心反应与探索价值。“诗的钟摆摇晃在声音和思想之间，在思想和声音之间，在在场与不在场之间。”[①]《传说》篇章之“复活之二：黑色的复活”中写道：“大黑光不是在白天诞生/也不是一堆堆死去的蜡烛头/他们哑笑着熄灭/熄灭有什么不好”，“熄灭”引起了对孤独与虚无的审视，既是对“死亡”的自我升华，也是一种由极具美学精神与艺术冲动的悲剧感所导向的生命追求。精神的“复活”，需要哲学神性的烈火，“我和斧头坐在今天夜里/日子来了/人的声音/先由植物发出/帆从耳畔擦过/海跟踪而来/大陆注视着自身的暗影/注视着//火”，“火啊，你是穷人的孩子/穷是一种童贞/大黑光啊，粗壮的少女/为何不露出笑容/代表死亡也代表新生/有钟声阔笑如岸/再不会在人群中平静地活着//火”，在与火的对视与升腾中，也有“少女”与“植物”。早期的民族与文化传统的影响在《传说》中渐渐被西方的现代哲学与宗教情感所笼罩，火是精神，亦是献祭，是烘干的泪水，亦是裸露的灵魂。作为一个有“大诗”追求的诗人，海子需要对“熄灭”深刻的哲理发现，更需要歌唱的“火种”，在这场“大火”中完成心灵的生长以及灵魂的锤打，一切都是为了“诞生”：“兄弟们指着彼此：诞生。/诞生多么美好/谁能说出/火不比我们更快地到达圆周之岸/谁能说出黑腥的血是我们又一次不祥的开放/只有黑土承认/承认他有唯一的名字，受难的名字/秘密的名字/黑土就是我们自己/走完五千年的浅水/空地上/黑色的人正在燃烧”，一种“受难”的激情成就了另一个巨大能量的海子，“走完五千年的浅水”，意味着他与“传说”与

① ［法］保罗·瓦莱里：《文艺杂谈》，段映虹译，百花文艺出版社 2002 年版，第 296 页。

"传统"的深刻决裂，也象征着新世纪面对母语文化与古老国度的理性反思，海子抛弃的是自我的"烈火"，吁求的是一种崭新文化的"诞生"，"东方之河/是流泪的母马/荒野冷漠的头颅/不断被亲吻和打湿"，"更远处是母亲枯干的手/和几千年的孕"。显然，海子不自觉地对东方和母语文化开始保持距离与自我警惕，同时又给予东方文化以深刻认同，"有火/屈原就能遮住月亮/柴堆下叫嚣的/火，火，火/只有灰，只有火，只有灰/一层母亲/一层灰/一层火"，"屈原"成为一个情感符号与语言所指，支撑着庞杂、深刻的"复活"背景与壮烈景观。

第二，汉语自身的诗意性与西方诗歌的意义追求慢慢联结并为当代诗歌书写得以达到某种话语实践的高度与难度奠定了基础。至今，海子的这种理想性和终极性的诗语价值，还很难被以反讽叙事话语占主流地位的诗歌创作所正确认知，《传说》既导向了中西方文化的平衡，也生成了海子独特的观照诗意的生命方式。

《传说》给我们提供了认识传统的文化经验，也为我们接受西方文化提供了认知基础。"认识是可以对自己抱有些许希望的，因为它所指向的是历史条件，是诗学技巧，是最为迥异的作家所用语言中不容否定的共同之处。最后，认识是跟随这些文本的多义性的，它本身融入了文本试图在读者那里推进的过程，亦即继续创作、不可终结、走向开放的释义尝试的过程。"① 海子的传统既来自传统也来自对传统的质询，他更多地指向对当下文化与精神突围的终极探索，这关乎20世纪80年代的整体文化氛围，是与"反讽"逐渐成为诗歌主流话语时代的自觉游离与个性探索，并通过隐喻的神话写作来抵抗80年代整体的娱乐化、物质化倾向，这不仅关乎史诗的写作与探索路径，同时也为当代诗艺的本

① ［德］胡戈·弗里德里希：《现代诗歌的结构：19世纪中期至20世纪中期的抒情诗》，李双志译，译林出版社2010年版，第5页。

体发展提供了重要的话语启示。“诗人需要让鲜活的过去成为他不带褊狭地关照现在的工具，成为他用更少的话说出更多内涵的工具；他一定希望拥有圆通的技巧和才能，让过去的历史对他的诗预设的读者有所助益。”①

海子写道：“我们沉思/我们始终用头发抓紧水分和泥/一个想法就是一个肉胎”，“兄弟们在我来临的道路上成婚”，“今天生出三只连体动物/在天之翅/在水之灵/在地之根”，海子控握了“天”“水”“地”这类客观事物对于人的想象世界和精神情怀以及极具心灵启示的价值指向与终极思考，其中渗透着诗人隐秘而纯净的精神探寻与生命体验。“隐隐约约出现了平常人诞生的故乡/那是叔叔和弟弟的故乡/是妻子和妹妹的故乡/土地折磨着一些黑头发的孤岛/扑不起来/大雁栖处/草籽粘血/高岸为谷，深谷为陵/四匹骆驼/在沙漠中/苦苦支撑着四个方向/他们死死不原谅我们/上路去，上路去/群峰葬着温暖的雨云/隐隐约约出现了平常人诞生的故乡”，这个“故乡”既是海子信口编来的“传说”与精神背景，也是以此升华与探险的心灵秘密与归宿。从某种意义上来讲，诗人促成了最终的“还乡”，这一故乡并非是指北方，而是精神复活后的新生“故乡”，它诞生于海子的语言内部，为当下文化提供了另一种精神返乡的路径与可能。“这是人类之心和人类之手的最高成就，是人类的集体回忆或造型。他们超于母本和父本之上，甚至走出审美与创造之上。是伟大诗歌的宇宙性背景。”②

早期首部“大诗”《河流》既表现了海子对母亲文化与传统的认同，同时也表现他出对西方现代文明秩序的纠结和拒绝情绪。诗意的栖居与诗性的生存，为现代文明的反思与批判提供了另一种人

① ［美］哈罗德·布鲁姆等：《读诗的艺术》，王敖译，南京大学出版社 2010 年版，第 100 页。

② 《海子诗全编》，上海三联书店 1997 年版，第 901 页。

类思维与诗性思维的价值认同。“诗是一门语言的艺术；话语的某些组合可以产生别的组合所不能产生的，我们名之为诗意的情感。”① 而从《传说》开始，海子从灵性流动的“河流”转向了对“火”的“沉思”与“神思”，而“火”这一元素显然并非是割裂的他者文化，而同样是与“水”、庄禅思想、东方传统、母体文化紧紧整合一起的，厚意载美，和而不同，这标志着海子的诗歌开始从早期的铺张抒情自觉地走向深度的哲理思考，诗歌语言的张力也显得更为含混、深沉。

第三，海子独立架构起诗作为上层建筑与文化价值的写作桥梁，在忠诚的诗歌事业中，完成了诗的文化价值和对时代密码的破解与探索，诗因此走向生命哲学、价值信仰与文化血肉的融合。

诗是一种极具思想的道说，也是时代文化的直接表征。“沉默、虚空、简化的概念勾勒出崭新的观看和倾听的方式——促使人们获得更直接、更感性的艺术经验，或者让人们以更自觉、更理性的方式面对艺术作品。”② 这种艺术经验与艺术作品，实现和成就了一个诗人的审美话语和文化价值。

诗人对人性否定性的情感结构与价值的触摸与沉思，导向了精神深处与时代文化之间的秘密关联。“高明的诗歌是深刻的怀疑论者的艺术。它以在我们的全部思想和感觉方面不同寻常的自由为前提。神明亲切地无偿送给我们某一句诗作为开头；但第二句要由我们自己来创造，并且要与第一句相协调，要配得上它那超自然的兄长。为了使它与上天馈赠的那句诗相当，动用全部经验和精神资源并不为过。”③ 通过对死亡相关状态如虚无、迷茫、孤寂、无力、无助感等的想象性体验与审美化表达，从而达到净化、升华、抵达生

① ［法］保罗·瓦莱里：《文艺杂谈》，段映虹译，百花文艺出版社 2002 年版，第 283 页。

② ［美］苏珊·桑塔格：《沉默的美学》，黄梅等译，南海出版公司 2006 年版，第 58 页。

③ ［法］保罗·瓦莱里：《文艺杂谈》，段映虹译，百花文艺出版社 2002 年版，第 32 页。

命洞见与思想的可能，“诗并不以逻辑性结论结束。诗的结尾通过各种方式——命题、隐喻、象征——解决各种张力”。[①] 在艺术的创造过程中完成人生的意义，克服生理肉身与现实生活的紧张感与疏离感，使生命以更积极健康的情境“在场”，从而实现对现实焦虑世界的精神升华与内化，诗的存在之思因而推助了与命运的某种和解与对话。“有一只嘶哑的喉咙/在野地里狂歌/在棉花惨白的笑容里/我遍地爬起/让我们来一个约定/不要问/永不要问/我们的来历和我们的忧伤/不要问我那第二次复活”，此处提到的“复活”，是生命的在场，也是精神的重生。“树/筑地而起/死亡，流浪，爱情/我有三次受难的光辉/月亮的脚印/在湖面上/呕吐出神秘的黑帆/呕吐出大部分生命”，“死亡，流浪，爱情”，这三次“受难”都为“复活”做着准备，这类关于死亡的形而上学沉思，流浪是对漫无边际的奔走与艰辛的体验，爱情的挫折与对纯粹情感的向往与经历，鞭策着海子探寻时代的出路。“土地，句子，遍地的生命/和苦难/赶着我们/走向云朵和南方的沉默”，这种“云朵和南方的沉默”为智性、诗意的沉思提供了现实的果实与土壤，它的“存在”为生命的再出发与精神重生提供了情感动力与生命智慧，“男人躺在大地上/也是一批暗暗地语言”，真诚而热烈的海子，就是凭借这一次次的生活期待和悖论式的生活背景，把一次次生活事件转化为精神事件。“诗歌语言具有了一种实验的性质，从这实验中涌现了不是由意义来谋划，而是以自身制造意义的词语组合。”[②] 在内心激起对苦难的升华与超越，仰望星空，也扎根“大地”，成为“一批暗暗地语言”，召唤与激励着具有同样精神背景与灵魂关注的诗人，在心

① ［美］克林斯·布鲁克斯：《精致的瓮：诗歌结构研究》，郭乙瑶、王楠、姜小卫译，上海人民出版社 2008 年版，第 192 页。

② ［德］胡戈·弗里德里希：《现代诗歌的结构：19 世纪中期至 20 世纪中期的抒情诗》，李双志译，译林出版社 2010 年版，第 4 页。

灵大道上，沉潜向前，矢志不渝。

第四，海子“大诗”话语在《传说》中的运思与追求清晰可寻，今天看来，“语言”是海子最为重要的汉语写作的探索与实践，它们建构了海子在当代诗歌中的重要价值与影响。

不言而喻，可以看出《传说》对混沌、朦胧意识的体验，这种终端性、高峰性的体验也成为海子晚期“太阳七部书”写作的特征。但是最能呈现海子诗学价值的仍是语言的神奇与神性，这种汉语诗性与现代诗歌的知性、沉思性相整合，造成了心理时空的疏离感与差异性，它们也变成了海子自觉的“大诗”追求。“智识型诗歌与非逻辑诗歌的一致之处在于：逃脱人类的中庸状态，背离惯常的物象与俗常的情感，放弃受限定的可理解性，代之以多义性的暗示，以期让诗歌成为一种独立自主、指向自我的构成物，这种构成物的内容只有赖于其语言、其无所拘束的幻想力或者其非现实的梦幻游戏，而不依赖于对世界的某种摹写、对情感的某种表达。”① 海子重视语言的本体写作与存在之思，维系了汉语诗歌的重要母语传统，同时也与西方现代诗歌的重要哲学背景相融合，形成了“诗、哲学与神学的合一”的“大诗”精神。

《传说》与海子的许多抒情诗一样，以对语言进行诗艺化的处理见长，从而让语言显得更为凝聚和诗性，形成丰富而思辨的审美空间。海子诗歌的最大魅力之一，就在于语言，特别是他的抒情诗（小诗、纯诗）为海子后来的“大诗”提供了重要的语言训练基础。“诗有两个邻居，一个是吟唱，一个是思想，作诗居于两者之间。”② 语言不仅是表达的工具，同时也建构着思想。语

① ［德］胡戈·弗里德里希：《现代诗歌的结构：19世纪中期至20世纪中期的抒情诗》，李双志译，译林出版社2010年版，第130页。

② 戴晖：《译者前言》，［德］荷尔德林：《荷尔德林文集》，戴晖译，商务印书馆2006年版，“译者前言”第2页。

言—思想犹如诗与哲学的近邻关系一样，共同营造诗的审美与想象空间。比如，“昂头面对月亮/男人躺在大地上/也是一批暗暗的语言”，“火啊，你是穷人的孩子/穷是一种童贞/大黑光啊，粗壮的少女/为何不露出笑容”，象征化的通感经验的处理，让语言切近思想，诗与思想的界限被打破，这成为海子“大诗”话语的审美特征与文化价值，最终实现了海子“大诗”的生命哲学与终极自由。“文学其实一直有对现实进行移置、调整、充满暗示地缩略、扩展性地魔魅化，使其成为一种内心表达之媒介、成为全体生命状态之象征的自由。”①

对当代汉语诗歌语言本体的呵护，自然切近诗歌现代传统与文化传承，这表现出海子自觉的诗体意识。“诗是在最彻底的放弃或最深沉的期待中形成或被传达的：如果要将它当作研究对象，那么要从这里入手：在本质中，而远非在其周边。”② 本质上，海子对诗意与审美的话语追求，通过语言这一媒介打通自我与世界的联系纽带，不断打破诗的界限，让诗与思维、社会、时代、文化、文明等发生关联，这也是海子“大诗”从不同层面提供的审美价值、认知体验与终极理想。

《传说》是海子早期阶段的第二部“大诗”，也是海子将民族史诗、神话史诗、精神宗教综合一起的生命写作。《传说》，一方面体现出海子对传统的文化反思与重新审视，另一方面也蕴藏着他丰富的文化视野与世界性的写作眼光。他较强的驾驭语言的基础、丰富的生命体验的能力，推进了其晚期以“太阳七部书”为代表的“大诗”系列，为后期“民族与人类、诗与真理”相融合的写作提供了文本实践与话语探索。《传说》成为当代诗歌史的重要文本，为研

---

① ［德］胡戈·弗里德里希：《现代诗歌的结构：19世纪中期至20世纪中期的抒情诗》，李双志译，译林出版社2010年版，第62页。

② ［法］保罗·瓦莱里：《文艺杂谈》，段映虹译，百花文艺出版社2002年版，第250页。

究晚期海子“大诗”思想的形成提供了极为重要的审美实践与话语启示。至今，海子离世已近三十年，但他的“大诗”在这个时代与当下文化中扮演重要的角色，作为文学与思想经典推动了当代诗歌创作的高度、难度写作与理论进程。

第三章

《但是水、水》：在东、西方文化间挣扎

天才式的语言直觉与把握，这一特征不仅在海子的抒情“小诗”中有所体现，在他的长诗写作中亦表现明显。正是这个语言的过程与结晶，成就了海子诗学的审美意蕴与文化认同。“诗歌的话语不再仅仅对立于一般的语言，而且也有别于思想的语言。在这种话语中，我们不再重返世间，也不再重返作为居所的世间和作为目的的世间。在这种话语中，世间在退却，目的已全无；在这种话语中，世间保持沉默；人在自身各种操劳、图谋和活动中最终不再是那种说话的东西。”①

不同能量与维度的“大诗”，促使海子诗歌不仅仅具有单纯的抒情性特征，也具有历史、文化意识的史诗品质，不断表现出中西文化的碰撞与现代思识的觉醒。早期（1984—1985）《但是水、水》《河流》《传说》此三部“大诗”，充分体现了海子诗学上的传承，并非割裂传统，而是不断回归传统，不断发现东方，同时也渗透着西方现代文学的诉求与尝试，开始出现太阳、火、痛苦、骨头等现代意象，毗邻晚期隐喻与神话的思维。《但是水、水》在早期作品中最为错综复杂地表现出海子诗学探索中的文化纠结与内心挣扎，

---

① ［法］莫里斯·布朗肖：《文学空间》，顾嘉琛译，商务印书馆 2005 年版，第 23 页。

在容量与体例上更趋近于海子的“大诗”境界。但是，支撑海子此诗的文化根基仍是东方的，他在东方民族与母语传统中获得生长与升华。因此这部长诗的写作就与晚期“太阳七部书”中的完全断裂汉语传统的写作也自然区分开来。

第一节 《但是水、水》的体例、主旨

在海子早期“大诗”阶段（1984—1985）中，《但是水、水》相对来讲内容芜杂、篇幅较长，以“篇”为单位分为四个部分，分别是：“遗址（三幕诗剧）”“鱼生人”[①]“旧河道”“三生万物”。这四个部分构成了民族传统与灵性不断提升的生命悟道过程，其中蕴藏的现代文学与创作意识已初具“大诗”雏形。

《但是水、水》引用了两段文字作为题记。一处引用自己分行诗歌：“翻动诗经/我手指如刀/一下一下/砍伤我自己”[②]；另一处引用墨西哥作家埃尔米罗·阿夫雷乌·戈麦斯《卡内克——一个玛雅英雄的历史和传说》中卡内克说的一段话：“雨下得很大，还得下一场；因为这是贾亚雨。贾亚不是本地人，而是东方人。”[③] 由此可见，海子在《但是水、水》中想真正回到传统文化，回归东方母语文化，通过自己的“史诗”努力，积极而隆重地关注东方文化与现代文明的融合与碰撞，在灵魂深处考察当下母语文化的突围与精神出路。

海子写道：“东方佛的真理不是新鲜而痛苦的征服，而是一种

① 本篇诗歌的形式奇特，每页排两栏，两栏相互对照，但两栏有时并不对称。

② 《海子诗全编》，上海三联书店 1997 年版，第 229 页。

③ ［墨西哥］埃尔米罗·阿夫雷乌·戈麦斯：《卡内克——一个玛雅英雄的历史和传说》，徐曾惠译，《国外文学》1982 年第 2 期。

对话，一种人与万物的永恒的包容和交流。人是自然的肢体。或许，或许菩提树下我偶有所得。但是水、水，整座山谷被它充满、洗涤。自然是巨大的。它母性的身体不会无声无息。但它寂静。寂静是因为它不愿诉说。有什么可以要诉说的，你抬头一看……天空……土地……如不动又不祥的水……有什么需要诉说呢？但我还是要说，写了这《水》，因为你的身体立在地上、坐在河畔，也是美丽的，浸透更多的苦难，虽不如自然巨大、寂静。我想唱唱反调。对男子精神的追求唱唱反调。男子精神只是寂静的大地的一部分。我只想把它纳入本诗第二部分。我追求的是水……也是大地……母性的寂静和包含。东方属阴。”①

在海子看来，“河流本身，和男人的本质一样，是孤独而寂寞的，需要上天入地、需要祈水、需要打井、需要诗人生命的抒发……水呀……水”②。在描绘“东方”时，他也不断表现出文化上的纠结、矛盾、痛苦与挣扎，甚至抗争的文化热情，以诗意、审美的方式处理和调和文化冲突，这也不自觉地成为海子“大诗”产生的原因、本质，完成了诗人自我形象的塑造和“大诗”理念与境界的升华。“首先是诗人的自我塑造，然后被读者接受，误读并且再创造，然后这被误读并且被再创造的诗人形象，被后辈诗人接纳进自我塑造的工作之中。”③ 对自我与艺术的分析必然接近阐释学，不断在理解中建构诗人的自我形象及诗歌的艺术与思想可能。“诗的钟摆摇晃在声音和思想之间，在思想和声音之间，在在场与不在场之间。”④ 笔者从诗歌的色彩、文化的抱负等方面对海子的文本展开细读，以诗读诗、解诗，从而勾勒出海子“大诗”不同于小诗写作

① 《海子诗全编》，上海三联书店 1997 年版，第 877 页。

② 同上书，第 876 页。

③ 西川：《大河拐大弯》，北京大学出版社 2012 年版，第 46 页。

④ ［法］保罗·瓦莱里：《文艺杂谈》，段映虹译，百花文艺出版社 2002 年版，第 296 页。

的艺术品质和文化可能。

《但是水、水》充盈、激荡着“水”的纹路、流向，以及东方隐喻的自觉。这与东方文化、母语传统相关，这些无疑是“水”所孕育的黄河文明及文化所蕴藏的意义、情结。而且，海子也如《传说》中对“北方”的展开与沉思一般，写到了“北方”的境遇与心情：“旧河道呀黄水通天河呀扬子江……云朵啊云朵……她们痛苦的降下就是这块平原的秘密/她们的每一个乳名都是我藏身的地方，致命的地方/是我夜夜思念的远方……而远方的水罐/排成一列/我仿佛就这样痛苦地升上了天空/在蔓草之间/在墓砖上/她们停止了，出乎意料地停止了美丽的脚步。”（《第三篇　旧河道》）黄水、扬子江、平原的秘密、乳名、北方的思念，构成了一个“水”的文化圈与灵魂视角，“当然更多的人是在痛苦的心上生活，生活是艰难的/这时我拱手前行……盛唐之水呀，四下的黑暗是你的方向/河畔我随乐器走向南方；女人徐徐行进，手执杯盏……突然止步！”（《第三篇　旧河道》）盛唐之水，成为水的隐喻与母语文化，其灵动而款款深情的“女人”向现代文明与东西方碰撞的文化“徐徐行进”，“……水噢蓝的水/从此我用龟与蛇重建我神秘的内心，神秘的北方的生命/从此我用青蛙愚鲁的双目来重建我的命运，质朴的生存/从此天空死于野草，长龙陷入花纹，帝王毁于水波”（《第三篇　旧河道》）。“生命”必然与历史传统、文化语境相关，海子的心灵叙事更关注于诗性与灵动的母语文化，是一种关于阴性而柔软的心灵写作，但其抒情话语又融入了西方现代文学视野与世界眼光，这就使得其“母语文化”又是反思与生成的。“我们所有的人，由于都具有意识这一简单的事实，都会不断地思考和利用我们的生命。”①

---

① ［美］爱德华·W. 萨义德：《论晚期风格——反本质的音乐与文学》，阎嘉译，生活·读书·新知三联书店2009年版，第1页。

“旧河道”变成了阻碍某种文化生长的滞后因素、阻碍动力，它是海子先验世界天然存在的精神阻力，因而，海子的紧张和焦虑都与这种母语文化传统必然关联。这种紧张关系、虚无意识，也成为海子形而上学与自我提升的精神动力，他将在“三生万物”中找到答案。显然，《但是水、水》的诗歌结构指向图腾、传统、现实与唤醒（东方式的）。

北方，既是《但是水、水》所生存的现实场所，意味着艰辛、痛苦的隐喻，也是诗人思想的生成机制与生长动力。“艺术的权威、美、形式的力量、诗歌的效力，在一群人的思想上从来没有如此迫切地要成为一种内心生活的基本内容，这种内心生活我们完全可以称之为‘神秘主义的’，因为有时它是自足的，它满足并支撑着不止一个人的心灵，如同某种确定的信仰。”① 海子要写的不是个人体验与自我幻觉，而是在隐喻神话的思维中追求更普世的“不止一个人的心灵，如同确定的信仰”，海子便是通过“大诗”的境界克服现世焦虑，通过语言连接生命，重塑文化的内心、精神与灵魂，不断从这种极具历史眼光与世界心灵的“大诗”写作中找寻语言能量与信仰力量，慢慢地为海子晚期最具灵魂与象征价值的“大诗”找到语言与思想的自信与可能。

诗人写道：“我的双腿在北方的河岸上隐隐溢过，显于/奔跑的巨大母羊之上群羊之上。/木植土。金斫木。火熔金。水熄火。/金生火。土生金。木生土。水生木。/就是那块土地，那块包孕万物的灾难如歌的土地/使我的头顶出现光芒，使我的掌心埋藏火花/照亮了隐器。盛水的不再只是爱情之唇……鱼……/……鼻音……乳名和隐语……以及长口瓶、鱼纹盆、尖底瓶/也有干的河床……渗下去……就像母亲融入卑微的泥土”（《第三篇　旧河道》），苦难的“孕育”，“就像母亲融入卑微的泥土”，呈现出万物生长的艰辛，

① ［法］保罗·瓦莱里：《文艺杂谈》，段映虹译，百花文艺出版社 2002 年版，第 217 页。

而与“水”紧密相连的“土地”，“那块包孕万物的灾难如歌的土地/使我的头顶出现光芒，使我的掌心埋藏火花/照亮了隐器”，经过“爱情”“鼻音……乳名和隐语……以及长口瓶、鱼纹盆、尖底瓶/也有干的河床”，最终抵达的是语言的神奇与神性启示：“渗下去……就像母亲融入卑微的泥土”，苦难在生命的信仰河流中升华与跨越，千里之外、百年之上的文化气场与艺术抱负，压缩了时空，也尖锐地呈现出时间的巨大符号价值与隐喻功能。“变形的力量在于隐喻式幻想。这幻想产生出非现实图像，后者具有神话的地位，强迫彼此相隔最为遥远的地域结合。”① 海子不断通过变形和隐喻，直诉超验与感应之心，产生神话、超现实的审美与话语力量。这种隐喻式、神话型的象征主义写作，在一定程度上消解了20世纪80年代末诗歌的叙事性、反讽性，诗性的秩序与稳定建构了同期文化中的母语传统和精英情结。

《但是水、水》，除了对苦难的形而上学的关怀与触摸之外，更多地侧重于对“孕育万物”的“水”/“爱情”之间的心灵思辨与哲理诉求，这使得对北方平原的凝视与反思，多了几分似水柔情与灵性温度。“女人”意味着母性和孕育，与“河流”“传说”一样，既是灵性之思，也是文化反思，正如诗篇之于诗人，太阳之于“大诗”，“一排排活泼辛酸的/少女/血胞分割/带来我最初的性命”（《第二篇　鱼生人》），“水”，更孕育“美丽”“新娘”，这是东方诗人的独特体验与经验表达，“芷楫荷盖/女人/……是所有的痕迹/……就让她们每个乳名都是我藏身的地方/每一条细腿和支流/靠近我的心脏，靠近干旱中的小板凳，靠近高原上/住满儿童的窑洞，靠近十三经二十四史/就让我就这样寂寞地升上天空，水草和幽蓝色鱼骨的天空”（《第三篇　旧河道》），诗人，意味着阴柔之

① ［德］胡戈·弗里德里希：《现代诗歌的结构：19世纪中期至20世纪中期的抒情诗》，李双志译，译林出版社2010年版，第135页。

美，诗体本身的通感诗性与东方美学互为表征，在海子早期三部“大诗”《河流》《传说》《但是水、水》中得到彻底展现。“诗人，你是一根造水的绳索。/诗人，/你是语言中断的水草。/诗人，你是母羊居留的二十个世纪。/诗人，/你是提水的女人，是红陶黑陶。/我记住了你盛水的器皿/我记住了你嘴唇的位置/我记住了/心的需要/记住要慢慢地放下绳索/一寸一寸，一种向下生长的/生”（《第四篇　三生万物》），诗歌写作也是一种阴性的写作，这种东方美学在海子超现实、魔幻的象征主义写作中，不断整合成一种哲学与思维的能量，“诗人，/你是提水的女人”，“第三位女人/本是一位男人/那是星星出现，形如半月。/他在制做陶器的同时制做了肉体/他在制做肉体的同时制做了衣服//遮住自己/就像遮住月亮//日久天长/在男人羞涩而隐秘的/愿望中/我就成了女人”（《第四篇　三生万物》），“日久天长/在男人羞涩而隐秘的/愿望中/我就成了女人”，诗更多地意味着阴柔之美，也是母语传统中“香草”诗人的文化隐喻。“在她身上……水中的女人如蜻蜓生育的美丽/心上人如母亲……一样寂寞而包含……男人的房屋男人/的孤独……他们一直在不停喝水……但是水/——水/让心上人诞生在/东方旧河道，/一个普通的家庭中……我的唯一的心上人/亲人中只有我对你低声诉说/靠——近——我！给你生命给你嘴唇给你爱情！/亲人中只有你对我如花开放/除了你，谁引起过我这么深厚的爱情/谁引起过我这么深厚的爱情?!/除了你/谁引起过我这么痛苦的爱情?!”（《第三篇　旧河道》），河流，给予孕育与诞生，也蕴藏痛苦与冲突，“河流：女性的痛苦/一代代流过我手”（《第二篇　鱼生人·养育东方，两条河流》），“我们埋了道路/建了村庄/一只粗笨的陶碗/收养了我们//种子驶向远远的/手心/播种之灰/如早霞初升”（《第二篇　鱼生人·养育东方，两条河流》），“人的故乡快到了/足迹拥前拥后的半坡/箫声左右亲吻的半坡/东方快到了/群山游动如雷/野花如电/我的双手悬空为雨/天开于我手/地合于我心”（《第二篇　鱼生人·养育东方，两条河流》），“河流源源/关闭了/东方/所有和心/守着水井/相爱吮吸/东方的两边永远/需要黑夜/东方是我远远的关怀/淘米，淘米/而东方，在月亮/照过之后/又蒙了灰尘。/一共有两个人梦到了我：河流/洪水变成女人痛苦的双手，河流/男人的孤独变成爱情。和生育的女儿”（《第二篇　鱼生人·养育东方，两条河流》），“若写作注定他要孤独，把他的生活变为单身汉生活，既无爱情也无亲情，若写作在他看来——至少经常并在长时期中——却又是可能证明他的唯一活动的话，那是因为，不管怎么说，孤独在他身心中和身心之外威胁着……而是掩饰着戒律的遗忘”。[①]

诗人这种心灵质询的爱情痛苦与宿命在“水”中获得了情感升华，“从诞生到现在/只有一步之遥/但是水、水/相传他是东方诗人/睡在木叶下/梦见爱情就真正地获得了爱情……喝水人倒地为水”（《第三篇　旧河道》），水是爱情，爱如潮水，水与诗人自我相连，诗人在水中内心感应与生长，“……而大海永不平静/……从诞生到现在/只有一步之遥/但是水、水/心上人的爱情/像斧头是森林流血也是我的膝盖流血/像鱼儿是自己流血也是我的鱼叉流血/像生育是你流血也是我流血”（《第三篇　旧河道》），“女婴寂静/美人寂静地老去/滋养了河/女人像白色的毛巾一样从天上落下/落在高粱地里”（《第四篇　三生万物》），“水”汇聚成思想深处的“河流”与“传统”，却是割裂与冲突，“让我们撕下皮肤，让我们更像/孤独的人体，睡在木头上，让地深处向上生长的/死亡/故乡/痛苦万分的/经过湘水中的月亮/骨头之中/楚国的歌声四起/我是楚国的歌王”（《第四篇　三生万物》），海子“大诗”既有诗意爱情的美好，也有情感的艰辛与痛苦承担，海子在爱情之水的沉思与对

---

① ［法］莫里斯·布朗肖：《文学空间》，顾嘉琛译，商务印书馆 2005 年版，第 46 页。

话中，渐渐浓缩为一种对生命哲理与价值系统的内部省察与勘探。“爱情”从日常指向了诗人的形而上学思考的动力与思想可能。这里面既展现了活生生的生活场面，同时，也通过日常现实的情绪推动海子向更幽深、隐秘的意识深处挺进、探索。

第二节 《但是水、水》的“东方”情结

海子写到“秦俑的声音”、东方“诗人”及“龙”“图腾”“伏羲”“秦岭”“祁连山”“昆仑”“屈子”“东坡男人”“黄河”“半坡”“彩陶”“禹”“窑洞”“楚国”“青铜仙人”“汉歌”……这些文化意象是华夏文明与母语传统中的重要“符号”，也成为诗意生成的东方声音、东方情怀，它们建构了海子早期“大诗”的最基本的概貌、态势。“我们要追寻的是那些并不总是存在的词语以及那些虚幻的巧合；我们要让自己处于无力的状态，试图将声音与意义结合到一起。”[①] 这些文化“意象”让海子专注于自己的生存经历与生活经验，并思考这种文化谱系对于探索现代精神的思想可能。

显然，这些具有东方色彩的文化“意象”如何融入现代诗人积极的生命体验与话语探索，成为《但是水、水》思考的重要时代主题，“东方滚滚而来”，这是一种文化态度。如果单独地撇开这类仅仅是寂静的风景和东方历史知识的“东方元素”，那么“东方”则是外在与表象。唯有诗人自我身份的心灵在场，这种汇入时代之河与当下沉思的“东方性”才具有意义与价值，而历史文化与现代哲学的结合构成了海子所要揭示的史诗写作与话语启示，这类东方元素因此而变成敏感而深刻的“声音”，迈向东方心灵的幽暗之处，在时空中进行东西方文化的心灵对话，雕凿当下境遇与深沉的东方

① ［法］保罗·瓦莱里：《文艺杂谈》，段映虹译，百花文艺出版社 2002 年版，第 31 页。

灵魂的尖锐而直接的思想“声音”，而诗人的“痛苦就在于没有声音……没有声音”，“我就是没有声音地被埋下……多少年了/母羊仍然没来”，“母亲寂静”，只有“水是唯一的”，“我住进许多永恒的/肉体、黑暗的肉体//东方/在你们的身体中//一位/硕大无朋的东西/围着他自己旋转/或许叫昆仑”（《第二篇 鱼生人·土葬鱼纹》），“他们还在流汗……生命的痛苦/还在继续。窑洞里仍有女人的呻吟/月亮之中传出一只孤独的野兽的叫唤/那是太阳的叫唤/但是没有声音/痛苦就在于没有声音……没有声音”，以农耕文化为主要阶段的中华文明与黄河之水紧密关联，这种东方性、民族性似乎在遭遇现代文明的同时，自身也面临着某种困境，海子的敏感与直觉，在体悟母语文化与东方传统背后所遭遇到的精神焦虑与压力时，倍感“孤独”，“没有声音/痛苦就在于没有声音……没有声音”，但是，这种尖锐的质询与怀疑让海子走向了对某种虚无情绪的否定性的价值与情感结构的省思之中，“太阳”似乎又构成另一种“叫唤”，另一种精神召唤与生命可能，海子执着地探索着“太阳”的朝拜与信仰之书。

《但是水、水》是汹涌奔腾的东方河流，亦是哲理深处悄悄融化与生长的深流静水。面对母语文化的不安与焦虑，诗人要克服这种传统文化深处的紧张关系，“旧河道，太阳与你同样辉煌。我早就驯服了它/我早就是我，是人，是东方人，是我自己/……但窑洞离水井甚远历史离水井更远/就让我负鱼而来……人们晾晒旧网……盛水的不再只是/嘴唇，还有河道，改造洪水……人们以我为禹……但我/也曾射过太阳……是我自己……娶过新娘/她本是水边的神，或许同时是水兽/当然很美丽//击石拊石/百兽率舞//根上，坐着太阳，新鲜如胎儿……但是水、水”（《第三篇 旧河道》），“以我为禹”，海子不仅把自己比作圣人，还把诗人当作像“禹”一样“改造洪水”的功臣。“确定无疑的是，诗人的自我圣化，真实的或操演出的对痛苦、忧伤、世界虚无的体验，释放出了有利于抒情诗的力量。”① 对形而上学的虚无体验与终极思考，慢慢将海子推向一个自我圣化的可怕境地，这种精神探险在一定程度上变成精神冒险。

日月光华、自然星宿，这些都构成了母语文化系统中的有效经验与诗性元素，这种自然的感应与超验的诗与思的汇聚，形成了东方诗人的抒情话语与文化情结。“有了星辰。星的火星。北方虚星/有了四个方向，脚就得让自己/迈开呀……/有了树林在我肉体周围/肉体就得抖动呀/而且还有血液……比骨头更古老的血液”，“也许你是对的/但是骨头，白色的花。纤弱的花/花儿苍白而安详/多么使人安心的埋葬呀！/一种白色的动物沉睡在土层中，或许那是/亘古不变/惨白，那是因为我们生活过/而且相爱，写过歌颂平原的诗篇又倒在平原上/情人般缄默/那是因为它就叫骨头/不分昼夜/听见死去的河流如鸟飞离/头顶。母羊，再也不会来了”，“但是会有青草/有鸟粪……还有爱人的乳房……还有歌唱的木头/——手指、大腿、嘴唇/……还有亮如灿星的美人、有下山的太阳/有野兽花朵，有诗人……有棺材板摇蓝布/有盲人有先知……有望海的女人/还有第一天/第二天和第三天/第四天有人梦见了我的儿子……妻子果然怀孕/……还有水井/至于母羊，我会选一个日子/牵它而来，望东而去/高原两边分开……”，牧羊人“手牵母羊回来，眼睛合上如菩提之叶，我从荒野里回来”（《遗址　第三幕》），“合：月亮/领：屈子呀，一个男人/合：一个男人/领：屈子呀/汨罗的藻草缠身哪/屈子啊”，把屈原比作月亮，同时，又是诗人这一集体身份的象征，意味着纯洁、澄澈的精神气韵。“埋下我吧/今夜四点钟就地埋下/不要惊醒众多的人/请埋下我吧”（《第二篇　鱼生人·土葬鱼

① ［德］胡戈·弗里德里希：《现代诗歌的结构：19世纪中期至20世纪中期的抒情诗》，李双志译，译林出版社2010年版，第17页。

纹》），“仿佛人间离我而去/仿佛人间距离我一生/寄托我一生”（《第二篇 鱼生人·土葬鱼纹》），“大雨浇灭太阳/众人散失四方，探进水中/黑色不幽暗/白色并不贞洁/红色并不燃烧”（《第二篇 鱼生人·洪水》），“东方/在你们的身体中”（《第二篇 鱼生人·土葬鱼纹》），海子在《但是水、水》第二篇中不断写道“东方滚滚而来”，“我追着自己/进了洞进了歌曲/没有了言辞/我带着形体和伤口/永久逸入子孙的行列/胳膊断了/夜色在树上放飞了鸟儿/血迹殷红。胳膊/一声脆响”（《第二篇 鱼生人·船棺》），“死亡如陶。完满的存放/天空是我部分的肢体和梦/天空穿上了死者的衣裳”，海子便在这种文化经验中不断挣扎、沉思，探求最终的精神苏醒与裂变，以及现实生活、经验提供的种种可能，“船棺”，《但是水、水》，既是梦想之舟，也是囚禁覆水，“天空穿上了死者的衣裳”，死亡的形而上学的幽暗体验成为海子的终极关怀之一。“给予每个人以他自己的死亡，这个死亡是特有地死去，是本质的死亡并在本质上死去，这本质也是我的本质，因为死亡是在我的身心中得以纯净化，因为通过向着内部的转变，通过我的歌的赞同和内在深处，死亡变成纯净的死亡，即通过死亡对死亡实现纯净化，变成我的成果，即在死亡的纯净内部事物发生过渡的成果。”① 海子的精神放逐与自我圣化，展示出东方情结的浪漫主义、纯粹性灵，对从生命内部出现的母语文化的危机与损耗持有怀疑与否定态度，要收获的正是对传统文化的积极审视，要发现与创造的正是母语文化的这种“否定”基因与“增补”可能。

在世界与现代文明视野中，这种东方精神深处的不安与否定，也让海子在展示东方民族文化的同时遭遇了现代维度上的理性审视。他开始吸纳西方的文化传统与现代经验，让自我与他者进行对话，让母语传统、东方抒情及时地与当下世界文化与现代文明统一

① ［法］莫里斯·布朗肖：《文学空间》，顾嘉琛译，商务印书馆2005年版，第148页。

成海子式的生命之诗、哲学之诗，影响和建构了其晚期以“太阳七部书”为代表的“大诗”。“从实际运用中超脱出来的这种凝思，不单单是一种否定的超然态度。它伴随着一种世界观，这就是超出外在的现象追求潜在本质，追求那个支配着可见现象的基本法则。”① 他写道：“栗树和罗望子/大戟树北方榆呀/埋下我吧/今夜四点钟就地埋下/不要惊醒众多的人/请埋下我吧”（《第二篇　鱼生人·土葬鱼纹》），“我住进许多永恒的/肉体、黑暗的肉体//东方/在你们的身体中//一位/硕大无朋的东西/围着他自己旋转/或许叫昆仑”（《第二篇　鱼生人·土葬鱼纹》），“我”的信念与精神融注于“肉体、黑暗”，它是存在式的追问与反思，也是对自我的艰辛探险与抉择。海子贡献的不仅是一种诗学意义上的现代书写，更为重要的在于他同时呈现了这个时代的价值认同与文化建构的可能，一种诗意的文化重建与历史反思，一种导向“大诗”写作的文化意识。“生命中最后的时期或晚期，身体的衰退，不健康的状况或其他因素的肇始，甚至在年轻人……在一些伟大的艺术家身上，集中在他们的生命临近终之时，他们的作品和思想怎样获得了一种新的风格，即我将要称为的一种晚期风格。”②

这种将“孤独”与“虚无”作为本体的写作形成了海子的“晚期风格”，伟大的文学作品往往在时代与精神深处进行灵魂的触摸与慰藉，海子在东西方文明与文化的碰撞中，也自动创造了他的生命与诗的融合，语言本体向生命本体和哲学本体的过渡，诗的意义与价值因此突破了一般的抒情特征，这样汇集文化大河的灵魂歌唱与哲理观照和极具时代与心灵双重之维的写作，无疑直接提升了海

① ［美］鲁·阿恩海姆：《艺术心理学新论》，郭小平、翟灿译，商务印书馆 1999 年版，第 400 页。

② ［美］爱德华·W. 萨义德：《论晚期风格——反本质的音乐与文学》，阎嘉译，生活·读书·新知三联书店 2009 年版，第 4 页。

子的诗学广度和深度。“从一种不断探索和工作的生命的最后创造物当中，发现最高的成就、最纯粹的典范、最深刻的洞见。”[①]

第三节 《但是水、水》的“西方”悖论

《但是水、水》开篇写了许多“艰难”“孤独”“痛苦”“死去”“瓮”等此类充满现代性反思意味的文化情绪，笔者将其看成人类“否定性”的情感、价值的维度和结构。各种工业文明与消费话语已经侵入了人类居住的每个文化空间，在物质巨大进步精神却倍感空虚的时代，这种否定性的情感与价值真正具有了现代之维与批判眼光。这里布满了浓重的悲凉气息，但正是这样的生命苦难与困境的现实观照，使海子通过艺术的幽暗修辞与思想话语的信心建构他融注诗、哲学与宗教合一的神性写作，精神世界的普世价值是对苦难世界的克服，最终践行与实现时代的道说和心灵的价值。“中国古诗自唐以后越来越偏于文人化，到明清时代越发衰落，就是因为这种趣味削弱了创造力。现代汉语诗歌也有同样的问题：在小圈子里流行着一些观念和术语，它们赖以存在的氛围，都是对创造力的漠视。”[②] 海子喷薄而出的含混奇幻的“创造力”源于他的单纯而简单的直觉，也出自汉语诗歌的某种责任与担当，他的“大诗”因此而走向一种迎难而上、向死而生的西方现代性的批判与反思，并且追求诗与文化合一、生命与哲学的统一。

自然地夹杂于西方文化与现代之维中的各种虚无意识，形成了海子“大诗”写作中的文化悖论。他无法割裂母语文化与东方抒情

---

① ［美］鲁·阿恩海姆：《艺术心理学新论》，郭小平、翟灿译，商务印书馆 1999 年版，第 397 页。

② 西川：《大河拐大弯》，北京大学出版社 2012 年版，第 155 页。

的宏大气象，东方抒情更适合于诗性言说，但当海子不断地扎进本土经验与东方抒情的同时，又倍感母语文化的折磨与焦虑，认真思索“东方”在“西方”面前的出路与呈现，面对时代精神所遭遇到现代文明的消极影响，他不断地兼顾与西方文化语境的对话与融通，积极汲取现代话语可能对东方文化产生的话语启示。

海子写道：“但我的手指没有/碰过女孩的骨灰/没有。我的手指/遍地掘水时意外地折断/这十只孤独的动物/伴我的琴瑟/……女孩的瓮”（《第二篇　鱼生人·双手来临，两条河流》），这种孤独与虚无的气息困扰着怀有对人类心灵敏感直觉与感悟的海子，显然，他所追求的心灵事业并不容易，西方文化为我们带来了“现代性”的文化反思，这同时也是一种对母语文化的延异与解构，“唯有事事艰难/肮脏的大地/肮脏/而美丽”（《第二篇　鱼生人·东方男人，边说边选择新的居住地》），“大地”不再是深情的东方式的土地抒情，而是极具现代话语意义的哲理与反思，“月亮无风自动/铜镜中/河流翻动树木脚印/如史书”（《第二篇　鱼生人·东方男人，边说边选择新的居住地》），“月亮”“铜镜”“河流”“史书”，这些东方意象渐渐被导入西方形而上学的超验与感应之中，“脖子上的绳索拉着村庄/狼血涂草如花开放/我轻轻地痛苦/流过/如河的胸脯”（《第二篇　鱼生人·东方男人，边说边选择新的居住地》），“我睡地为家/我大步走向四方/踏死去的象群/就如登上白色的床榻”（《第二篇　鱼生人·东方男人，边说边选择新的居住地》），如此晦涩、模糊的诗性与思想性，形成了海子“大诗”的宏大气象与混沌风格。但是，在一种“水”的浸淫与诗意的启示中，海子要解构与超越的恰恰是对“母体文化”的去蔽，通过诗的形而上学体验，迈向哲学之途，诗体的感应与生命的在场为时代找寻到了另一种心灵出口与认知路径，“孤独的夜晚”，构成精神背景与灵魂触媒，导引海子在形而上学层面展开对心灵内部的深度发现与勘探，形成精神现象学的悬置与重构，“孤独的夜晚/洞内洞外/双手相伴而行/似大鸟落入近处河水/搅动，不出一点声息/双手在洞里久久徘徊/久久不愿告别/粗糙的主人/不愿告别火种”（《第二篇 鱼生人·双手来临，两条河流》），这思想“火种”犹如大地道说，呈现了大生命、大文化的某种景观与可能，为人类终极关怀与精神皈依找回诗意的“宁静”，“流过我胸脯之水/半坡之水/轻轻痛苦之水/让田野合当宁静”（《第二篇 鱼生人·双手来临，两条河流》），“大约在第三天……或者第二十个世纪/死去的山洞或村庄在我的深处开满了野花/绳索如音乐散开”（《第二篇 鱼生人·双手来临，两条河流》），“死去的山洞与村庄在深处开满了野花”，在现象层犹如精神的涟漪层层散开，犹如“绳索”奔走的人生，“开满了野花”，漫山遍野，勃勃生长，“至今故乡仍生长在黎明或傍晚，有时停止生长。/至今故乡仍远在高原南边或东边的河滩上生长。/至今故乡仍在有水的地方生长。/在苦难的枝叶间生长/……直到他们的额头/被墓地的露珠打湿，直到神秘之水/把我推上岸，成为胡言乱语的诗人/……直到他们被自己/震动，故乡/就降临在他们身上”（《第二篇 鱼生人·双手来临，两条河流》），“苦难”与才华俱在，生命沐浴思想光辉，“在有水的地方生长/在苦难的枝叶间生长”，这些构成了海子的精神背景，也是其隐秘的心灵故乡，“神秘之水/把我推上岸，成为胡言乱语的诗人/……直到他们被自己/震动，故乡/就降临在他们身上”。故乡，是“水”的最终归宿，在时间的流逝中启示着意义与可能，“痛苦的诗人/是你陪着我——所有的灾难才成为节日/到有水的地方为止/到我俩为止/没有一个人/活下来。而我/只记得你死去的日子……龙舟竞行/只记得一组桃树，早上古老地醒来/我双手摸到你/太阳血染白衣，野花巢于足迹/我只记得你/睡在水流中/那么长久/注视/我/国家似水/被摇醒时一动不动/那么长久”（《第四篇 三生万物》），“国家似水/被摇醒时一动不动/那么长久”，生命在场与现象学的感应，也导向对文化出路的思考，“……我是水/记住我的第一次死去……神秘的歌王/在墓画上烧得云朵低回/记住我已经死去/芦苇中。/我和第二个我/已经死去/死在故乡必经的道路上/记住我并不曾许下什么”（《第四篇　三生万物》），“死在故乡必经的道路上”，这种生命归宿以巨大的隐喻性建构了人类自我的可能，“走过了最痛苦的时辰/鼓声锵锵，在我身上/画满了波浪/鼓成船，槌成橹/我径直走了/记住这一根最大的木柴，苦难和流放的男人/囚于身体和孤独的男人，记住这一身白衣服/包裹的木头/于我的身躯一节一节焦黑/而静默/一节一节惊飞/如黑色燕子”（《第四篇　三生万物》），“尤其是河流/是那么长久的/骨头：/之后是/断断续续的火焰/只要你们记住了/‘那么就取走我的身体吧’”，《但是水、水》中不断写到“骨头”这个意象，隐喻着现代哲学中“向死而生”的文化诉求与“精神复活”。“写作就是中断这种纽带。另外，这是使言语脱离世界的流程，使言语从把它变成某种权力的东西中摆脱出来，而正是通过这种权力，当我说话时，是世界在自言自语，是每日通过劳作、活动和时间在构建起来。”① 海子克服了西方现代意识的局限与纠结，迎纳西方的现代思维达成与母语文化、传统文化的交融，建构一种东方文化与现代思维合一的思想实践。

在《但是水、水》中，“诗人”将自己比作“独腿人”。海子写道：“我们最初的眼睛/渴死在图画上/一只只狼围在夏天/太阳。流着血污/船在火焰中/像木柴又脆又亮/烧完我们最初的生命/水……水/这是木头。这是乳房/吮着它就像吮着/自己的血浆”（《第二篇　鱼生人·船棺》），“活了/我活了”，“我的呼吸：无数条恐龙/围着我腰间狂舞/成绳索层层/我的呼吸黑暗如壁/我的呼吸河流如肠/无数种子和音乐/在夜里自己哭醒/我双眼筑庙/多双手劫

① ［法］莫里斯·布朗肖：《文学空间》，顾嘉琛译，商务印书馆2005年版，第8页。

火/我双耳悬钟/活了/我在自己的肩膀上/举首为日，弯骨成弓/东方滚滚而来/淹没了/这一片血光中的高原/黄河呀惨烈的河/黄河呀惨烈的河”（《第二篇 鱼生人·人》），“绳索层层/我的呼吸黑暗如壁”，“我双眼筑庙/多双手劫火”，“举首为日，弯骨成弓”，开天辟地，海子由东方哲学涌向了西方宗教的激情与受难的献祭情怀，探寻着生命价值与文化可能的另一路径，是对“东方”情结的暂时游离与哲学洞悉。“我们所认识的这些事物和生命——或者不如说代表着它们的观念——以某种方式改变了价值。它们相互呼应，它们以不同寻常的方式结合在一起；它们变得音乐化了，相互共鸣，如同和谐地回应。如此定义的诗的世界与我们能够想象的梦的世界极为相似。”① 最终，抵达的是对虚无与孤独的形而上学式的洞悉，这种西方的基督情怀与文化弥塞亚在海子晚期“太阳七部书”中得到彻底呈现。

现实孤独与文化抱负共同推助了海子诗学及其文化价值的完成与实现。他的超验之心与审美之维的身心体验最终指向了精神的“复活”，海子所建构的这一系列话语形态无疑为当代精神的重构与文化复兴提供了另一话语启示，他的全部灵魂与信心都与抒情话语形态的东方美学相关联，而这一切都在代表着传统的母体文化和民族文化的“水”中完成。“这一次，我以水维系了鱼、女性和诗人的生命，把它们汇入自己生生灭灭的命运中，作出自己的抗争。这一次，我想借水之波，契入寂静而内含的东方精神，同时随河流曲折前行，寻找自己的形式：其中不同支流穿串其间不同种子互相谈话，女人们开放如花，使孤独的男人雄辩，奔跑进爱情。”② 在海子看来，“水”像一位痛苦而包容的苍老母亲，哺育着诗人，并启示他开启迎难而上的现代性反思与追求。“你们的母亲/那两只饱满的

① ［法］保罗·瓦莱里：《文艺杂谈》，段映虹译，百花文艺出版社 2002 年版，第 283 页。

② 《海子诗全编》，上海三联书店 1997 年版，第 877 页。

月亮/被风鼓起/水……水/我有了养育的愿望//这样，我的心脏/和一连串的子孙/在五千年中跳动/因缘如蝗牵起/头发蔓藤悠悠/彩陶环舞彩陶环舞/一条城墙不足以/表达我/我请求：/你/孵育出两条河流”（《第二篇　鱼生人·养育东方，两条河流》），“两条河流”并行，不断碰撞，形成了海子式的追求与呼吸。“我双手还水于你/我双手还愿/抱树而站/头顶坐满夜雨如鸟/孕月而睡/胎胞在鼓面上/悄悄思念/河流悄悄思念/长望当路”（《第二篇　鱼生人·双手来临，两条河流》），“河流悄悄思念/长望当路”，这是一条漫长而久远的诗途遥想，通过怀望与憧憬不断地靠近和完成文化认同与身份的迅速转换，以此消解与克服文化的焦虑思念之情。“双手”促成诗写，变成动力，在语言中获得了某种强大的精神磁场与文化感召力，“双手如祈/双手如水/双手比钟声比夜晚/更漆黑/传到原野上/双手游动如血：/壁画上/如血的灯两盏/你最终寂寞/但不会熄灭。”（《第二篇　鱼生人·双手来临，两条河流》），“你要照看好/一代代寂寞的心/和……水。/我们原来就这样/熟悉啊，双手/双手建筑了我们自己/人/人是多么纯洁/双手静静降临”（《第二篇　鱼生人·双手来临，两条河流》），“本是一股水。分头驶往东方和南方。嘴唇/干裂的秦岭，痛苦贫困的母亲/使我在森林中行走如风。母亲和父亲落难在远方的平原/就是那灾难带来了水……乃至鼻息……水……使我在婚礼上/站立不稳”（《第三篇　旧河道》），“我走过土地：心上人黄色的裙子/在落日下燃烧”（《第三篇　旧河道》），最终，这种诗意抵达了思想升腾精神涅槃的文化归宿与东方再发现。而这种“向死而生”的现代性观照与存在论意义上的反思，建构了海子《但是水、水》的“晚期风格”，这种“大诗”话语直接影响与推动了海子晚期“太阳七部书”的“大诗”创作。“晚期因而成了一种脱离普遍可接受之物的自我强加的放逐，在它之后出现，超越它而存在。”[①]

海子在《但是水、水》中不断制造思想的混沌与文化的不和谐，通过超验与象征的魔幻诗语构建诗意的审美空间与文化想象。语言中的直觉、思辨也生成了诗意话语与智力空间。“可以将这种费解与迷人的并列称为一种不和谐音。因为它制造的是一种追求不安而非宁静的张力。不和谐音的张力是整个现代艺术的目的之一。”[②] 这样，海子就在中西方文化的纠结与挣扎中表现出精神分裂、冲突的焦虑感和存在意识，也通过这种焦虑不安与文化不和谐推动沉思性、哲理性的建构与完成，并形成文本较强的艺术效果和震撼力量。“文学其实一直有对现实进行移置、调整、充满暗示地缩略、扩展性地魔魅化，使其成为一种内心表达之媒介、成为全体生命状态之象征的自由。”[③]

面对西方现代性反思与批判的文化视角，《但是水、水》表现出了西方文化中的现代哲学认同与存在主义思想探求，海子在早期阶段的诗学思想最终还是落在母语文化之根，选择了东方认同与民族书写，但是，这种东方话语是一种经过语言炼造、现代哲学共同孕育出来的东方“再发现”。海子的“东方”显然是生长的、反思的，他完成了与屈子（屈原）的沟通与联结，将汉语的诗兴传统一以贯之，形成了“屈原—海子”贯通古今的诗歌传统，“精神的作品只存在于行为之中。离开了这一行为，剩下的只是一件与精神没有任何特殊关系的物品。将你们欣赏的一尊雕塑搬到与我们很不相同的一个民族里：它只不过是一块没有意义的石头”。[④] 海子这种中

① ［美］爱德华·W. 萨义德：《论晚期风格——反本质的音乐与文学》，阎嘉译，生活·读书·新知三联书店 2009 年版，第 14 页。

② ［德］胡戈·弗里德里希：《现代诗歌的结构：19 世纪中期至 20 世纪中期的抒情诗》，李双志译，译林出版社 2010 年版，第 1 页。

③ 同上书，第 62 页。

④ ［法］保罗·瓦莱里：《文艺杂谈》，段映虹译，百花文艺出版社 2002 年版，第 315 页。

外合璧的现代反思、哲思书写，让汉语诗歌熠熠生辉，并形成与迸发出思想的巨大磁场与能量，使得海子诗学思想蕴藏和具备了多种文化传承和研究价值。

《但是水、水》的第四部分也是全诗的结尾，海子引用了唐代诗人李贺《青铜仙人辞汉歌》的诗句："茂陵刘郎秋风客，夜闻马嘶晓无迹。画栏桂树悬秋香，三十六宫土花碧。魏官奉牛指千里，东关酸风射眸子。空将汉月出宫门，忆君清泪如铅水。衰兰送客咸阳道，天若有情天亦老。携盘独出月荒凉，渭城已远波声小。""水"孕育的"河流"是母体文化，生命之源，也是东方智慧与民族情怀，海子克服与消解了这个东方抒情话语的"中心"，用差异替代传统，从浪漫走向混沌，形成颇具能量与文化传统的汉语新诗写作维度。

《但是水、水》作为海子早期阶段最长的一部"大诗"，不仅深扎于文化的根基与传统，认知东方，发现东方，同时也重视汲取西方文化，在中外文化对话中表现出一种错综复杂的文化纠结。海子的诗学思想初具雏形，除了对传统文化的积极审视，也开始有效地汲取西方文化中的哲学、宗教意识，不断修复和丰富"大诗"的精神内涵，在体例与精神气场上切近"大诗"境界。但是，此部"大诗"又旨在回归传统，最终落在东方文化、母语文化的根基之中，体现出海子诗学早期的东方性、民族性的文化诉求与思想光晕。

下　　篇

（1986—1988）

第四章

《太阳·断头篇》：身体在场与大诗话语

《太阳·断头篇》作为海子晚期（1986—1989）“大诗”“太阳七部书”中的第一部，明显地区别于早期（1984—1985）“大诗”《河流》《传说》《但是水、水》中对民族抒情的东方话语，将现代审美之维从东方哲学迈向了西方现代话语，“伟大的艺术表现出对人的生命存在本身的既直接又深切的关注。在这里，艺术是人类精神命运的内在承当者。……审美与信仰是所有伟大的艺术所蕴含的两种精神母质（这里所说的信仰不一定指涉明确的宗教诉求，毋宁说主要是指一种强烈的终极关怀意识，或曰一种‘形而上质’）。也可以换一种表达方式：伟大的艺术之所以伟大，是因为它深刻地蕴含了审美与信仰两种人类精神母质”。[①] 存在论与象征主义的超验思维，形成了海子诗与哲学的融合，其自觉的宗教式文化情怀也形成了他的神性写作话语，这种“诗、哲学、宗教合一”的“大诗”，成就了海子晚期“太阳七部书”写作的主要精神背景与话语实践。

---

① 胡书庆：《大地情怀与形上诉求》，河南人民出版社 2007 年版，第 1 页。

第一节　献祭身体的现代之维

海子晚期“太阳七部书”充满了大量的身体意象，他不自觉地通过身体的形而上学的审美体验导向对人类命运进行深度审视与精神勘探。身体，不仅是一种生理层面上的器官展露，也变成形而上学沉思的精神实体。诗歌这种特殊的文体形式，更强调诗人的直觉、灵感，而这些皆是诗人的身心体验，诗人借助生理和官能的身体跨越身体本身迈向幽暗的精神深处，与自我、时代、社会和世界进行不同的对话与沉思，从而完成对人类心灵的观照与感应。由此可见，身体与内心之间显然存在一座可以沟通且密切关联的通道，即积淀的民族意识与文化思维。感受超验与混沌的心灵世界，有助于把握与触摸灵魂深处的内心声音。超验与感应的象征主义写作，既有助于感知人类的精神实体，也有助发现与建构当下诗歌作为文化认知的新的可能。当然，“身体”也属于哲学思考的重要命题。“我的身体和我的意志是同一事物；或者说，我把它当作直观表象而称之为我的身体的东西，只要它是在一种完全不同的，没有其他可以比拟的方式下为我所意识，我就称之为我的意志；或者说，我的身体是我的意志的客体性；或者说，如果把我的身体是我的表象（这一面）置之不论，那么，我的身体就只还是我的意志，如此等等。”①

唯有走向自我身体的在场体验，才有可能挖掘生命意识深处的感知，打破身体/精神之间的界限，从而为人类心灵的走向与现代之维所遭遇到审美性的焦虑与不安提出阐释与解决可能，从而使艺术话语中的身体走出单一与局限的官能、本能。“诗人必须有力量

---

① ［德］叔本华：《作为意志和表象的世界》，石冲白译，商务印书馆2009年版，第155页。

把自己从自我中救出来，因为人民的生存和天、地是歌唱的源泉，是唯一的真诗。‘人民的心’是唯一的诗人。”① 他追求这种对人类心灵的体验，追求这种天地人合一的神性的“真诗”，“人民的心”体现了人类的终极关怀与体认。

《太阳·断头篇》中的身体无疑充满了舞台景观与献祭特征，这些使海子由身体导向隐喻与神话的史诗追求，完成了他象征主义与神性追求的写作。这些撕裂矛盾和激荡躁动的身体意象表现了一个东方抒情诗人的现代文化转型，如此果决与决裂的态度，让海子在形而上学这条“诗途”上走得越来越远，也越来越多地面对各种精神危险。

考察“太阳”这七部“长卷”（有些还未完成）的生命意蕴与现代话语，以此剖析海子身体书写的精神内涵及对90年代诗歌以来诗歌书写所产生的积极影响。在直接的身体展示和心灵符号的交相汇聚中，海子由生命体验迈向神秘体验，由现实境遇导向精神感应，这种混沌而诗性、矛盾而激烈的身体景观形成了海子的生命哲学与文化企及。“从太阳七部书的体式和内容来看，它们似乎已全然不同于传统意义上的史诗（也许诗人自己心目中的‘真正的史诗’本就不同于文学史框架中所说的史诗，而只是一种‘大诗’，我们大可不必生活在这样的概念上纠缠不休）。传统意义上的史诗多是反映古老民族生活的百科全书，是叙事性的，并且在精神控制上表现出客观、均衡的内在品质。而太阳七部书采取的多是一种可以称之为‘悲剧性戏剧诗’的体式。悲剧性戏剧诗是一种特别的戏剧体式，是对古希腊悲剧的继承和发展。古希腊悲剧基本上属情节剧，而这种戏剧属于非情节剧，取而代之的是思想的危机和精神的危机，不同的人物（或称为道具）都纯粹是某种精神实体，象喻着

① 《海子诗全编》，上海三联书店1997年版，第888页。

诗人内在冲突的种种矛盾因素。实际上这是一种建制庞大的抒情诗。”[①] 这种建制庞大的“抒情诗”，既是人类心灵的温情展示，又是由现代话语交汇而成的生命之诗、神性之诗。

无论是直接以“身体”为描绘对象，还是间接通过“身体”的内心感应与深度体验，海子要呈现的是一种宏大气派的精神实体展示，“在我的诗歌艺术上也同样呈现出来。这种绝境。这种边缘……在我的身上在我的诗中我被多次撕裂。目前我坚强地行进，像一个年轻而美丽的神在行进。《太阳》的第一篇越来越清晰了。我在她里面看见了我自己美丽的雕像：再不是一些爆炸的碎片。日子宁静——像高原上的神的日子。”[②] “年轻而美丽的神”“美丽的雕像”，这些“精神实体”变成了海子“大诗”写作中文化符号与精神印迹，在“大诗”中完成时代精神与人类心灵的双重观照与和谐统一。“文学是一种写作，文学写作投入了最激动人心的、源源不断的神秘体验、思想与情感。”[③] 海子走出了个体救赎的自我情绪，迈向更加神秘与更具神性的“精神实体”冲击的“大诗”，这七部“长卷”可看作海子身心融合、诗与生命合一的哲学之诗、灵魂之诗。“象征力量、秘术力量、诗歌力量出于同一渊源，出于同一深度……他们相信诗歌生命的实在，并作出种种努力证明诗歌是一种生命，一种根本的生命……让我们听到人的最深远的回响。”[④]

《太阳·断头篇》第一次将“断头”的身体充满鲜血与暴力地展示于这个并不清晰的精神实体与祭台上，他不仅要斩断对传说、河流这类东方抒情与自然热爱，更要挑战这种东方话语遭遇现代之

① 胡书庆：《大地情怀与形上诉求》，河南人民出版社 2007 年版，第 2—3 页。

② 《海子诗全编》，上海三联书店 1997 年版，第 881 页。

③ ［美］安德鲁·本尼特、尼古拉·罗伊尔：《关键词：文学、批评与理论导论》，汪正龙、李永新译，广西师范大学出版社 2007 年版，第 35 页。

④ ［法］加斯东·巴什拉：《梦想的权利》，顾嘉琛、杜小真译，华东师范大学出版社 2013 年版，第 188 页。

维的文化审视与灵魂觉醒，并开始不自觉地触及隐蔽神秘的文化内核与情感地带，对现代性以来的存在论意义上的“死亡”与“黑暗”进行深度的文化剖析，“写作这部‘经书’时，这位以激情突入为主要方式的诗人其实已经慢慢对自己的激情作着穿越，这一穿越到作品的最后可以说已经‘完全’实现。至此，诗人仿佛主观地抵达了‘一种明澈的客观’。”① 他希望站在现代之维为人类的心灵找寻一个精神家园，最终完成终极价值意义上的生命澄澈与理解。

第二节 混沌、哲理的“大诗”情怀

在《太阳·断头篇》中，显而易见的是，海子凭借幻觉想象力与对死亡的形而上学冲击，来建构那混沌、诗性的“史诗”境界。至于是否成功，尚难定论，但在文本的间隙的确激活了我们对与死亡相关的“火”“太阳”这类元素在生命过程中的重要文化想象，它们将导向对西方经验的现代观照与审美体验。这种西方文化背景下对人心与人性的追忆与质询，让海子暂时与传统割裂，沉浸于带有宗教激情的隐喻与神话思维的神性写作之中，通过对诗性混沌与哲学本体的双重追求，建构了“诗、哲学与宗教合一”的“大诗”。

《太阳·断头篇》是生命与信仰之“火”的现代性审美与文化省察，也是救赎激情的热烈展现和一首神性的赞美诗。“火”意味着热烈，也意味着深刻的决裂。海子写道：“谁的手爪/从我们身上取走了火”，“天空是一匹死马，上帝是空空的马厩/而地面上横横默默粗粗细细/坐着罪恶的窃火之人”，“小鱼守在九泉之下/眼睛闪闪像寂静的银子/雕刻着尾巴/那是冥河那是冰封之河/九泉之下冰河冰河　高高的/天空的白木头　一根断木/割了火　众人葬身火

① 胡书庆：《大地情怀与形上诉求》，河南人民出版社2007年版，第222页。

中/有一条大鱼请我再造天地/猛地，一只巨鸟轰然撕你肉体而去”，“火/这幽花之蛇/长夜难眠之蛇/捧盏，天地之盏/盛满我的人头而来”，“天空呀/你是不适合/我骑的马匹/我要杀死你/取走马厩之灯”，“地水天河中不死的我/背着一筐子/火/天风吹过暖暖的灰烬/众多的星星犁过我的肉体/鲜血淋淋，这才是/天风吹动火苗的样子/春季开花的样子/太阳出天的样子/头颅滚动的样子/母亲，你看见了吗?”“人呀一伸出手来，与这沾火之爪/接触，你会裂手入木，摘火挂枝”，“火/悲痛的杀死/天/我肿大的骨结/我乱响的头/我拨入骨灰的大鼓/我的肉骨琵琶　拴在空空马厩/无人腾出手来/取我流血和闪电/火光爪子/你敢碰一碰/爪子会把火与血腥/传给你”，“而我的确没见到/一只断手/我只在河岸上烧火/十只碗/扣在十个太阳上/这十把暖暖火苗/的脑袋/这十只植物身子/那天的断石哟”，“还是围着光芒乱刺的火/背叛的群火/你斟满了地狱的砖头/而无头之舞一堆堆/无人能夺下我那颤抖的/爪中之火”，“而现在，我/肢体乱挂于火/诸脉乱揉于琴/活血乱流于水/断掌乱石于天”，“湿婆，毁灭之神、苦行之神、舞蹈之神，削瘦，面黑，青颈，额上有能喷出火的第三只眼，一副苦行者的打扮。演出时或脸上戴着画成火焰的红色粗糙面具，或打扮成无头刑天。必须说明，诗中的事迹大多属于诗人自己，而不是湿婆的。只是他毁灭的天性赐予诗人以灵感和激情”。[①] 错乱、密集的意识与直觉，在隆重、肃穆的审美之维展示现代性反思，通过身体的通感与超验，抵达内心和灵魂的大彻大悟，而这种燧石求火的精神返乡最终探寻的还是人类的终极价值与文化可能。现代性反思与哲理化诉求，启示了时代文化与精神重构的另一路径，“太阳七部书”追求的正是这样的生命诗学和灵魂追问。“在作品中发挥作用的东西也几乎不露痕迹地显现出来，那就

---

① 《海子诗全编》，上海三联书店 1997 年版，第 492 页。

是在其存在中的存在者的开启，亦即真理之生发。"[①] "火"变成"太阳"，变成现实人间的精神实体与文化符码，"火"也点燃内心激情与梦想救赎，既意味着热度与光芒，更蕴含着海子对个体命运的终极反思，以及艰辛生命旅程中难以企及高度的精神层面上的宗教献祭与救赎激情。

《太阳·断头篇》中"老歌巫"，是"传统"的抒情者，海子认为："我的天空就与此不同，它不仅是抒情诗篇的天空，苦难艺术家的天空，也是歌巫和武人，老祖母和死婴的天空，更是民族集体行动的天空。因此，我的天空往往是血腥的大地。"[②] 该形象既投射了诗人自我的情感想象，又是内部分裂的自我肖像，展示出东西方文化融合的歌者灵魂。

海子写道："从歌曲中听出了那个人/他叫箕子，漆黑自己身子的箕子/披发佯狂的箕子/见鸿鹄高飞援琴作操的箕子/以歌代哭的箕子/（台上箕子走过殷墟，处处是麦子和谷子）"，"所有的诗人都是后来的/老歌巫第一个/坐在夜晚/所有的夜都是歌者之夜"，"老歌巫坐在一滴水中/坐在一颗心中"，"老歌巫/歌王噢歌王/一团鲜火、一注活血，除了歌王/谁能伴我们度过长夜/睡在土壤上/歌子就是人民自己/歌王就是人民的心"，"老歌巫。皤发的老父/在地上成长，手上缠着谷子/他不会升到天上，绝对不会/老歌巫最早最贞洁的嘴唇/被一点一滴的夜吻着/歌曲流出。有一种南风/流水打窗的声音"，"老歌巫是土中裂开的心脏/鲜活、腥红、激荡。跳跃在土上/歌子/一颗/心/在土地深处滚动着/呻吟着/夜草离离的种子/夜，黑而漫长/而夜果真黑而漫长"，"老歌巫坐在寂寞的/长着宝石和虫子的/大地上/呻吟一样地唱着//白风白水舞在老歌巫身上/歌声像一场寂静的大雪/归根结底是一场雪后的太阳/而夜晚将同时存在

---

① ［德］马丁·海德格尔：《林中路》，孙周兴译，上海译文出版社 2004 年版，第 23 页。

② 《海子诗全编》，上海三联书店 1997 年版，第 888 页。

下去”，“歌声”“大雪”“太阳”“夜晚”，这些颇具西方现代性反思的文化意象不自觉地导向“存在”之诗、诗与思、东方与西方的碰撞、融合，它们指向了海子“大诗”的精神背景。这里，海子通过“老歌巫”的歌声表现了存在的形而上学冲动与诗学观念中的坚定与执着，通过“大雪”呈现了世界的美丽，通过“太阳”指出了存在的秘密企及与心灵高度，通过“夜晚”为现实文化境遇提供了一条可供探索的生命路径与希望所在，即从东方抒情话语转向西方现代认同。

然而，“老歌巫像五尺半的鱼/浑浑无涯地坐在/歌的水中/一片黑暗、寂静/归根结底是太阳//而夜晚将同时存在下去”，“老歌巫的歌声一直存在下去/是水面上舵在嘎吱吱响在我肉体/是寂静在果实中成长在我肉体/归根结底是太阳/而夜晚将同时存在下去/因此/为了人本身/还需要行动，行动第一/归根到底是太阳/而夜晚将同时存在下去”，“为了人本身/还需要行动，行动第一/归根到底是太阳/而夜晚将同时存在下去”，“而夜，狮子如片片大火，碰破正常的水波，到处都是大家的痛苦，土地解决不了什么，轮回之木肃肃直下，埋葬同样也解决不了。今天的日子是一片沙漠，物质凶相毕露，追杀南方器皿和脑盖，追求民族底层的旭光、落日、蚀日，映照水内或运行中天之日。而夜，小心脏围着人们，在物质中死亡”。“是歌者是被歌者是听者/是远游者也是采花者送行的人/是所思的也是被思的/是永远的也是短暂的/是同一个人也是全体人/甚至是土层是岩石之蕊/是水是鱼是鸟。是鲲鹏之变/是地狱之火，是天上北斗的柄//归根结底是太阳”，归根结底，现代性的混沌与哲理之思投向了“太阳”的质地与光芒，它是精神内部的“歌唱”，也是文化所必经的转型与认同，是大地之诗与存在之诗，“祖国的男人唱歌在祖国的地上/祖国的地上长了这麦芒”，“麦子”，是海子抒情诗中最为重要的意象之一，也是阐释海子民族情结与东方情怀的情感密码之一，当然这一切都无法离开“太阳”的哺育、光照。“语言是纯粹人为的，非本能的，凭借自觉地制造出来的符号系统来传达观念、情绪和欲望的方法。”① 海子开始自觉地向着隐秘世界的灵魂深处挺进，穿过象征森林表象，直逼深深为现实境遇所痛苦折磨的内心困苦、“所思”与“被思”。“虽然诗人也使用词语，但他不像通常讲话和书写的人们那样不得不消耗词语，倒不如说，词语经由诗人的使用，才成为并且保持为词语。”②

“麦地”建构了一个东方抒情诗人的基本精神背景与文化诉求指向，即以农业、农耕为地域文化基础的华夏文明，数代生于斯长于斯的先辈在这块“祖国的地上”日出而作、日落而息，正因着诗人充满忧虑与深情的“歌唱”，使得自己所生存的土地蕴藏了种种可供不断生长的希望。

海子写道：“除了爱你/在这个平静漆黑的世界上/难道还有别的奇迹”，“是呵，只有你/住在河岸粮仓中，/渔网里、马厩里、户口中/我们都是活生生的马/从你身上牵出”，“夜是这夜。这是这夜/歌王诞生/歌王诞生于南风/诞生于采薇饥寒/诞生于秀麦渐渐/诞生于半夜喂牛/诞生于沧海之水/诞生于一些白发的高兴的击壤而歌的老人们/和另一位提壶披发扑河而去的老人/就这样歌噢歌浑浑无涯地顺着我的身子流水一样”，“诗是运送人民的天空/从诗的歌曲中听出了/那个主人公/和唱歌人/和听歌人/我们三位其实是一个人是我是/诗人”，“诗是运送人民的天空”，海子通过在场身体的精神感应走向混沌、超验的语言幻境，不但将内心深处对文化的忧虑与现代反思转化为哲理、思辨的时代之思和命运之思，而且鲜明地指出了“诗”在“大众”（“人民”）中的文化意义。同时，海子也塑造了“主人公”（主体）、“唱歌人”（抒情者）和“听歌人”

① ［美］爱德华·萨丕尔：《语言论》，陆卓元译，商务印书馆2010年版，第7页。

② ［德］马丁·海德格尔：《林中路》，孙周兴译，上海译文出版社2004年版，第34页。

(接受者)“三位一体”的特殊形象，并借用基督教的神学范畴完成了“诗写”说话者、发送信息、听话人的三位一体，而发送信息显然是我们通过字里行间的“细读”不索寻语言背后所渗透的哲学思维与黑暗情结，这种文化意识的自觉转型与反思，实现了海子的“大诗”抱负。“意识自身考查自己，但又没有考查自己。意识考查自己，因为意识根本上乃是根据对对象性和对象的比较才成其所是的。意识又没有考查自己，因为自然的意识固执于它的意见，未经考查地把它的真理冒充为绝对真理。”①

在《太阳·断头篇》中，海子的话语显然已非“常人”之思维，近似于灵魂附体的迷幻情形，这可能是因练气功走火入魔而导致的相近生理征兆。这些诗篇既呈现了精神冒险的错乱与含混，也有诗人刻意冲击精神幻象的努力与可能。诗人以敏锐的直觉勘探被常规和现实生活所遮蔽的神秘世界。“诗人是执着于自身原创性的敏感之人，诗人的崇拜者为这一敏感筑栏以护。”② 海子为我们贡献的正是这种心灵质询和黑暗探索，在混沌中抵达真相，在哲理中启示真理，而诗人的价值与意义也从个体行动走向了人类自我命运的终极思考。

海子在《太阳·断头篇》代后记《动作》中写道：“如果说我以前写的是‘她’，人类之母，诗经中的‘伊人’，一种北方的土地和水，寂静的劳作，那么，现在，我要写‘他’，一个大男人，人类之父，我要写楚辞中的‘东皇太一’，甚至奥义书中的‘大梵’，但归根结底，他只是一个失败的英雄，和我一样。”③ 这个“失败的英雄”，这个“我”，是东方与西方的合一，也是传统与现代的融

---

① ［德］马丁·海德格尔：《林中路》，孙周兴译，上海译文出版社 2004 年版，第 195 页。

② ［德］胡戈·弗里德里希：《现代诗歌的结构：19 世纪中期至 20 世纪中期的抒情诗》，序，李双志译，译林出版社 2010 年版，第 3 页。

③ 《海子诗全编》，上海三联书店 1997 年版，第 886 页。

合，既是“东皇太一”，也是“大梵”，他是海子诗人自我的隐喻，又是布满文化抱负的“人类之父”，在这样一种近乎狂人疯语的超现实体验中，海子为他所追求的“大诗”提供了一种心灵图景与思想可能。

海子写道：“一个我，混沌中大光滚来滚去、一团团极地之火/戳破我，从北冥到南冥，天空是一杆断木/攀附于激流泡沫之上，成熟于海水磨胃之中/一翅掀浊浪、一翅剪长天，我怀抱自己过了穹窿/我在宇宙中心睡过了千年万年一百亿年/我是0，是原始火球，是唤醒我的时刻了！”“我要说，我是一颗原始火球、炸开/宇宙诞生在我肉上，我以爆炸的方式赞美我自己”，“有几具巨火安置在我身上/我逃到哪儿哪儿就是天空/我飞到哪儿哪儿就是天空/那永恒的时刻，我撞上原始火球/那万般仪态的火/那风撕晨云的火/那破鱼而出的火”。海子生前曾认为：“《太阳·断头篇》是一个失败的写作，因而本欲将其毁掉。但是考虑到骆一禾已将此篇列为《太阳·七部书》之一，而且为了让读者看到一个全面的海子，本书特将此篇保留。”[①] 然而，种种生理幻象造就了海子超验诗写的文化景观，颠覆了世俗意义上的常规理性思维，并通过隐喻与神话的象征主义书写，启示了这个原始性灵中彼此感应与互为秩序的隐秘世界、混沌之维和哲理诗语，共同建构了一个生命灵动而文化躁动的具有“大诗”情结的海子形象。“血。他的意义超出了存在。天空上只有高寒的一万年却无火无蜜、无个体，只有集体抱在一起——那是已经死去但在幻象中化为永恒的集体。”[②] “血”，既是母语文化系统的孕育，也是文化断裂的自我救赎与献祭，令人心痛但似乎也无法逃离。生命是现实的赋予，但也是偶然的馈赠，“身体”之“血”成为未来的文化景观，也是文化幻想的自我宿命。

① 《海子诗全编》，上海三联书店1997年版，第481页。

② 同上书，第906页。

“转身投入大爆炸，十个太阳踢入人类肉体灵魂，里里外外，穿上脱下了天空，多少次梦想，尸衣满是星宿们愁苦的眼睛，如同疾病，扶着主人，在地上和血而坐，让文字漂泊生长在五爪之中，在刺猬中在豪猪中，在充当食品的乌龟、野兔、在清水和根果中，你在我体内炸开，灵魂因为无处可挂，就形成肉体，那血液的光线多次刺伤我。”“转身投入饥饿之火，嫉妒之火，情欲之火，乃至莫名之火烧起，大爆炸游遍我的肉体、角叉、粗尾和鳞甲，我在所有方向被人逼入死角。而同伴，另一只丑陋狮子，蒙上眼睛，向我撞来，爆炸你身体后离你远去，因为大地又宽又广。土地东南倾注，因为田野上吹过层层野麦就像从我脸上吹过层层疾病后的黎明。转身投入野火烧身，在黄昏，挽留你的声音常常在四方响起，转身投入大爆炸。这东西围成火焰之鸟。”“因为我拖火的身体倒栽而下/我天降洪水和一切灾害而下/我乱割群鱼江河血肉水泊而下/我驮负着光线胡乱杀戮而下/我粗尾击天而下/我断头为尸而下/我十个太阳烧裂尸体而下/充满行动而下/叫裂肝脏而下。/都在诗歌中喘血/堕入地狱/笔直地堕入地狱。/都在海子的诗歌中喘血如注”，“死亡//‘在这个平静漆黑的世界上/难道还会发生什么事’/死亡是事实/唯一的事实/是我们天然的景色/是大地天空”，“钟/打击在这个浅薄的时间/除了死亡/还能收获什么/除了死得惨烈/还能怎样辉煌”，“死亡//第一次也是最后一次/来吧，死是一直/存在的逼视/死是一堆骨肉/我像奇迹一样/每天每天/住在她身上/生命就是奇迹！/死，/怕什么/难道死亡会伤害生命/难道死亡会使我胆却”痛苦地挣扎，揪心的嘶喊，文化之“死”也正是另一种意义上的文化之“生”，“死亡”，既是一种生命之陨落与精神之复活，亦是一种醒觉意识与自由精神。海子在与“死亡”的对视中显示出其浪漫主义的赤子情怀，以审美化、哲理性的生命态度与通感思维来理解“死亡”的象征含义，然而在某种程度上，他也明显感觉到巨大的幻象写作与精神疯狂所导致生理与生命精力的透支，以及与现实的紧张关系，这种饱含着迎难而上的文化冲击和哲理探寻的时代精神既令人敬佩，却也让人倍感压抑和窒息。

他说："太阳就是我，一个舞动宇宙的劳作者，一个诗人和注定失败的战士。总而言之，我反抗过生命以外的一切，甚至反抗过死亡，因此就在这上天入地的路途上，听见了这样一句话：地狱之火烧伤他的面颊，就像烧伤但丁一样。"① "失败的战士""但丁"，这些精神符号自然地导引海子的诗学冲动与文化抱负。诗歌之死，正是文化复活的希望与可能，唯有这种宽容与友爱，我们才能静心去思考一个时代的艺术与文化，才能从这些极具天赋的天才式的"大诗"话语中，感受另一个性情挚诚的海子形象。"这是一幅人类个体完整的图像，也是他的生长史。我从爪子下开始，那是一对曾经舞在空中斫天取火的爪子，但这仅仅是人类精神苏醒的序幕，于是我破鱼而出，但似乎又回到鱼，回到我所能感觉到的脐，那个与大地母亲与地下冥府与永恒死亡紧紧缠在一的起脐。这是关于轮回的大地之歌，是劳作与舞蹈的颂歌，也是破坏和毁灭的颂歌。然后我们一起上升到心，那是质朴的静止的人类生存状态。人们用火用粮食用歌曲用诗人的生命来长久地活下去，在心上活下去。心，就是静止的人民，是一朵不灭的火焰，纯洁的源泉。然后我们就通过诗人找到了老歌巫的嘴唇，它代表着祭礼、婚礼和葬礼。踏破这轮回的歌曲的则是头颅，这位大男人的头颅，但这头颅是用来作一种绝对失败的反抗的，这只头颅将被砍离整个躯体，成长为一个血红的太阳。整个人类，无头之躯的地面，永远绕着这太阳旋转。好比说是舞。"②

文字，诗语，作为艺术元素，以超验之心抵达生命与世界的

---

① 《海子诗全编》，上海三联书店 1997 年版，第 887 页。

② 同上书，第 886 页。

交融与感应，语言与思想的合一。在审美化、哲理性的文化冲动与思想图腾中，海子克服了现实焦虑，于充满理想主义与浪漫主义的诗歌行动中不断生成其独特的话语风格与思想印迹。海子继续在身体与幻象之间，不断冲击隐秘的精神与思想地带。“于是文字漂泊成黑花，开满古原野和畜牧之河，掺合着红色虫血，我在木叶深处躺下，一行行文字，那只头颅被砍去的伤疤，夜夜愈合，玉兔负美妇逃离桂枝。而捣药文字敷于我右体，左体出血，渗遍我全身，而成月亮。于是花蛇正在翻动我舌头，诗经和楚辞同时吹过，电流、泥石流，血管送河于平原。于是古老歌巫扯动我肉，击打我头，反复叫出火来。于是周易数字丈量国土和我，女脚丫的尺寸，反复叫出火来。于是一堆烧过的骨头上万般文字如雪。于是你在河上就像血在河上，为我保存纯洁的姑娘。于是你葬身母先知的预言之中。于是只有诗歌，一个鲜血沉浸的村庄，只有你，月亮是你贞洁的小女人，被高高举起，撕裂，分离，于是你在鱼腹上静静坐下”“我从地上抱起/被血碰伤的月亮/相遇的时刻到了/她属于我了/属于我了/永远/把我引入孤独的深渊/相遇的时刻到了”，“诗人纯朴的嘴唇/含着水晶、泥沙/和星/长在水里/水面上我一直不肯献出/东西。我孤独积蓄的/一切优秀美好的/全部倾注在你身上/一连串陌生苦楚的呼喊/布满了天下面的血泊/广阔的血/雄伟的血/巨大的土色的血/就一直/流入脑壳/我叫得星星碎裂/一腔腥血喷喷而出”，海子正如自己在其创作笔记中写道：“这首诗，是血淋淋的，但同样是温情脉脉的，是黑暗无边的，但同样是光芒四射的，是无头战士的是英雄主义的但同样是人民的是诗人心上人的，是夜晚和地狱的，是破碎天空和血腥大地的，但归根到底是太阳的。”① 与麦子、麦地这种精神背景不同的“血”与“太阳”的冲动与思维，滋生了海子对东

① 《海子诗全编》，上海三联书店 1997 年版，第 886 页。

方文化的疏离意识，相对于20世纪80年代的抒情话语和反讽话语，海子自觉地走向了文化反思与现代话语的融合。这种带有撕裂感、痛楚感的“大诗”，的确呈现了汉语诗歌对自身母语传统的超越，也实现了诗、哲学与宗教的合一，但是这种高峰性、景观式的“大诗”也在一定程度上损耗了汉语诗歌，加重了现代性审美话语的语境压力，当代诗歌仿佛被海子唱完了、喊尽了，“语言的成长要充分依赖思维的发展。”① 至今，海子的诗歌在语言探索和在精神高度上仍然是一座难以逾越的高峰，要想超越绝非易事，它已经构成了当下对诗歌本体与诗意生命追求与体验的精神制高点与思想极限。

诗歌话语的衰弱是一个时代文化衰弱的象征之一。海子冲击生命极限与人类可能的“大诗”，从身体在场的体验转向形而上学的哲理思考，这也与属于人类最基本的情感状态与价值认同的爱情相关联。诗歌的理想性，也让“爱情”在诗中的文化形态表现为形而上学的精神价值与现代性反思。“爱情”不仅仅是通常意义上的欲望和本能，更是追求生命存在的动力与信心。“我的爱情，在诗中，这不光是我一个人的愿望/爱情，必须向整座村落交代，交代清楚/爱情要对大地负责/对没有太阳的夜晚负责”，“爱情”与身体相关，也与心灵相连；“爱情”，既是生理情感需要，也是精神实体与信仰之爱的升华。“我那么爱着这树这水因为他们折射出我的另一半”，从“太阳七部书”开始，“太阳”被赋予了神性光辉与神圣光芒，它主宰生命中的一切。“太阳”是某种理想化、幻想化的生命景观，同时也赋有某种神奇和神秘的情感动力，支撑着海子在他自我构筑的精神世界中通过太阳实现对“生命”形而上学的哲理沉思。“爱情”最终导向更纯粹与圣洁的精神之爱与圣徒情结，然而，“爱情，必须向整座村落交代，

① ［美］爱德华·萨丕尔：《语言论》，陆卓元译，商务印书馆2010年版，第15页。

交代清楚/爱情要对大地负责/对没有太阳的夜晚负责”，对诗人而言，“爱情”既是本能动力，更是完成使命与创造奇迹的思想可能。海子有一种至高、至纯、至净、至圣的理想主义与文化使命感，他说：“我还想在我的诗学中表达一种隐约的欢喜和预感：当代诗学中的元素倾向与艺术家集团行动集体创造的倾向和人类早期的集体回忆或造型相吻合——人类经历了个人巨匠的创造之手以后，是否又会在二十世纪以后重回集体创造?!”①

爱情不仅是欲望与本能，更是人类心灵的纯粹与向往，“别人的屁股都围着青草和泥巴/而生存的秘密无非是依地而掘/你何苦要这样苦苦追逐/你的情欲不会高于大腿/却为何要企及天空”，“月亮，白鸟黑鸟混杂的肉，一盘泥水、海水，腥水扫动双腿之水/月亮，婚姻之树，吐动泥土之树/随我卵生、双生、多胎生或流产、小产之树/月亮之雪，月亮之血，月亮的贞洁/你是从我身上撕下的血肉/我要占有你的每一个地方/每一圆缺/十五个夜晚/让我的弓满了，在你的光环中断裂/让我的红色羽毛红色血泊绑在你身上/我爱你身世之谜，除你之外/我没有其它的谜”。“爱情”的精神存在犹如一个巨大精神实体导引着海子作生命的搏击，以征服艺术的雄心抱负，通过身体书写抵达梦想的精神港湾。“既然爱情只能证明我们是两个半边/既然爱情不能使我们合二为一/那就把男人命名为一件衣服/女人命名为另一件衣服/而真正的肉身是谁。”海子正是凭借这种形而上学的勇气，对命运进行深刻地质询，在肉身之外找回“谁”的存在对于生命与艺术建构的可能。

《太阳·断头篇》既不乏对母语文化的膜拜，也渗透着精神痛苦与形而上学的探求以及身心分离的纠结：“幻象——他，并不提高生活中的真理和真实（甚至也不启示），而只是提高生存的深度

① 《海子诗全编》，上海三联书店 1997 年版，第 901 页。

与生存的深刻，生存深渊的可能。”[1]“从深渊里浮起一根黄昏的柱子，虚无之柱。根底之主子‘虚无’闪烁生存之岸，包括涌流浇灌的欲望果园，填充以果实以马和花。这就是可能与幻象的诗。”[2]诗人通过对幻象和幻想的捕捉与体验，抵达诗所追求的直觉和神性的话语启示，凭借对“真正的史诗”的理想抱负与艺术信念的不懈追求秉持他的“大诗”行动。

海子写道：“象征文字/两边羊角延伸/东为日，西为月/中间的肉体是我拦河筑坝的遗址/是古老爱情的隐居地”，“歌王：那个南方奥秘人的后代，鼓腹而游，沦为蝴蝶/而妻子在八条大水上奋力挣脱肉体之蟒/祭酒：农耕之神，你混入牛群后离我们远去/药巫：医药之神，请把我们早早的尾巴指给我/歌王：太阳之神，腥血洒满屈原的旧袍子/祭酒：干净地死了/药巫：并没有一块新的坟地/歌王：人类由你游荡大地的魂魄而来。”诗人“刻腹为舟。记下战争的日子和我的身世，我污秽的身世。直至头顶上的太阳，万水齐一的太阳，化血为砖的太阳，你让一个肉体独吞了其它九个肉体情爱的时光。叛逆的车子涌动三只鸦背，黑铁炎帝如火，从我的骨骼中吹起，收割人类就像收割弱命之草和惨麦之花……一点一滴，红透了大地，太阳噢你腥，只有你，这一腔古典之血，拆散南国婚喜秘密之床，组合成兵器。号角佩射，远方如焚，在那逐鹿之野，大鹫乱抖，这人头的处所，黄昏如一片尸体，纷纷落下”。“南方的葬礼/如南方的花果早孕/不见一滴血，刑天自己也不见踪”，“天空，一千具鹿的尸体/被我们兄弟一只只爪子抓住/天空，他们无穷的头/断了。千头母马在枯萎/那踩出火苗的牝兽。在天上打滚/天空击中了我，倒立在地上，成为南方的葬礼/葬礼深处，木叶上千万颗头颅悬挂如盛血之壶/葬礼深处，天空的两道脊背之间是人和大

---

① 《海子诗全编》，上海三联书店 1997 年版，第 901 页。

② 同上。

地/看不见的河//女人抱着我遍体鳞伤的身躯走过天空”，“大地的寂静盖过了人类的呻吟/无头的人/在那建造高原/断裂的大地对半折进我的身体”，“生长/一粒粒洪水之籽/围着白头颅骨”，“他用整整一生/走进埋他的雪峰……他希望他的老大/遇到一场洪水”，“传说最后他裸尸于高原/兀鹰架着他/缝合蓝天的碎片”，“水/一根根/弯曲/就像白鸟弯曲/十五只黑色太阳/塞满电的身体”，“女人抱着我遍体鳞伤的身躯走过天空/……/爱人抱着我遍体鳞伤的身躯走过大地/……/心上人抱着我遍体鳞伤的身躯走过海洋”，他不断“访问火的住宅，考虑真正的史诗/于是我作兵伐黄帝，考虑真正的史诗/于是我以他为史官，以你为魂魄，考虑真正的史诗/于是我一路高出扶桑之木，贵为羲和十子/于是我懂得故乡，考虑真正的史诗/于是我钻入内心黑暗钻入地狱之母的腹中孤独/是唯一的幸福孤独是尝遍草叶一日而遇七十毒/考虑真正的史诗/于是我焚烧自己引颈朝天成一棵轰入云层之树/于是我非梧桐不栖非竹实不食非甘泉不饮/于是我燕领鸡喙，身血五色，鸣中五音/于是我一心一意守沉默，考虑真正的史诗/于是我穿着树皮，坐卧巨木之下，蚁封身躯/于是我早晚经受血浴，忍受四季，稳定如土地/考虑真正的史诗/于是我先写抒情小诗再写叙事长诗，通过它们/认识许多少女，接着认识她们的母亲、姑母和姨母，一直到最初的那位原始母亲，和她的男人/于是我考虑真正的史诗/于是在白象尸体和南方断头淋血的雨季之河，我头盖荷叶，腰悬香草，半肢为鳞，/并且常常歪向河水，脑袋是一窝白蛇，鱼在长发间产卵/于是波浪痛在夜晚之上/于是四肢兴高采烈的土地/追逐着什么/是在追逐，在叛徒的咒语中/我是圣贤、祭酒、药巫、歌王、乐诗和占卜之师，我是一切的诗/于是我考虑真正的史诗/于是我确定理性的寂静数字/在一个普通的夜里，清点星辰和自己手指/于是我考虑真正的史诗”，“三足神鸟，双翼覆满，诞生在海上，血盐相混/这只巨鸟披着大火而上——直到人的身世/星星拥在你我怀中死去/太阳之轮从头颅从躯体从肝脏上轰轰辗过/是时候了，我考虑真正的史诗/太阳之轮从头颅从躯体从肝脏上轰轰碾过”，“我在地上，像四个方向一样/在相互变换，延长人类的痛苦/在这平静漆黑的时刻/天下的血泊　流在我肉中/我延长着死亡就是延长着生命//时间噢/第一次也是最后一次的时间噢/让我对你说//不！/不！//说完。我就沉入/永恒的深渊//死亡//不！/不!”各种撕裂与混乱的身体话语，既是现实境遇的情感投射，也是海子圣化超验的神性写作，海子要冲刺的正是开天辟地、苍茫朴实的混沌与神性。

第三节　形而上学的“黑夜”：“与危机共存”

《太阳·断头篇》在《序幕 天》中引用了庄子《逍遥游》：“北冥有鱼，其名为鲲，鲲之大，不知其几千里也。化而为鸟，其名为鹏，鹏之背，不知其几千里；怒而飞，其翼若垂天之云。”海子认为，“北方南方的大地，天空和别的一些星体”，他在一本名为《世界海陆演化》的书中写道：“最后，印度板块同亚欧板块碰撞之后，印度板块的前缘便俯冲插入到亚洲板块之下：一方面使得青藏高原逐渐抬升，一方面就在缝合线附近形成了宏伟的喜马拉雅山脉……”而喜马拉雅正是湿婆修习苦行的地方。这本书还写道：“根据古地磁学研究的结果，印度板块至今仍以大于5厘米/年的速度向北移动，而喜马拉雅山脉仍然在不断上升中……”①，“速度”与“节奏”成为海子诗歌中的时间意象，这种飞速、喷薄的受难式激情写作，塑造了一个以诗歌为志业、在人类心灵深处不断进行精神探索的圣徒形象。“普通人的感情和

① 《海子诗全编》，上海三联书店1997年版，第492页。

诗人的选词都不必是有意识的，各人对言语节奏的敏感程度也未必一样，但是节奏可能是一种无意识的语言决定因素，就是在不关心节奏的艺术使用的人也不例外。无论如何，诗人的节奏只能是更敏感地、更有风格地使用他的同胞们日常说话里特有的节奏趋势。”[①] 海子“大诗”所表现出来的最为重要的诗学特征，就是对当代诗学建构最具丰富性与差异性的话语实践，从母语文化的抒情话语迈向黑暗与太阳的质询与沉思，成就对“虚无”的审视态度，即对“死亡”的形而上学的哲理思考。“虚无主义是一种历史性的运动，而并不是何人所主张的何种观点和学说。虚无主义在西方民族的命运中以一种几乎尚未为人们所认识的基本过程的方式推动了历史。因此，虚无主义也不只是其他历史性现象中间的一个现象，也不只是一个精神思潮而可以与欧洲历史中出现的基督教、人文运动和启蒙运动等思潮相提并论。”[②]“虚无主义”是现代主义文学的关键词，也是一条绳索与“深渊”，它将人类推向了孤独无助的精神困境，“人类是一根系在兽与超人间的软索——一根悬在深谷上的软索”[③]，诗人的精神创伤与心灵痛苦也从本质意义上转化为对“人类”事实上的局限性的形而上学思考与普遍性感受。“在这平静漆黑的时刻/天下的血泊　流在我肉中/我延长着死亡就是延长着生命”，诗歌化身为生命的挽歌，海子以自我的精神体验不断勘探生命的另一秘密通道与可能，试图在对“时间”确证的途中，为人类自我命运找寻某种慰藉与突围路径。

《太阳·断头篇》中的“头颅”俨然是一种生命姿态与价值立

---

① ［美］爱德华·萨丕尔：《语言论》，陆卓元译，商务印书馆2010年版，第144页。

② ［德］马丁·海德格尔：《林中路》，孙周兴译，上海译文出版社2004年版，第231页。

③ ［德］尼采：《查拉斯图拉如是说》，尹溟译，文化艺术出版社1987年版，第9页。

场的彰显，也俨然是一柄思想铁锤，时常敲打、撞击着时代的敏感神经与孤独内心。

海子写道：“你敢碰一碰/乱埋头颅的爪子/在天石深处/在这个时刻/坐穿海底/的巨兽/在我的诗中/喘出血来/于是他拖火的身体倒栽而下，笔直堕入地狱”，“断头台上，乱鹰穿肝为石/断头台上，一簇火苗如花/断头台上，大头如石，裂空而过/断头台上，砸动肉体取骨头/断头台上，大头如石，裂空而过/断头台上，砸动肉体取骨头”，“血肉筑台/一头颅/乱跳湖泊桃木之中/头颅，战争的宝地/埋葬天空的一杆火/火，火，肉体之牢/击打一切脊背/为炼火的地狱之石/天风吹灭/裂颈相送/他送你一匹死天空/活火苗 太阳/太阳……而他是凶手/死天空/活火苗/用太阳卜居/树杈在头顶上遮住死马/人类在河岸上零零碎碎打洞/割下火来”，“把那不变的夜交给我/所有的一切都必须/从我的断头之下经过/斫天之日，斫天的巨斧/也饮我的血肉/在灿烂又森寒的天空石头中/磨着我清澈的头颅/我用头颅雕刻太阳，逼近死亡/死亡是一簇迎着你生长的血红高粱，还在生长/除了主动迎接并且惨惨烈烈/没有更好的死亡方式”，“唯一要求的是我自己/以及我的兄弟/是那些在历史行动中/断断续续失去头颅的兄弟/不屈的兄弟/让我们脚踏着相互头颅/建立一片火光”，“除了头颅/除了你这一片腥红的时间/没有别的/在那不远的家乡/是夜晚。”“这头颅只是一只普通水罐”，“我这滚地的头颅/都必须成长/都必须成长为太阳/太阳/都必须行动，都必须/决一生死//头颅滚动，人噢/你是知道这意思”，“我那选在家乡的古老肉体已不认得/一片洪荒中我这为他牺牲的头颅/就让它像太阳一样/日复一日孤独敲着/在众人肉体和土上/敲着。血流满面地/敲着”，“炼地狱之火为心/心/由人间粮食哺育的心/民歌的心/苦于天上人间爱情的心/诗人的心歌的心/我的伤感/又悲愤的心/上天入地/而现在是血/是血/血！”“在火的边上火的周围火的核心/唱着，唱着就像那只头颅/炎炎之火下大地碎裂/一切生命更新如尘/光芒四射/大地围着你们的十只断头/在历史中行动，解血为水”，把生命当作诗意书写的旅程，当作一次无畏的身体献祭，这里面既呈现了诗人的艺术气魄，也折射着诗人与现实不可言说的紧张关系。海子友人西川说：“我不想把（海子的）死亡渲染得多么辉煌，我宁肯说那是件凄凉的事，其中埋藏着真正的绝望。有鉴于此，我要说，所有活着的人都应该珍惜自己的生命，这样，我们才能和时代生活中的种种黑暗、无聊、愚蠢、邪恶真正较量一番。”①

与“头颅”所代表的情感价值相联系的西方文化意象是“太阳”，它成为某种光明景观与精神能量。“我要说的是/只有一个太阳/死里求生//死里求生”，“我是太阳/也是人/是淋动羊角的一只古瓶/存满了肉体，若即若离”，“太阳噢太阳，你在我口中与苦痛言语相混/那洒流你全身的植物，引尾至水，一只狗/那黄昏斜躺你身上而成夜晚/语言之床摇摇晃晃。”“太阳”意象反复出现在《太阳·断头篇》这部“大诗”中，正如海子沉浸于写作状态时身体所体验到的幻觉、狂喜，它试图通过“语言”呈现世界表象的美丽景观，而击中心灵的往往却是无法言说的痛苦与真相。“语言”越想清楚表达，但似乎越为艰辛与不易，“语言”永远存在于通往语言的途中，不断道说，试图抵达，却永远没有止境与终点。“我们曾经在盐层之上搓动绳索。我们在黎明之鱼中/暴露缄默的被人捕杀的集体。只有河流使我们/生存。而日日复出的太阳/纪念着不在场的夸父”，“人类之伟大处，正在它是一座桥而不是一个目的。人类之可爱处，正在它是一个过程与一个没落。”②“太阳”是“夸父”，它成为“大诗”所建构的生命根基与秘密思维，也指向了文化突围的信仰力量与生命信心所在。“是人，都必须在太阳面前找到自己

① 《海子诗全编》，上海三联书店1997年版，第930页。

② ［德］尼采：《查拉斯图拉如是说》，尹溟译，文化艺术出版社1987年版，第9页。

存在的依据。”①

东方话语中的抒情表达与象征主义写作中的超验和感应，使诗性与哲理的相互交融成为可能，这种感性、理性与神性的整体合一，形成了海子诗学独特的价值倾向与文化趣味。相对于世故与尘世而言，如果缺少某种冲破秩序和面对混沌的勇气，诗人便难以从自我维系的内部抒情走向对自我与世界的紧张关系的形而上学思索，而海子“考虑的真正的史诗”，显然是对世俗人生的自觉疏离与勇敢告别，尽管，“天空斜向一边/万段木林巨面滑下鳞身/红头发炎炎如一段太阳/求生不得/乃求裂天一死”，“所有的人都在日子深处蒙着水雾”，“伤感的小村庄，你这地球/腥血之河喂养的水和人们/我是太阳/让我们对等地举起刀来/让我们瞪着彼此的血红眼珠/像两头闪闪的巨兽/拖着血肉滚动”，然而，海子追求的是大地，是“重建家园”的信心。但是这种冲击生命极限与虚无的话语必然受制于生命的事实性局限这一宇宙法则，“大地是水罐中枉落的怪鸟/是闪电之树上一枚黑色土核/大地是弯曲的盘弓射下的一块浅河之地/一块沉鱼，一块供养众多鼻孔的生息之地/大地是我这插花的民间脸/顶着火灶、掏着鸟粪、建立家园”，他要克服的是生理肉身的束缚，坚持的是“精神乌托邦”的大我意念与灵魂冲动。从某种意义上来讲，这类文学话语既折射现实境遇的情感投影，也包含心灵升华与思想净化的想象世界，但更多指向具有终极价值与生命本体意义的情感重塑与精神建构，从而完成对苦难现实的某种情感补偿与思想超越。

诗歌是精神事业，而诗人是灵魂战士，是勘探精神世界的冒险者，更是为光明与火种热烈献祭的文化圣徒。“在历史上/我一直是战士。不管/别人怎样过他的日子/我一直是战士/我一直是战士/我

① 《海子诗全编》，上海三联书店1997年版，第887页。

浑身是血腥/我一直在历史上反抗/我一直在行动/头颅播入这四面开阔的黑土”，这种形而上学的存在之思与命运省察，一方面使海子找到了自己的价值支撑，另一方面又在黑暗的质询中受困于重重精神危机。“……大地是转动的/围着我这十只断头/和天空一样亢奋/这两匹母马，在青铜之血上/互相践踏、碎裂/大地和天空一样退回到遥远的血光/退回到最初创生的动作/红头发炎炎推大地转动/红头发炎炎如一段太阳”，“战士噢，带着你的头颅，上路罢/战士噢，你的头颅沿城滚动沿城侍奉”，“你是战士/你要行动/你的行动就是公平/太阳不能无血/太阳不能熄灭/你是战士/用万段火苗跳动断肢/只有行动，只有行动意志/有那岁月之腹岁月之鼎上不停鸣响/血腥地伤害自己/迎来光明。你是战士，你要行动！/轰轰烈烈地生存/轰轰烈烈地死去/你们不再以心归天/你们就是在这创痛和撕肉折劲之中/头颅播入四面的黑暗，四面开阔的黑土/把其它的残肢用泥巴糊好，幽幽吐花如梦/你们的心脏蓄着地狱之火反抗之火/喂着了人类和鸣啸巨兽”，“当我用手臂摸到/被八面天风冲开的肢体。鹰鹫吸肉在/夜深人静，他们的心温暖的/汩汩流血在夜深人静/就让我加入反抗者的行列/就让我，这一位普通的人/这根宇宙深处寂静的原木/加入反抗者的行动/用生命的根子和我自己的头颅/哪怕一切毁灭在我手上/把这不变的夜交给我”。这是“身体”的各个部位：头颅、断肢、撕肉、残肢、心脏……的热烈“行动”，意念与意志的行走，无疑又受制于肉身的局限，这种幻觉和幻想组成了海子幻象、超验的艺术世界。但是这种精神分裂与危险，日益逼近“播入四面的黑暗，四面开阔的黑土”，一次次狂欢化景观，使精神分裂的海子于如此混乱和混沌的思维中解构了因袭的文化模式与意识，让生命的行走融入一次次身体的“行动”事件之中，并通过这一个个精神图腾体悟太阳光芒与神性力量，“断头”的种种事件，让海子诗学毗邻黄昏与夕阳的内心逼视，这种“断头”的世纪末呐喊与行动充满了文化的献祭与宿命意味："血腥地伤害自己/迎来光明。你是战士，你要行动！/轰轰烈烈地生存/轰轰烈烈地死去"，豪言壮语中渗透苦痛，受难激情中布满无助，"从前你有许多热情，而你称它们为恶。但是现在你只有你的道德，它们是从热情里诞生的。"① 这是艺术与生命的分裂，是迈向灵魂深处的勘探与冒险，通过一次次地拷打肉身，在原始混沌、无序苍茫中建构海子所追求的真正的"史诗"境界。但是，这个"结果"也意味着海子用生命扑向大地的写作将付出的生命代价。

海子写道："在这一首诗里，与危机的意识并存，我写下了四季循环。对于我来说，四季循环不仅是一种外界景色，土地景色和故乡景色。更主要的是一种内心冲突、对话与和解。在我看来，四季就是火在土中生存、呼吸、血液循环、生殖化为灰烬和再生的节奏。我用了许多自然界的生命来描绘（模仿和象征）他们的冲突，对话与和解。这些生命之兽构成四季循环，土火争斗的血液字母和词汇——一句话，语言和诗中的元素。它们带着各自粗糙的感情生命和表情出现在这首诗中。豹子的粗糙的感情生命是一种原生的欲望和蜕化的欲望杂陈。狮子是诗。骆驼穿越内心地狱和沙漠的负重的天才现象。公牛是虚假和饥饿的外壳。马是人类、女人和大地的基本表情。玫瑰与羔羊是赤子、赤子之心和天堂的选民——是救赎和感情的导师。鹰是一种原始生动的诗——诗人与鹰合一时代的诗。王就是王。石就是石。酒就是酒。家园依然是家园。这些全是原始粗糙的感性生命和表情。"②

"黑夜"像抒情歌手，走向孤寂的形而上学思辨。但此时海子的艺术化、审美化、哲理性和宗教性的迎难而上学的"大诗"话语显然让他的身心不堪承受，现实境遇与肉身救赎随之转化成意识深

① ［德］尼采：《查拉斯图拉如是说》，尹溟译，文化艺术出版社 1987 年版，第 35 页。

② 《海子诗全编》，上海三联书店 1997 年版，第 889—890 页。

处的精神危机，“诗人必须有力量把自己从大众中救出来，从散文中救出来，因为写诗并不是简单的喝水，望月亮，谈情说爱，寻死觅活。重要的是意识到地层的断裂和移动，人的一致和隔离。诗人必须有孤军奋战的力量和勇气。”①

海子是背负重债的英雄，他不断地冲击与挑战痛苦和苦难的形而上学，密急如火、勇猛似鹰，向“太阳”作着无悔的冲刺，一路飞奔，集成哲理之诗和灵魂之光。“想起八年前冬天的夜行列车，想起最初对女性和美丽的温暖感觉——那时的夜晚几乎像白天，而现在的白天则更接近或等于真正的子夜或那劳动的作坊和子宫。我处于狂乱与风暴中心，不希求任何的安慰和岛屿，我旋转犹如疯狂的日。我是如此的重视黑暗，以至我要以《黑夜》为题写诗。这应该是一首真正伟大的诗，伟大的抒情的诗。”② 由“黑夜”导向对隐秘精神深渊的意识探险与文化沉思，“黑夜”为现实之门提供了另一种生命路径，并体验着存在的艰辛与疼痛。而这种黑夜式的心路历程，又似乎暗示了生命的另一种可能，即对苦难与虚无的消解与净化，直面现实真相的逼视，以此驱除更多的心里的阴影，坦荡与赤诚地面对这一神秘而又具有文化价值的可能世界。作为一个诗人，一个天才式的艺术家，海子以迎“难”而上的勇气“向死而生”——凭借对灵魂的关怀与慰藉，演绎生命的别样之维——通过对艰辛人生的悲悯与同情，将焦虑、虚无的现实转化为心灵的救赎。“不再只是消极地把虚无主义理解为最高价值的废黜，而是同时也积极地来理解虚无主义，也即把它理解为虚无主义的克服；因为现在明确地被经验的现实之现实性，即强力意志，成了一种新的价值设定的本源和尺度。其价值直接规定着人的表象，并同时激励着人的行为。人的存在被置

---

① 《海子诗全编》，上海三联书店 1997 年版，第 888 页。

② 同上书，第 884 页。

入另一个发生维度之中。”[1] “黑夜”的内部沉思，呈现出与西方现代哲学对话的可能，为当下文化的生长探索了一种凤凰涅槃的重构，“在写大诗时，这是一个死里求生的过程。”[2]对文化心灵的巨大抚慰与触摸，也让海子以“太阳七部书”为代表的“大诗”呈现出时代所忽略的文化认同与思想价值。

“夜是你的”，“黑夜”属于孤独，也诞生伟大的思想，海子的精神气场指向了这类无法触摸但却真实存在的生命之“夜”的哲学探寻与心灵吁求。“而夜晚同时将永远延续下去/这日夜的轮回/是我信奉的哲学/这一层层/追逐在歌声与寂静中的/嘴唇//用天空、诗歌和水/盖着/大地/大地，一直进入内心/的大歌声/归根结底是太阳”，“有人高声呼喝/把那不变的夜交给我！/天空深处/十只星宿像井一样/撕开在黑漆漆的夜里/撕开在我的肉上。民间的心脏/像火一样落下”，“把那不变的夜交给我/以雷为湿兽，摇动哑默的天面/甩动巨大头顶如闪电临刑/卷曲的天空钻入人体/与原始的心脏相合/把那不变的夜交给我/用手剪开宇宙就像剪开/一只被黑血糊住的鸟/腥宿之角对等于我的嘴唇/天河游于我水的衣裳/围着海，十头集中的火/围着扶桑，我的大头之树/围着我抱头痛哭的兄弟/那十个太阳压住你的上下之枝/压住他的肚腹胸脐/压得我的双手沉沉/把那不变的夜交给我/交给我，天空！”“把那不变的夜给我/不，我不屈服/面对八面茫茫天风/面对宇宙，这黑色洞穴/我怀抱十个太阳/怀抱啄击心肝的/一丛鹰鹫/我早就这样一路走来”，“夜在我身上就像在一片高粱地里错动/没有人知道我在火光深处/没有人知道我在高粱地里/生下十个太阳”。与“黑夜”相关的“火”为夜晚提供了生命热度与思想光芒，它是一种现代诉求与哲理启示，也

① ［德］马丁·海德格尔：《林中路》，孙周兴译，上海译文出版社2004年版，第263页。

② 《海子诗全编》，上海三联书店1997年版，第888页。

是一种“献祭”的人格隐喻与文化象征，“火，使我凝固于巨大的天空墓盖！/果然就只是我一人，就只剩下我一人/那又怎么样？/把那不变的夜交给我”，只有“黑夜”降临，“火”的“光芒”与热量传递诗之温暖与热切，“面对宇宙，这黑色洞穴/我怀抱十个太阳”，“太阳”光芒万照，它是自我献祭与内部融化的精神血液，“在火光深处/没有人知道我在高粱地里/生下十个太阳”，“黑夜”因此成为一种情感纽带和文化情结，并支撑着探索的信念与动力，在心灵深处和精神内部孕育与诞生了一部充满热量与方向的现代“创世纪”。

《太阳·断头篇》写了一次诗意而果决的“生命行动”，受难的激情与燃烧之“火”，托起“头颅”的献祭，话语中布满无所不在的暴力冲突。“火”与“太阳”形如兄弟，它们共同支撑起海子思想意念的精神观念。“天空死了/死亡的马，如大批鱼群斜过粗肿的星宫/滑进海洋。太阳之籽裂开”，“时间死了/无数猿猴或者无尾之人涉过滔滔江水/一只大鱼脊背死在化鸟之梦和水土颜色中/太阳登高，萧萧落木，给你足够的时间/行动吧！或者鱼/或者鸟/时间死了/那些乱乱的时空就随便用手指葬在四周/如果我们坐着，并且习惯于表白”，“火是一穗无人照看的麦子”，“如果毁灭迟迟不来/我让我们带着自己的头颅去迎接”，“多少次了/不，我不屈服/就让我十个太阳钉着我的头/我的肉　钉在水里　钉在岩石上/在岩石钉一个心脏/我的心脏/让鹰鹫啄击/多少年了/不，我不屈服/我要挑起战斗/我的宿命就是我反抗的宿命/血泊中，那穗火珍藏手底，交给人类”，“我的无首之躯在旷野上舞着/我的白骨枕着白石头”，“我那落地的头颅/终日围着你/黑粗粗地埋着种子的肉体/或天地的母马/旋转，那是太阳/血锈水面，一片盾甲/地狱之火那些岩浆沸腾/在你最深处，在你心上/以行动定生死/让我溅血的头颅/围着你旋转，燃烧你、温暖你/以行动定生死”。在灵/肉、诗/思之间，诗人进行一次自我与世界的搏斗和内我与外我的抗争。“大诗”，既是文化建构的，也是人格分裂的，海子对此也有所认识：“归根到底，我是倾心于阴沉，寒冷艰涩，深不到底。但催人生长，保存四季、仪式、诞生与死亡的大地艺术。是它给了我结实的心。我不会被打垮是因为它。如果说海是希腊的，那么天空是中国的。任何人都不像中国人对于天空有那么深的感知。当然，一切伟大的作品都是在通向天空的道路上消失，但我说的是另一个天空。那个天空是中国人固有的，是中国文人的人格所保存的，虽然现在只能从形式的趣味上才能隐隐看去。这当然不是形成宇宙和血缘时那一团团血腥预言的天空。中国人用漫长的正史把核心包起来了，所以文人最终由山林、酒杯和月亮导向反射灵魂的天空。它是深知时间秘密的，因为是淡泊的，最终是和解的。”①

海子写道：“一个太阳/是一位战士的头/在血中滚动/在血中滚动的/还有我/一位人类的女性/宇宙之母/腹中养育着/十个太阳/生或者死。死就是生/夜在你头上/夜在我身上/就像在一片高粱地中错动”，“把那不变的夜交给我，人类/除了男人的头颅和女人的腹/一切一切都不配审判黑暗/生命，生命是我们与自己的反复冲突/生命在火光深处”，“把那不变的夜交给我/今夜的人类是一条吞火的河流/归我哺育，今夜的人类/也是河道之猿/也是一根打入耳环的原木/也是我从小珍爱的女儿/我在庙中用火喂养着她/在天上地下用十个太阳/扶着我的腹部而下”，“打碎了天空如马厩/十个太阳钻出我的肚腹/钻出我的窍火之城/十个太阳之城/扶着人类，就像/扶着白草的肉体/一穗存火的肉体”。“身体”是如此的决裂与无助，如此的痛苦与血腥，甚至其中的情感逻辑是错乱与混乱的，如果硬要找到某种阐释刻意套用海子诗学观念，似乎也差强人意，而此刻，海子的文化抱负与努力正暴露他的

① 《海子诗全编》，上海三联书店 1997 年版，第 887—888 页。

“危机”四伏，灵魂告急：“除非还有一些终有一死的人能够看到不妙事情作为不妙事情正在进行威胁。他们急需看清何种危险正落到人身上。这个危险就在于这样一种威胁，它在人对存在本身的关系中威胁着人的本质，而不是偶然的危难中威胁着人的本质。这种危险才确实是危险。这种危险隐藏在一切存在者的深渊之中。”① 显然，海子对“黑暗”的形而上学的体验、对“自我”的人格分裂、对现实境遇的果决“行动”，这一切成就了海子的“大诗”质地与光芒。“我的诗，出自死亡的本源，和死里求生的本能，并且拒绝了一切救命之术和别的精神与诗艺的诱惑。这是唯一的一次轰轰烈烈的死亡。断头的时候正是日出。这是唯一一场使我们血泉如注并且成为英雄的战争。在一个衰竭实利的时代，我要为英雄主义作证。”② 英雄主义的情怀和浪漫主义的沉思建构了海子式的想象力与史诗意蕴，在混沌、超验中成就了“大诗”的思想景观，诗性和哲思衬托出语言的文化价值与思想可能，隐匿于字里行间，贡献后人。

综上所述，《太阳·断头篇》是海子生前晚期较完整的一部“大诗”，诗人通过对火、太阳、黑夜、肉体等一些颇具西方文化特征的现代意象的捕捉，触摸现实人生与时代命运，不断勘探人类心灵的深处秘密与内心可能，让身心感应迈向诗意与哲思之途，最终抵达“大诗”的艺术境界。“一切写作之物，我只喜欢作者用自己的心血写成的。用你的心血写作罢，你将知道心血便是精神。”③ 在中西方相异的精神渊源里汲取诗性与哲理养料，通过人格分裂和幻想幻象的超验之心，海子实现了“诗、哲学与宗教”合一的“大

① ［德］马丁·海德格尔：《林中路》，孙周兴译，上海译文出版社 2004 年版，第 310 页。

② 《海子诗全编》，上海三联书店 1997 年版，第 887 页。

③ ［德］尼采：《查拉斯图拉如是说》，尹溟译，文化艺术出版社 1987 年版，第 40 页。

诗”，实现了一个诗人的文化抱负，为当代诗歌写作与理论研究留下了宝贵的精神遗产。但是，其精神危机与文化观照也渗透了极其浓厚的虚无意识，其文化意蕴与内在影响还需及时加以厘清和认真辨别，只有这样，海子诗学才能走向真正的文脉、文运，走向生命哲学与时代文化的复兴与关联。

第五章

《太阳·土地篇》：从母体孕育黑暗

诗歌的写作往往在瞬间完成，依凭直觉、灵感，诗的运思则变成诗的思维和通感。它形成了不同于理性思维，也同不于绝对精神实体的宗教思维，它是一种悟性与直观。“悟性认识因果关系就比在抽象中思维所得的要更完整、更深入、更详尽；唯有悟性能通过直观既直接又完全地认识一个杠杆，一组滑车，一个齿轮，一个拱顶的安稳等，有些什么样作用。”① 这就决定了诗歌的谋篇布局和语言的理解与展示，诗的特点是播散性、差异性，对诗的解读与理解，既是诗的意义也是诗的体裁悖论。因而，对诗的翻译、鉴赏等，则是一件极为艰难的工作，它需要时代和环境等背景因素的“知人论世”，但诗也如“迷宫”拒读者千里之外，成为艺术殿堂中最为精英的部分，对诗的理解，除了需要基本的文学素养和生活经验表现出来的智力结构，也极需属于个体本身的直觉和悟性所形成的超验之心与审美态度。诗必须经过“接受”而完成，只有经由参与性的阅读与想象，才能实现诗的最终完成。诗这个巨大的精神光晕，就是从可能抵达，以诗性、超验的体验之心去理解诗歌，为“诗”的有用性、理解性找到一种文体、文本存在的合法依据。

---

① ［德］叔本华：《作为意志和表象的世界》，石冲白译，商务印书馆 2009 年版，第 93 页。

以诗心会通和理解诗意，是一种极为有效的诗歌解读方式。而海子晚期长卷“太阳七部书”的确需要这种审美化、哲理性的诗性解读，以期理解极具宏大精神气场与文化抱负的“大诗”。

第一节 土地：秩序的生长

在犬儒之风盛行的年代，海子，已经构成一个重要的文化“能指”，他的精英情结与文化抱负激励着许多后来者的精神认同与担当意识。海子通过隐喻与超验的象征主义写作，为人类找寻失落的文化原型与积淀意识，找寻陌生的熟悉心灵。“神秘与奇特、秘密或怪异相关。尤其是它涉及心灵中熟悉的东西陌生化的感觉，或者别的心灵中陌生的东西熟悉化的感觉。”① 极具史诗意识与文化担当的“大诗”，正是对衰微的人类心灵的重新认知与价值重构。在无序混乱的世界中，《太阳·土地篇》试图为这个漂泊的“灵魂”找到文化出路。海子自己写道：“在这一首诗（《土地》）里，我要说的是，由于丧失了土地，这些现代的漂泊无依的灵魂必须寻找一种代替品——那就是欲望，肤浅的欲望。大地本身恢宏的生命力只能用欲望来代替和指称，可见我们已经丧失了多少东西。”②

《太阳·土地篇》写了十二个月份的思考。此部“大诗”，结构较为完整，在海子诸多诗篇中属于思考比较成熟深入的一部。又一次重返“土地”的中西方文化碰撞和古今传统的现代性反思的“大诗”系列，土地的诗意与哲学推助了海子“大诗”的行动与可能。“他死之前将他的全部长诗列在一起，总的取名为《太阳》，‘太

① ［美］安德鲁·本尼特、尼古拉·罗伊尔：《关键词：文学、批评与理论导论》，汪正龙、李永新译，广西师范大学出版社2007年版，第34页。

② 《海子诗全编》，上海三联书店1997年版，第889页。

阳’在他的体系中，一方面意味着自我拯救，意味着他所呼唤的东西，另一方面是光明与黑暗既互相对抗又互相转化的总的象征，它暗示这种拯救是徒劳的。”① 这种“拯救”必须要在人类的心灵中找到文化原型与精神结构，以此构建民族史诗与人类大诗的思想图景。此部“大诗”如其他几部晚期“太阳”系列大诗一样，充斥着大量的“身体”意象，身体的在场，让神话的隐喻和超验与象征主义写作走向了身心感应，形成一种个体哲学与人类命运共同交汇而成的精神史诗。

“土地”意味着母体、孕育、诞生和情结，相对于“太阳”这个文化意象在海子“大诗”的作用，“土地”更代表了一种东方生命的本体回归，海子将“土地”长卷统一于太阳这个大生命、大宇宙的文化呼吸与生命召唤之中，繁殖成幻象、偶然、精神事件、弥塞亚。“太阳七部书”中充满的冲突、矛盾、撕裂、对立，成就了海子“大诗”话语的丰富性和可勘探性，形成了结构、语言的内在张力与强烈的不谐和性和异质性。“可以将这种费解与迷人的并列称为一种不和谐音（Dissonanz）。因为它制造的是一种追求不安而非宁静的张力。不和谐音的张力是整个现代艺术的目标之一。”② 海子在《太阳·土地篇》的序中写道：“土地死去了/用欲望能代替他吗?”“土地”是根源、母体、孕育、诞生、希望、收成……是肉身与欲望的存在之体与安身之命，同时也是形而上学的文化体验与终极之思，“埋葬尸体的天空/光明陌生而有奇迹”③，“大诗”是海子“他”的自我生命写照，亦是一次深刻而独立的精神探险。在此部“大诗”里，海子根据季节变化，在自然与内心的彼此感应中探寻

① 金肽频主编：《海子纪念文集·评论集》，合肥工业大学出版社 2009 年版，第13 页。

② ［德］胡戈·弗里德里希：《现代诗歌的结构：19 世纪中期至 20 世纪中期的抒情诗》，李双志译，译林出版社 2010 年版，第 1 页。

③ 《海子诗全编》，上海三联书店 1997 年版，第 595 页。本章海子所引诗歌皆出自《太阳·土地篇》。

一条隐秘的精神之途，既有虚无、缥缈的心灵幻象，也有神秘、有力的文化撞击与灵魂裂变，“心灵感应之所以神秘，是因为它关系到你的思想可能不是你的，无论你认为这些思想多么隐秘。文学中流行心灵感应”。[①] 一次次苦苦感应与追寻的过程，便是一次次实在且果决的心灵事件，通过身体的在场和语言的导引，在自我的灵魂深处勘探、确认生命的印迹、奇迹，以及大诗化、艺术化的审美幻境。

海子走向“大诗”途中最为艰辛与困境重重的是哲思，他遭遇心灵的审美幻境，承担着身体的入魔与因狂热而生成的幻象化呓语，其中一部分转换为极具诗艺价值的积极建构，另一部分却在撕裂与挣扎的丰富痛苦中化为无效幻景。他扎根“土地”的时代写作与文化抱负，也极其复杂与矛盾，“从前精神便是上帝，接着变成了人，现在他变成了群众”[②]，他必然勇敢地面对这个“群众”为先的时代语境，也含有内心对“死亡”痛苦的逼真体验。“仿佛是在天国，在空虚的湖岸/情欲老人，死亡老人/在这草原上拦劫众人/一条无望的财富之河上众牛滚滚/月亮如魔鬼的花束//情欲老人，死亡老人/在这中午的森林/喝醉的老人拦住了少女/那少女本是我/草原和平与宁静之子/一个月光下自生自灭的诗中情侣。”“老人拦劫少女”，“老人”喻指什么？为何要拦劫？“情欲老人，死亡老人/强行占有我——/人类的处女欲哭无泪”，“月亮的双角倾斜，坐满沉痛的众神/我无所依傍的生涯倾斜在黄昏”，“请把我埋入秋天以后的山谷/埋入与世隔绝的秋天/让黄昏的山谷像王子的尸首/青年王子的尸首永远坐在我身上/黄昏和夜晚坐在我脸上/我就是死亡和永生的少女。”他时常把“大诗”比作“少女”，用“大地”隐喻

① ［美］安德鲁・本尼特、尼古拉・罗伊尔：《关键词：文学、批评与理论导论》，汪正龙、李永新译，广西师范大学出版社 2007 年版，第 38 页。

② ［德］尼采：《查拉斯图拉如是说》，尹溟译，文化艺术出版社 1987 年版，第 40 页。

诗人自我，他必须成为自我，又同时分裂自我，“我就是死亡和永生的少女”，他遭遇着“情欲老人，死亡老人”，自我不得不作着某种撕裂与抗争，他希冀的是“诗中情侣”，在一片幻象涅槃与无序挣扎中，“我”这位诗中的“青年王子”，在“黄昏和夜晚”中找到灵魂亲切的陪伴与认同：“总有人从黄昏趋向于火焰，或曰：落日脚下到火焰顶端是他们的道路和旅程，是文艺复兴和歌德一生，他们这些巨匠和人类孤单的个体意识之手，经典之手，在茫茫黑夜来临之前，已经预兆般提前感受到夜晚的黑暗和空虚，于是逃遁于火焰，逃向火焰，飞向火焰的中心（经验与个体成就的外壳燃烧）以期自保。这也是人类抵抗死亡的本能之一。”① 现实肉身的无奈感与文化层面的巨大精神价值，对“死亡”导向攀登式的思想思索与宿命式的心灵质询，迎难向上的心理动力，这种无序、混沌的身体幻象，压缩与激荡着无助的内心挣扎与文化裂变，“自从人类摆脱了集体回忆的创作（如印度史诗、旧约、荷马史诗）之后，就一直由自由的个体为诗的王位而进行血的角逐。可惜的是，这场场角逐并不仅仅以才华为尺度。命运它加手其中。正如悲剧言中，最优秀最高贵最有才华的王子往往最先身亡。我所敬佩的王子行列可以列出长长的一串：雪莱、叶赛宁、荷尔德林、坡、马洛、韩波、克兰、狄兰……席勒甚至普希金。”②海子再次将“自我”添为“经典之手”与“人类之子”，他在天才的痛苦中看到生命征伐的丰富和高贵的文化价值与情感确认。“从荷尔德林我懂得，必须克服诗歌的世纪病——对于表象和修辞的热爱，必须克服诗歌中对于修辞的追求，对于视觉和官能感觉的刺激，对于细节的琐碎的描绘——这样一些疾病的爱好。”③ “从荷尔德林我懂得，诗歌是一场烈火，而

① 《海子诗全编》，上海三联书店 1997 年版，第 905 页。

② 同上书，第 896 页。

③ 同上书，第 916—917 页。

不是修辞练习。”① 他的写作不仅是一种思想抱负，也有效地掌握心灵的诗艺，他在“文化”这把“烈火”中看到人类的愿景与可能。

《太阳·土地篇》第二章“神秘的合唱队”的序中写道：“沉郁与宿命。一出古悲剧残剩的断片”，“情欲老人死亡老人：你是谁？/王子：王子/老人：你来自哪里？/王子：母亲，大地的胸膛/老人：你为何前来我的国度？聪明的王子，你难道不知这里只有死亡？/王子：请你放开她，让她回家/那位名叫人类的少女/老人：凭什么你竟提出如此要求？/王子：我可以放弃王位/老人：什么王位？/王子：诗和生命/老人：好，一言为定/我拥有你的生命和诗”，海子以生命与诗的献祭克服与消解了与外部世界的紧张和对立。这种“献祭”不过是诗人与现世的一种决裂，从而走向了更为丰赡高远的生命俯瞰与神性注视。

在“大诗”中前行半步，都倍感艰难，窘迫与痛苦无所不在。“我愿意魔鬼围绕着我，因为我是勇敢的。勇敢驱赶了鬼魅而自制许多魔鬼——勇敢需要笑。”② 海子通过与“魔鬼”的对话来消解生命的对立、紧张关系。“身体的活动不是别的，只是客体化了的，亦即进入了直观的意志活动。”③ 这些外部的自然现象也无不汇聚成诗情与感应，这种“意志活动”成为一种诗艺路径与精神象征。“诗歌不是视觉。甚至不是语言。她是精神的安静而神秘的中心。她不在修辞中做窝。她只是一个安静的本质，不需要那些俗人来扰乱她。她是单纯的，有自己的领土和王座。她是安静的，有她自己的呼吸。”④ “土地”作为“母体”，象征着阴性和吸引，对其形而上学的沉思，丰富了海子“太阳七部书”

① 《海子诗全编》，上海三联书店1997年版，第916页。

② ［德］尼采：《查拉斯图拉如是说》，尹溟译，文化艺术出版社1987年版，第40页。

③ ［德］叔本华：《作为意志和表象的世界》，石冲白译，商务印书馆2009年版，第150页。

④ 《海子诗全编》，上海三联书店1997年版，第917页。

的精神实体与哲理观照。

海子写道："岩石　不准求食和繁殖/只准死亡　只准死亡的焚烧　岩石！回答我！//岩石吼叫　岩石歌唱//歌唱然后死亡"，"岩石！回答我！""天空的红色裸体　高高举起我/一次次来到花朵/太阳！/让岩石吼叫让岩石疯狂歌唱/饥饿无比的太阳　琴　采满嘴唇　潮湿的花朵/饥饿无比的太阳、天空的红色裸体、高举着我/饥饿无比的太阳/双手捧着万物归宿"，"在岩石上/我真正做到了死亡/在岩石上/我真正地/坐下/大地无限伸展/双手摆动/啜饮万物的河流"，"焚烧万物的河岸　悬在空中//焚烧万物的岩石　歌唱的彩色的岩石　狂叫的/岩石　悬在天空//焚烧万物的河岸在于我们内心黑暗的焚烧//——一块岩石　愤怒而野蛮　头颅焚烧/悬在半空/我们悬在空中，双目失明，吃梨和歌唱//焚烧万物的河岸　悬在天空——我们内心万物的黑暗/焚烧//敦煌在这块万物的岩石上/填满了野兽和人/的太阳//敦煌在我们做梦的地方/只有玉米与百合闪烁/人生在世。/玉米却归于食欲/百合虽然开放，却很短暂"。"岩石"是"土地"另一强度反应，正是它构筑宇宙与土地，它虽然坚硬又冰冷，但是，此时却充当另一情感对象，完成了心灵对话与精神诉说，"岩石"的坚硬性、歌唱性，吻合了这种母体文化的包容与繁殖特征，实现了海子的精神求解与灵魂相伴。"大诗"话语中的个人风格，显然源于海子受难式的献祭，也源于他对文化内核的清醒认知，以及天才式的直觉与超验的悲悯情怀，这些综合的元素完成了诗之"歌唱"与"歌唱性"。海子的"大诗"一方面是反思与沉思性的现代之维，另一方面也是"母体"的文化认同与审美之维，是一种"内歌唱"的审美情怀与文化担当。

"土地"是自然"诸神"威武林立的心灵居所，亦是诗人为自我对话而预设的思想对象。"站在最高山上的人，笑看着戏台上生命里的一切真假悲剧。”[①]“诸神”是海子诗写途中深情诉求的引领者和同道人，他们在意识深处推动诗人走向超验的神奇诗语与神性的苦难体验与文化能量。

海子写道：“现代主义精神（世纪精神）的合唱队中圣徒有两类：一类用抽象理智、用智性对自我的流放，来造建理智的沙漠之城，这些深渊或小国寡民之极的土地测量员（卡夫卡、梭罗、乔伊斯）；这些抽象和脆弱的语言或视觉的桥的建筑师（维特根斯坦、塞尚）；这些近视的数据科学家或临床大夫（达尔文、卡尔、弗洛伊德），他们合在一起，对‘抽象之道’和‘深层阴影’的向往，对大同和深渊的摸索，象征‘主体与壮丽人格建筑’的完全贫乏，应该承认，我们是一个贫乏的时代——主体贫乏的时代。他们逆天而行，是一群奇特的众神，他们活在我们的近旁，困惑着我们。另一类深渊圣徒和一些早夭的浪漫主义王子一起，他们符合‘大地的支配’这些人像是我们的血肉兄弟，甚至就是我的血。”[②]

海子“太阳七部书”这一系列的每个长卷情感与主题均有所区分。“土地”长卷，相对于海子早期（1984—1985）的三部大诗与晚期（1986—1989）的《太阳·断头篇》，“土地”长卷更为关注宇宙内部，关注大地作为万物的母体性及母语文化中的“土地”情绪与情感依赖对海子“大诗”的意义，它们指向了远方的理想诉求，既是此岸诗意的探索，也是彼岸的攀登之途与苦苦追寻。“远方就是你一无所有的家乡”，从某种意义上讲，人终其一生的行走不过是对生命乌托邦不断追寻的过程，是雷电，是幻影，肉身也意味着短暂与偶然，正如瞬间，是呈现与融留，也是速朽和过渡。海子写道：“诸神岩石的家乡/河流流淌/有何指望/问众神，我已堕落，有何指望/肉体像一只被众神追杀的/载满凶手的船只，有何指

① ［德］尼采：《查拉斯图拉如是说》，尹溟译，文化艺术出版社 1987 年版，第 41 页。

② 《海子诗全编》，上海三联书店 1997 年版，第 892 页。

望/圣地有何指望/众神岩石的家乡”，“众神沉默/在我的星辰/在我的村庄沉闷啜饮/在这如泣如诉的地方/（有玉的国　有猪的家）/巨石的众神，巨石巨石/能否拯救我们/（猪圈和肉体）/拯救这些陷于财富和欲望的五彩斑斑的锦鸡吧/岩石巨大的岩石/救救孩子/救救我们”，“众神之手剥开我的心脏一座殷红如血的钟/众神之手从我微温的尸体上移开了种子”。

“土地”提供了收留的居所，使生命旅程留下美好印迹。作为诗人，对形而上学的命运的质询与反思，使得海子更接近了生命内核与思想启示，内部包容着黑暗与深渊，也折射出广袤与无限，“你为什么惊怕呢？——人与树是一样的。他越想向光明的高处升长，他的根便越深深地伸入土里，黑暗的深处去，——伸入恶里去。”① 永远无法超越与抵达生命的内部与秘密，对“黑暗”的不断“质询”与“反思”，使海子走向了受难激情与悲悯智慧，完成了对焦虑过渡肉身之维的克服与消解，“远方就是你一无所有的家乡”，这种最初与最终的返乡冲动（“土地”情结）与超验之心建筑了“大诗”的话语均衡与写作纯粹。

第二节　大诗：走出“土地”

“太阳七部书”这七部关于“太阳”主题的精神长卷成为海子大诗追寻的情感依据与哲理认同，也是身体与内心的秘密对话、诗与生命的同一本体与灵魂福祉，在独立而恍惚的幻象、幻想、幻境中，识别人类的自我与大我。

海子写道：“诗，像母马的手，沿着乳房，磨平石子/诗像死去的骨骼手持烛火光明/诗　是母马　胎儿和胃/活在土地上”，“我总

① ［德］尼采：《查拉斯图拉如是说》，尹溟译，文化艺术出版社 1987 年版，第 43 页。

是拖带着具体的　黑暗的内脏飞行/我总是拖带着晦涩的　无法表白无以言说的元素飞行/直到这些伟大的材料成为诗歌/直到这些诗歌成为我的光荣或罪行//我总是拖带着我的儿女和果实/他们又软弱又恐惧/这敏锐的诗歌　这敏锐的内脏和蛹/我必须用宽厚而阴暗的内心将他们覆盖//天空牵着我流血的鼻子一直向上/太阳的巨大后代生出土地/在到达光明朗照的境界后　我的洞窟和土地/填满的仍旧是我自己一如既往的阴暗和本能/我那暴力的循环的诗　秘密的诗　阴暗的元素/我体内的巨兽　我的锁链/土地对于我是一种束缚/也是阴郁的狂喜　秘密的暴力和暴行//我的诗　追随敦煌　大地的艺术/我的诗　在众神纠纷的酒馆/在彩色野兽的果园　洞窟填满恐惧与怜悯/我的诗，有原始的黑夜生长其中”。“诗歌”变成“土地”的智力元素，同时兼作缪斯之神，导引着海子在“太阳”仰望的方向，专注于焚烧的性灵与哲理，直至这幅生命的思想图景越来越清晰可见。

在《太阳·土地篇》中，“诗歌”与“盲人”“巨人”“岩石”“众神”一般同样极具神性，它既是命运的推助者，也是信仰的追问者。“诗歌”，不再只是一种体裁与文体，也不是独立差异的自由文本，它变成了极具灵性与神性的精神攀登者和引领者，成为推助身体在场体验的话语媒介，构成自我与世界的对话关系与路径，召唤思想的形式与存在本体。“我写的是狂喜的诗歌　生命何其短促/平静的海将我一把抓住/将我的嘴唇和诗歌一把抓住”，“一只孤独的瓮/平原一只瓮/一只瓮　粮食上的意外　故事和果实装饰你/一只瓮：深思的惊喜　掠夺的狂喜”。“狂喜”是身体的书写状态，也是心灵诗境的折射，“大诗”的抵达无疑是这种精神抱负与哲思语境相互推动、生理欲望与文化动力相互平衡的结果。他写道：“农舍简陋　不同于死亡的法官的车辆/却同是原始力量的姐妹/都坐在道上　朝向斧刃/‘道’的老人　深思熟虑　欲望疲乏而平静/果断放弃女人、孩子、田地和牲畜/守着地窖中的一盏灯/迹近熄灭/乡下女人提着泥土 秘密款待着他 向他奉献/那匹马奔驰其上/泥土反复死亡 原始的力量反复死亡 却吐露了诗歌”，“在一片混沌中挥舞着他自己的斧子/那斧子她泪眼蒙蒙似乎看见了诗歌”。“诗歌”是信念、追求，也是其之所以成为“诗人”的身份认同，诗歌具备一种无形的文本力量，支配着诗人在这片话语幻象中挥舞、砍伐一片属于身体在场的自在、和谐的理想家园。“原始的力量 从墓中唤醒身裹尸布的马和猪/携带着我们/短暂的生命来到这个世界上/包括男人和女人、狮子和人类复合的盲目巨人/原始的力量 他孤独 辞退绝望的众神/独自承担唤醒死亡的责任/被法官囚禁却又在他的车上驾驭他的马匹/这就是在他斧刃上站立的我的诗歌/诗歌罪恶深重/构成内心财富”，“原始的力量 他 孤独 辞退绝望的众神/独自承担唤醒死亡的责任”。“诗歌”成为身体献祭的文化居所，也是诗人自我净化与暗示的形式诱因，所有的关于“命运”与“信仰”追求的生死是在“诗歌”中完成的。作为生命哲学与诗性话语的“诗歌”，完成了极具存在本论意义的自我塑造与思想践行。除了“诗歌”的美好之外，海子也认识到，“诗歌罪恶深重/构成内心财富”，唯有对“诗歌”进行心灵省思与哲理思辨，才有生命的突围与心灵跨越的文化可能，“诗歌”之罪，也意味着对诗歌写作误区的规避，同时直指同时代写作表现出的精神缺失。在诗人看来，这无疑与生命的“大诗”相背离：“从夏娃到亚当的转变和挣扎——在我们祖国的当代尤其应值得重视——是从心情和感性到意志，从抒发情感到力量的显示，无尽混沌中人类和神浑厚质朴、气魄巨大的姿势、飞腾和舞蹈。亚当：之一，荷马的行动力和质朴未凿、他的黎明；之二，但丁的深刻与光辉，之三，莎士比亚的丰厚的人性和力量；之四，歌德，他的从不间断的人生学习和努力造型；之五，米开朗琪罗的上帝般的创造力和巨人——奴隶的体力；

之六，埃斯库罗斯的人类对命运的巨大挣扎和努力——当然，这仅仅是一些典型。”①

当然，“诗歌”应该是多元丰富的，游牧差异的，它像块茎，在诗之田园四处疯长，以此来形容海子的“大诗”，形象地展示出他的疯狂与矛盾的联结，丰富多彩、斑驳陆离，他以献祭、殉道的撕裂话语与情怀践行他的大诗理念与神性写作，成就大诗写作的大呼吸、大生命，“创造亚当是人本的——具体的，造型的，是一种劳作，是一次性诗歌行动。创造夏娃是神本的、母本的、抽象的、元素的和多种可能性同时存在的——这是一种疯狂与疲倦至极的泥土呻吟和抒情。是文明末端必然的流放和耻辱，是一种受难。集体受难导致宗教。神。从亚当到夏娃也就是从众神向一神的进程”。②海子追求这种“劳作”“诗歌行动”，以及“一种疯狂与疲倦至极的泥土呻吟和抒情”，他深刻地意识到，这是一次“受难”，更深刻地认识到“集体受难导致宗教”，“从众神向一神的进程”，他以“全能叙事”的上帝语调，导引人类的希望图景与神性话语，由此，可以看出海子的超验之心与象征感应的写作，带来了诸多的心灵感应与话语启示。

海子追求与体认的“死亡”，是一种极具存在价值的哲学范式，他的这种死亡话语，不是肉身遭遇精神创伤的生理危机，而是采取了一种英雄主义与浪漫主义结合而成的审美态度，他执着于理想与矛盾并行的诗歌事业，奔走在人类命运与未来景观的大绳索上，对自己的生死命运仿佛早有了清晰深刻的洞悉，并以悲剧意蕴的神话思维超越现实与肉身的“自我”，以“大诗”建构他的普世伦理追求。

海子写道：“坟墓中站起身裹尸布的马匹和猪/拉着一辆车子/

---

① 《海子诗全编》，上海三联书店 1997 年版，第 895 页。

② 同上。

在鼓点如火之夜/扑向乡间刑场/车上站立着盲目的巨人/车上囚禁着盲目的巨人/在厨娘酣然入睡之时/在女巫用橡实喂养众人酣然入睡之时/马匹和猪告诉我/‘我的名字上了敌人的第一份名单’。”这份“名单”预示着海子式的献祭告别与文化决裂，他站在时间与幻象的“战车”上，悲悯地追问人性、人心的前景与未来，这位“盲目的巨人”在奔赴“死亡”的途中，一步步沉思个体与文化的终极价值与超验之心所能抵达的象征与可能。“死亡比诞生/更为简单/我们人类一共三个人/我们彼此杀害/在最后的地上/倒着四具尸首/使诸神面面相觑/他是谁/为什么来到人的村庄/他是谁。”“死亡”是“谁”？“死亡”，既是一个他者，也是一种立场，更是海子理解“虚无”、洞悉“绝望”的一种形而上学的生命手段与思想路径。“死亡”是世俗肉身的完结，它导向海子“大诗”与“死亡”相关的存在之思与可能之诗。尽管这种“死亡”极度混乱、无序，幻象死亡更接近了诗语的魔幻与超验，也毗邻哲学范式的终极行走。诗人写道：“驾车人他叫故乡/囚犯就是饥饿”，“黑色的玫瑰/一个守墓人/一个园丁/在花园/他的严峻使我想起正午/斧头劈开守墓人的脑袋”，“太阳掰开一头雄狮和一个天才的内脏/长出天空　云雀和西风/太阳掰开我的内脏/孕育天空的幻象/孕自收缩和阴暗狭隘的内心”，诗人从“死亡”走向了“自我”的批判与反思，他说：“当人类恐惧的灵魂抬着我的尸骨在大地上裸露/在大地上飞舞/生存是人类随身携带的无用的行李　无法展开的行李/——行李片刻消散于现象之中/一片寂静/代代延续。”人类的情感本身肯定自由，过程本然诗意且令人眷恋，但是“大诗”话语追求的行走却是另一思想旅途。从某种意义讲，诗人除了凡俗意义上“志业”认同之外，更是人类心灵的精神喻指与象征，侧重于对充满否定情感与价值的内部勘探，以及黑暗心灵的秘密质询与沉思，“生存是人类随身携带的无用的行李　无法展开的行李/——行李片刻消散于现象之中”，正是这“无用的行李”却蕴藏了绵延亘古的秘密与人类归宿，“一片寂静/代代延续”，在孤独、沉寂的虚无体验与形而上学的追问中（否定性情感与价值），海子探寻现实肉身的本体回归与价值认同，把身体的在场体验融注于精神“现象”的解读，通过“大诗”写作的话语实践与终极行动，汇聚了人类心灵的秘密矛盾的沉思与道说。

“土地”既是诗人自我，同时也是他者（人民），海子的“土地”成为这两者亲近与对话的思想场所。“诗歌”成为情感纽带，维系着诗人的担当、热爱情怀。而“土地”的经验融注了西方现代哲学与世界视野，同时也是一种精神“母体”的文化裂变与心灵质询。

海子写道：

歌队长：我的人民坐在水边　看着大海死去天才死去
　　　　我的人民身边只剩下玉米和柴刀
　　　　和一两个表妹　锡安的女儿容颜憔悴
　　　　我的人民坐在水边　只剩下泪水耻辱和仇恨
歌　队：拥抱大海的水已流尽
　　　　拥抱一条龙的怪异、惊叫而平静的水
　　　　已流尽
　　　　八月水已流尽
　　　　七月水流尽
　　　　雪莱是我的心脏哭泣　再无泪水
　　　　理应明白再无复活！理由并不存在！无须寻找他！
　　　　雪莱——我和手和头颅　在万物之河中并不存在
　　　　水已流尽！
歌队长：我用我的全身寻找一条河　尤其是陌生的河

我用全身寻找那一个灵魂

——《第二章 神秘的合唱队》

在《太阳·土地篇》中，海子歌唱的既有不朽的“诗人”，也有他的“人民”，“大地”成为两者之间关联的场所，两者在这里获得了交融、沟通。他以“王”的身份在诗中与“人民”对话：“存在/水上我的人民/泪珠盈盈或丰收满筐//我的人民/这割下众多头颅的果园理应让她繁荣！/新鲜　锐利　痛楚　我的人民”，通过歌唱与对话来，抒发他在诗歌道路上坚定的艺术观念、思想决心与文化情怀。他要突破封闭的“土地”观念，在坚实的“土地”中践行“大诗”理念。这个诗途，既是思途，也是灵性感应之途，更是认知与哲理路径。“林乃树林的古名。林中有路。这些路多半突然断绝在杳无人迹处。这些路叫做林中路。每人各奔前程，但却在同一林中。常常看来仿佛彼此相类。然而只是看来仿佛如此而已。林业工和护林人识得这些路。他们懂得什么叫做在林中路上。”① 海子写道：“王啊/肉体的你　许多你/飞翔的大腿果实沉落洞底/蓝幽幽的岩石　在白云浮现的八月的山上/王啊/一只岩石裂开　凿开洞窟安慰你的孤寂。”“孤寂”呈现了“王”的力量与信心，“王”是天才，他必将在痛苦而深厚的土地上建功立业，也将突破重重苦难，最终抵达和解、喜悦的诗篇。“大地进入黄昏/掩饰悲惨的泥土/疲倦的泥土/河水拍岸/秋天遥遥远去/流离失所的众神正焚烧河流//尸体——那是我睡在大地上的感觉/雨雪封住我尸体/我尸体是我自己的妹妹/云朵中躲避雷电的妹妹/云朵下埋藏谷物的妹妹/名为人类。”诗人再次写到了“雷电”，那神秘的天使（“妹妹”），“大地躺卧而平坦　如一个故乡/尸体是泥土的再次开始/尸体不是愤怒也不是疾病/其中只包含愤怒、忧伤和天才”，对“天才”的幻象确

① ［德］马丁·海德格尔：《林中路》，孙周兴译，上海译文出版社2004年版，题言。

认，是海子“大诗”写作的价值认同与坚定信念。“天才”在历史事件与人类的进程中，扮演着重要的角色，成为真正的文化动力，推助着自身对人类的理想担当与行动实践，特别在追求理想家园的精神书写中，这类伟大、璀璨的心灵往往会推动文化与历史转型。“海子”作为象征符号的文化价值与思想意义就在于重续了屈原、李白等先哲的精神情怀与精英传统，将先知智力与个体超验感知同一于“心”与“行动”，创造出辽阔、宏大的生命诗篇和文化原型。“人类没有罪过只有痛苦/太阳火光照见大地两岸的门窗/痛苦疲倦的泥土中有天才飞去”，作为“天才”，海子肯定也会遭遇“愤怒”“疲倦”，遭遇现实压力与被忽视，自然少不了痛楚与失败，唯有“故乡”“大地”能够融留这些“忧伤”与献祭的“身体”，化作“土地”的一种品质与灵魂，“尸体是泥土的再次开始”，以此实现新生与复活。

“土地”既是孕育大诗的故土，也是心灵苏醒的家园。海德格尔讲，人在大地上诗意栖居。土地，不仅是孕育、繁衍生气的居所，也是最终的人类归宿，大诗的现代之维与生命之思均由此生成，即一种与生存相关的初心与终极的形而上学的沉思与可能。

海子写道：“芳香而死亡的泥土/对称于原始的水/在落日殷红如血的河流上/是丰收或腐败的景色。”“泥土”是二元的，既指向“芳香”，也指向“死亡”，其思辨丰赡的内心包容了这种对立和紧张，作为一种文化意象与情感符号，诗人以否定性的情感与价值建构实现了对“泥土”的文化穿越与哲理观照。“泥土”最终孕育着希望，是灵魂诞生的土壤与归宿。“泥土”是歌唱，也是希望之火、丰收之火，正如海子写道：“大地　你为何唱歌和怀孕/你为何因万物和谐而痛哭/叫内心的黑暗抓住了火种”，“火”是道说，亦是默默燃烧，而那源于“内心的黑暗”的召唤变成一种文化省思与哲理观照，对自我与世界的关系做出回应，诗人的沉默变成执着与向往，在隆重、寂寥的夜色中操辛于“大地”。土地，是大地的母体，大地，是土地的哲学。“作品决不是对那些时时现存手边的个别存在者的再现，恰恰相反，它是对物的普遍本质的再现。”① “大地”是母体的文化象征，是生命的真实召唤与归宿；“大地”，是掷地有声的绝响与知己，是生命道说的勇气与希冀；“大地　你为何唱歌和怀孕”，“大地”，成为诗人与世界关系的思想纽带，“大地”的歌唱是诗人的内心歌唱，是心灵溢散出的赞颂与喜悦之情，她孕育着果实与品质。诗人诞生于“万物”但又冲决万物，成为独立的歌者、思者，“你为何因万物和谐而痛哭/叫内心的黑暗抓住了火种”，这种痛苦的心灵质询变成了对“土地”的感应与致敬，而黑暗“内心”则打通了另一秘密通道，他在强烈的“不和谐”中保护着对内部心灵的秘密探索与热情，借“大地”完成了生命内部某种关系的转换，打通了对生命勘探的另一路径，塑造着深刻/独立、深沉/清醒的心灵勘探与神秘召唤。

除了肉身与凡俗的行走，还有梦想与理想的行走，海子诗中经常出现的“马”的意象完成了这多重行走，直逼现代之思、幻想之诗。“小诗”《以梦为马》因此成为海子最具代表的抒情诗经典。在《太阳·土地篇》中，海子同样写到这种最具想象与诗性的飞翔之“马”。

“马”是“大地”的腾飞与流动的展示，“土地”养育物种与自然。海子以梦为“马”，为诗人梦，“马”成为形式与途径，支配着诗人驰骋与幻想，奔走于“土地”与愿景，最终完成形而上学之诗与诗的哲学，在一片空境、幻象中抵达生命的可能，而这“可能”正是“马”的隐喻与一生，也是“向死而生”的生命道说与途中的哲学洞悉与诗意呈现。“……从泪水中生长出来的马，和别的马一样/死亡之马啊，永生之马，马低垂着耳朵/像是用嘴在喊着

① ［德］马丁·海德格尔：《林中路》，孙周兴译，上海译文出版社2004年版，第22页。

我——那传遍天堂的名字”，“丰收是女人的历程/女人是关在新马厩里忧郁的古马/竖起耳朵　听见了/秋天的腐败和丰收/月亮的内心站着一匹忧伤的马”，“马”是海子诗中代表性意象之一，它意味着驰骋，意味着天马行空，同时也是宿命与献祭，是想象力的飞翔，也是灵魂的诗性探险，“竖起耳朵　听见了/秋天的腐败和丰收/月亮的内心站着一匹忧伤的马”，这“匹忧伤的马”“站在内心”，仰望纯粹的天空，在飞翔想象完成内心赞美与歌唱，以梦为马的“诗人”是灵性载体与精神圣徒，亦是生活诗意的播撒者与道说者。“天使背负羽翼　光照雪山……幻象散失/光芒的马　光芒的麦芒　又侵入我的酒　我充满大地的头/诗歌生涯本是受难王子乘负的马/饮血食泪　苦难的盐你从大海流放于草原/迁涉、杀伐、法令和先知的追逐/皆成无头王子乘马飞翔”，“故乡和家园是我们唯一的病　不治之症啊/我们应乘坐一切酒精之马情欲之马一切闪电/离开这片果园/这条河流这座房舍这本诗集/快离开故乡跑得越远越好！/（野花和石核下沉河谷）/快快登上路程　任凭风儿把你们吹向四面八方/最后一枝花朵你快快凋零/反正我们已不可救药”，“故乡和家园是我们唯一的病　不治之症啊”，“闪电”，“我/诉说/内脏的黑暗　飞行的黑暗//我骑上　诉说　咒语　和诗歌/一匹忧伤的马/我骑上言语和眼睛/内心怯懦的马和忧伤之马/我的内脏哭泣　那个流亡的诗人/抓住自己的头颅步行在江河之上//路啊　诗歌苍茫的马/在河畔怀孕的刹那禽兽不再喧哗/我不知道自己还要向前走得多远”，“这些欲望十分苍白/这些欲望自生自灭/像城市中喃喃低语//而我对应于母亲　孕于荒野/翅膀和腹部　对应于神秘的春天/我死去的尸体躺在天堂的黄昏/肮脏而平静/我的诗歌镌刻在丰收和富裕之中//诗歌/语言之马/渡过无形而危险的水上/语言发自内心的创伤//尸体中唯一的婴儿　留下了诗歌/甚至春天纯洁的豹子也不能将他掩盖”。“马”是精神加速器，也是思想运思的情感媒介，其奔驰、想象的精神世界把海子导向对高度、难度的体验之诗、哲学之诗与神性之诗的探索与实践。

第三节　土地：异质的大地

“土地”代表母体文化，与东方性灵和情怀紧密联系，她自觉游离于东方文化、农业文明，极具世界视野与现代省思，即农业文明见长的性灵文化遭遇现代之维的文明忧思，体现出“金属”对于农业文明的重要意义。同样，“金属”被现代技术与城市文明所取代，成为物质符号的标志，海子导向的必然是土地遭遇多种文明所产生的文化省思与痛苦纠结，这个“土地”极具矜持与纠结、守旧与新生相交缠的异质特征。

《太阳·土地篇》让海子不断走向精神殉道与文化复活的信仰探索，最终走向“人类”的大我行动与自我圣化。晚期（1986—1989）“太阳七部书”很难像早期（1984—1985）那么清晰地看出某种文化与文明的精神架构，而是处于一种撕裂与痛苦挣扎的混沌之诗与异质体验当中。当然这种幻象、幻想的写作一方面克服了凡俗精神现象的还原与复活行动，另一方面又不得不遭遇肉身之思的痛苦质询与身体创痛。用一个弱小之躯抵抗一个时代心灵与世界文化的衰弱的写作，这个悲剧已经埋下，我们一方面认识了天才式的燃烧与宿命，另一方面也看到人类自我的渺小与局限。

《太阳·土地篇》“第六歌咏”献诗是“种豆南山——给梭罗和陶渊明”，海子向这两位人类伟大的心灵学习，参悟与体验着孤独、虚无，以简朴、恬静思维去应验生命的自在与精神的富有，“我忘记了　只有他　追随贫穷的师傅学习了一生/灯中囚禁的奴隶　孤独星辰上孤独的手/在你的宫殿镌刻我模糊的诗歌，想起这些/石头的财富言语的财富使我至今辛酸”，显然，这两个中外不同时期的诗人对土地、宇宙都有近似的体验与认知，他们的超验之心与心灵感应无形中影响了海子对宇宙的深度体验与生命领会。

海子写道：

这可是宇宙/土内之土/豆内之豆/灯中之灯/屋里之屋/寻找内心和土地/才是男人的秘密

——《第二章　神秘的合唱队》

葬到土地为止/雪最深于坚强的内心冰封/梭罗和陶渊明破镜重圆/土地测量员和文人/携手奔向神秘谷仓/白色帝子飘于大风之上

——《第二章　神秘的合唱队》

为什么会有这么多安睡的水？/会有这么多安详的水？灾难的水？/鸡叫之夜高高飞翔/对称于原始的水/犹如十五只母狼带着水/哺乳动物的愿望/使你光着屁股　漂浮在水上

——《第八章　红月亮……女人的腐败或丰收》

原始诸水的昔日宁静/今日被破坏无一幸存

——《第八章　红月亮……女人的腐败或丰收》

月亮　荒凉的酒杯　荒凉的子宫/在古老的/幻觉的丰收中/手边的东西　并不能告诉/我们什么又收进桶里/收进繁荣　敏锐　沉寂的桶//沉寂的桶/苦难而弯曲的牛角/容器　与贫乏的诗

——《第八章　红月亮……女人的腐败或丰收》

人们把你放在敦煌/这座中国的村庄/水和沙漠　是幽暗的篮子/天堂的笑容也画在篮子上//人们把你放在秋天/这座中国的村庄/秋风阵阵　在云高草低的山上/居住一个灵魂//秋天的灵魂啊/你忧愁/你美好/你孤独而善良//当我比你丑陋/我深深

爱你容貌的美好/当我比你罪恶/我钦佩你善良和高尚

——《第九章　家园》

这是一个秋天的果园/像裸体天空/光明的天空/长出枝叶绿色的血//秋天的云和树/秋天的死亡/落入井水和言语/水井病了又圆//家园/你脆弱/像火焰/像裸体

——《第九章　家园》

由此可见，“白色帝子”“安睡的水”“月亮”“敦煌”“村庄”“秋天果园”，这一类文化意象更趋近东方诗人对自然与生命体悟及背后所寄托的文化情怀，它们是中国传统文人追求的旨趣与意境，也代表了东方美学与审美态度。当然，对于《太阳·土地篇》而言，诗人最终追求的是“民族与人类”的交汇的“大诗”，因而，在《太阳·土地篇》中，从母体文化孕育的大地之诗，吸纳现代之维，充满着文化的思辨与现代的醒觉，从某种意义上讲，海子最终抵达的仍然是“人类”这个大我，带有悲剧情结、冲突色彩的献祭与精神复活，走向存在之思、哲理之诗。当然，这些都深深扎根于母语文化传统，也深受西方现代文化的影响。

海子写道：

施洗者：你们终于来到了这条施洗者的河流
你们终于来到了这条通往永恒的河
你们终于来到了　王子们
精灵和浪子，你们终于来到这里
王　子：那位老师呢
从我们王子中成长起来的那位老师呢？
施洗者：他已成为永恒。
你们呢？你们想成为永恒吗？

来接受我的施洗吧

王　子：我们拒绝永恒

因为永恒从未言说

因为永恒从未关心过我们

我们拒绝永恒

我们要投往大地

——《第二章　神秘的合唱队》

河流上　狮子的手采摘发亮的种子/发亮的水/绿色的豹子顺着忧郁的土地一路奔跑/追赶我就像追赶一座漆黑的夜里埋葬尸体的花园/尘土的豹子　跳跃的豹子/豹子和斧子/在河上流淌/我的肉体和木桶在河上沉睡着/我肉体和木桶　被斧子劈开/豹子撕裂……以此传授原始的血

——《第五章　原始力》

饥饿是上帝脱落的羊毛/他们锐利而丰满的肉体被切断　暗暗渗出血来/上帝脱落的羊毛　因目睹相互的时间而疲倦

——《第四章　饥饿仪式在本世纪》

上帝脱落的羊毛　囚禁在路途遥远的车上/原始的生命囚禁在路途遥远的车上

——《第四章　饥饿仪式在本世纪》

太阳于我的内脏分裂/饥饿中猎人追逐的猎物/亡命于秋天　他是羔羊在马厩歇息//在护理伤口的间歇/诗歌执笔于我/又执笔于河道

——《第四章　饥饿仪式在本世纪》

是我在海边看见了直立的全身光芒肩生双翅的天使/脚登着火的天梯/天使如着火的谷仓升上天空/众神撤离须弥山　是我一具尸体孤独留下/我终于摔死在冷酷的地上　口含天使舍弃马匹的歌/口含诸神舍弃圣地悲惨的歌声

——《第六章　王》

故乡领着饥饿　仿佛一只羔羊/酷律：刻在羊皮上　我是诗歌//是为了远方的真情？而盲目上路/奥秘　从灰烬中站起脱下了过去的丑陋/道　从灰烬中站起脱下了过去的诗歌//过去的诗歌是永久的炊烟升起在亲切的泥土上/如今的诗歌是饥饿的节奏//火色的酒/深入内心黑暗/饥饿或仪式/斧子割下天鹅或果园

——《第四章　饥饿仪式在本世纪》

蜂巢/比酒还醉/我梦见自己的青春/躺在河岸/一片野花抬走了头颅/蜜蜂抬走了我的头颅/在原野上　在洞窟中/甜蜜的野兽抬走了我的头颅

——《第六章　王》

我/如蜂巢/全身已下沉/存蕴泉水和蜜/一口井、洁净而圣洁/图画的蜜/如今是我的肉体/蜜蜂如情欲抬走了头颅/野兽如死亡抬走了头颅

——《第六章　王》

一块悲惨的人骨　被鹰抓往天上/犹如夜晚孤独的灵魂闪现于马厩/诗歌的豹子抓住灵车撕咬//感情只是陪伴我们的小灯，时明时灭/让我们从近处，从最近处而来迫近母亲脐带/（人类是人类死后尸体的幻象和梦想/被黑暗中无声的鸟骨带往四面八方）

——《第三章　土地固有的欲望和死亡》

而今他们面临覆灭的宿命/是一个神圣而寂寞的春天/天空上舞着羊毛般卷曲　洁白的云/田野上鹅一样　成熟的油菜//在这个春天你为何回忆起人类/你为何突然想起了人类　神圣而孤单的一生/想起了人类你宝座发热/想起了人类你眼含孤独的泪水/那来到冥河的掌灯人就是我的嘴唇/穿过罪人的行动她要吐露诗歌/诗歌是取走我尸骨的鸟群/诗歌//诗，像母马的手，沿着乳房，磨平石子/诗像死去的骨骼手持烛火光明/诗　是母马

胎儿和胃/活在土地上

——《第十二章 众神的黄昏》

海子沉浸于“土地”的写作与心灵召唤。海子这些具有“元诗”的写作倾向，是关于诗歌的诗歌，他以“诗歌”这个精神实体与性灵母体隐喻着生命的行走与诗意的可能，他的诗歌事业正象征着人的精神归宿与心灵拷问。他以诗歌作为诗人志业，以生命本体展开艺术的召唤，不断践行文化的抱负与追求，通过审美态度与哲理观照来展开人类命运的沉思与突围。

“诗歌”与“土地”的关联在《太阳·土地篇》中得以确证，诗歌成为精神的纽带与作为孕育食物、养料的“土地”有着某种精神的关联，后者提供食粮，前者诞生精神，它们共同支撑起诗人海子强大而有抱负的艺术信念、生命信仰。“上帝乃是表示理念和理想领域的名称。自柏拉图以来，更确切地说，自晚期希腊和基督教对柏拉图哲学的解释以来，这一超感性领域就被当作真实的和真正现实的世界了。与之相区别，感性世界只不过是尘世的、易变的、因而是完全表面的、非现实的世界。尘世的世界是红尘苦海，不同于彼岸世界的永恒极乐的天国。如果我们把感性世界称为宽泛意义上的物理世界（康德还是这样做的），那么，超感性世界就是形而上学的世界了。”① 在西方文化体系中，像“豹子”“上帝”“羔羊”“太阳”“天使”“天梯”“众神”“酷律”这一类文化意象无处不在，这也是海子接受现代之维和西方文化浸染后的异质追求与世界眼光，它们隐喻着西方基督教文化建构的理性世界与伦理诉求。“一盏真理的灯/照亮四季循环中古老的悔恨”，“真理”与“悔恨”之间有着某种神秘的契合、感应关系，是一种以忏悔、罪感为特征的文化体系，其中渗透着西方理性至上的原则，而这个“至上”由

① ［德］马丁·海德格尔：《林中路》，孙周兴译，上海译文出版社2004年版，第231页。

“上帝”统领。“我们作为形式的文明是建立在这些砍伐生命者的语言之上的——从老子、孔子和苏格拉底开始。从那时开始，原始的海退去大地裸露——我们从生命之海的底部一跃……——其实是险入失明状态。原生的生命涌动蜕化为文明形式和文明类型。我们开始抱住外壳。拼命的镌刻诗歌——而内心明亮外壳盲目的荷马只好抱琴远去。荷马——你何日能归?!”①海子结合所处的母体传统文化情结，在汲取自身营养的同时，也不断吸收他者文化的精神营养，形成一种“异质”文化形态的精神食粮，从而走向诗人所追求的“诗与真理、民族与人类”融合的“大诗”。“真理有如一种植物，在岩石石堆中发芽，然而仍是向着阳光生长，钻隙迂回地，伛偻、苍白、委屈，——然而还是向着阳光生长。”② 在海子看来，“从母走向父：亚当的创造，不仅回荡滚动着大地的花香，欲情和感情，作为挣脱母体（实体和材料）的一种劳作，极富有战斗、扎挣和艰苦色彩——雕像的未完成倾向。希腊悲剧和意大利文艺复兴是两个典型的创造亚当的过程。带有鲜明的三点精神：主体明朗、奴隶色彩（命运）和挣扎的悲剧性姿态。而且在希腊悲剧和意大利文艺复兴各有巨匠辈出。”③ 海子这种清晰的世界眼光，对人类文明板块的深刻审视，渐渐融合在他自觉的文化冲动与受难的激情之中，以此建构他的“大诗”话语与行动。融入人类的伟大心灵，走向更为庄严的先知与圣徒的自我圣化过程，于海子个体的凡俗肉身来说则意味着一场生命危机。

“土地”孕育着诞生与生殖欲望。“土地”是饥饿的装饰，也是收获的粮仓；“土地”，是我们必然面对但也常常忽略的身体和文化居所。诗人，善于捕捉土地上漫延、播撒的各种心灵讯息与生命符

① 《海子诗全编》，上海三联书店 1997 年版，第 890 页。

② ［德］叔本华：《作为意志和表象的世界》，石冲白译，商务印书馆 2009 年版，第200 页。

③ 《海子诗全编》，上海三联书店 1997 年版，第 895 页。

号，培育和酿造生命之诗、艺术之诗、精神之诗、灵魂之诗。而这个过程，正是身心汇聚、内外兼容的神秘感应与胸襟契合的文化象征。

海子写道：

彩色的庄稼 也是欲望 也是幻象/他是尸体中唯一幸存的婴儿 留下了诗歌/欲望 你渐渐沉寂/欲望 你就是家乡/陪伴你的只有诗人的犹豫和缄默

——《第三章 土地固有的欲望和死亡》

秋 一匹身体在天空发出响声/像是祖先刚刚用血洗过//而双手的土地 正是新鲜的 正常的 可食的/秋天的生殖器——我的双手/如马匹夫 雄健而美丽/仍在原始状态/你这王/王

——《第三章 土地固有的欲望和死亡》

在人间行走 焚烧 痉挛/我的生殖的酒杯/驱赶着我疲倦的肉体/子宫高高飞翔/我问我的头颅 你是否还在饥饿

——《第五章 原始力》

土 从中心放射 延伸到我们披挂的外壳/土地的死亡力迫害我 形成我的诗歌/土的荒凉和沉寂//断头是双手执笔/土地对我的迫害已深入内心/羔羊身披羊皮提血上山剥下羊皮就写下朴素悲切的诗//诗，我的头骨，我梦中的杯子/他被迫生活于今天的欲望/梦中寂静而低声啜泣的杯子/变成我现在的头盖是由于溅上一滴血//这只原始的杯子 使我喜悦/原始的血使我喜悦 部落愚昧的血使我喜悦/我的原始的杯子在人间生殖 一滴紫色的血/混同于他 从上帝光辉的座位抱着羔羊而下

——《第三章 土地固有的欲望和死亡》

女人这点点血迹、万物繁忙之水/繁荣而凋零 痛苦而暧昧/灾难之水如此浩瀚——压迫大地发光/原始诸水的昔日宁静

今日破坏无一幸存//水上长满了爪子和眼睛　长满石头/石头说话，大地发光/水——漫长而具体的痛楚/布满这张睁开眼睛的土地和人皮！

——《第三章　土地固有的欲望和死亡》

“土地”最终诞生的是“王”，这种东方性与西方文化的碰撞，成就了海子立体综合素养与智力结构兼备的大诗话语，也将诗人本身塑造为一种极具世界眼光与文化情怀的抒情之王和诗歌之王。有着诗人这一身份的海子，思考着自我与世界的秘密感应，身体的在场与精神的通感，实现了诗与生命的文化抱负与双重理想。诗的审美化与哲理化的融合抵达了诗的本体价值与终极思维对时代的文化启示，它们穿越现实的焦虑与心灵的挤压，在诗意家园完成一个诗人的神圣使命。这个“土地”就是海子，这个“王”也是海子的喻指与象征，它们共同反映出诗人不同于时代的文化抱负与精神企及。

海子写道：

变异在太阳中心狂怒地杀你/变异的女祖先/在死亡中　高叫自我　疯狂掠夺/难以生存的走投无路的诗人之王？/谁能说出你那唯一的名字?!

——《第五章　原始力》

鼓崩崩地响了/内陆深处巨大的鼓/欲望的鼓/神奇的鼓啊/我多么渴望这正午或子夜神奇的鼓　命定而黑暗/鼓！血和命！绿色脊背！红色血腥的王！/沉闷的心脏打击我！露出河流与太阳/我漠视祖先/在这变异的时刻　在血红的山河/一种痛感升遍我全身！//大地微微颤动/我为何至今依然痛苦！

——《第五章　原始力》

命定而黑暗/鼓！打击！独立！生存！自由！强烈而傲慢！/

血和命　只剩下我在大地上伸展腐烂的四肢/承受巨大失败和痛苦的一只鼓在流血/我的鼓使大地加快死亡步伐！//血！打击！节奏！生存！自由！/在海岸　他们痛苦不安地吼叫/为了他们之中保留一面血腥的鼓/（这个人　像真理又像诗/坐在烈日鼓面任我们宰杀）

——《第五章　原始力》

王/痉挛/腹部在荒野行走/一只月亮在荒野上行走/蓝色幽暗的洞窟/在荒野上行走

——《第六章　王》

王　请开口言语　光——要有光/这言语如同罪行的弓箭　寂静无声/众眼睁开　寂静无声/罪行的眼睛/雨的眼睛/四季的眼睛

——《第六章　王》

我　一具太阳中的尸体/落入王的生日//一具太阳中的尸体　横陈/大地　犹如盲诗人的盲目

——《第六章　王》

王啊/一只岩石裂开　凿开洞窟安慰你的孤寂

——《第六章　王》

而土地的死亡力正是诗歌/这秘密的诗歌歌唱你和你的女祖先/——畜栏诞生的王啊！

——《第三章　土地固有的欲望和死亡》

白雪不停地落进酒中/像我不停地回到真理/回到原始力量和王座/我像一个诗歌皇帝　披挂着饥饿/披挂着上帝的羊毛/如魂中之魂　手执火把/照亮那些洞穴中自行摔打的血红鼓面/一盏真理的诗中之灯//王　为神秘的孕育而徘徊雪中/因为饥饿而享受过四季的馈赠//那就是言语//言语//“壮丽的豹子/灵感之龙/闪现之龙　设想和形象之龙　全身燃烧/芳香的巨大老虎　照亮整

个海滩/这灰烬中合上双睛的闪闪发亮的马与火种/狮子的脚 羔羊的角/在莽荒而饥饿的山上/一万匹的象死在森林”/那就是言语 抬起你们的头颅一起看向黄昏

——《第十二章 众神的黄昏》

这位“诗歌之王”以身体体验苦难，撕裂含混、暧昧的语义，不断表现出“王者”的引领风范。“作为身在其中的证人。王者以黑夜为本。”①显然，对海子诗歌的把握，除了精确的语义分析之外，更需要对他所营造出来的时代语境与文化气场加以感受与体验，通过联想、想象来建构他所表达的思想意蕴。“词不只是钥匙，它也可以是桎梏。”② 从语言的理据性角度很难对此语段展开诗意分析，甚至认为会将其误解为是违背语言规律的诗行。这种“反读”的方式恰恰有助于梳理诗人晚期并未完成的“大诗”。论者的增补与读解，丰富了“以诗解诗”的理论价值与阐释可能。我们阅读海子诸如此类的混沌、晦涩诗句，也的确感受到其创造诗语的神奇与神性，他让语言在混沌、暧昧中获得语言与思想的汇合与并行。以诗解诗，也是以一颗诗者的心灵抵达同样诗性的心灵，抵达可能的海子，增补极具文化价值与精神意蕴的海子诗学，不断完成对海子诗学把握的直觉与可能，这种“把握”尽管暧昧与飘忽，但论者的别出心裁与深情感应，补充了学界对海子诗学认识的价值与意义。尸体是太阳，太阳是尸体，尸体是王，王是太阳，这种自我幻化、圣化的过程，导致视听的极度幻觉化，“一具太阳中的尸体 横陈/大地 犹如盲诗人的盲目”，那诸多“太阳”，却成就了海子这个“王”，成就一个盲诗人，没有双眼，但却洞悉世界秘密，穿越比深渊更深渊的思

① 《海子诗全编》，上海三联书店 1997 年版，第 912 页。

② ［美］爱德华·萨丕尔：《语言论》，陆卓元译，商务印书馆 2010 年版，第 15 页。

想地带。这“太阳”是献祭的“尸体”，这“尸体”是具有思想重量与献祭激情的诸多“太阳”的身体之一；“大地”，是它的最终栖居之所；而这一切都在“盲诗人”这里找到了关联，完成了《太阳·土地篇》的文化书写与谱系建构。

以诗解诗，造成了对海子“大诗”的解读不是手术刀式的、话语中心主义的，而是多元文化与沉思的，这种对诗性与意义的“游牧式”解读，自然也最大限度地保留了海子语言与思想并行、诗与生命双重生长的多义性、可能性。他写道：“王　为神秘的孕育而徘徊雪中/因为饥饿而享受过四季的馈赠//那就是言语//言语//‘壮丽的豹子/灵感之龙/闪现之龙　设想和形象之龙　全身燃烧/芳香的巨大老虎　照亮整个海滩’。”语言诗体意识的诗写，创造出差异而神性的文本意境，“言语”是对海子诗学最有力的说明，从某种意义上讲，差异性、创造性的“言语”是诗人天赋与现代性的体验与实践的精神成果。诗人终其一生追求各种话语的朦胧之美，追求对直觉与“灵感”的捕捉，以“闪现之龙”（想象力）建构他的大诗话语。整个诗写过程是一种沉寂美的展现与文化涅槃，形成了雄浑、崇高的混沌美学与文化诗境：“芳香的巨大老虎　照亮整个海滩”，然而，“这灰烬中合上双睛的闪闪发亮的马与火种/狮子的脚　羔羊的角/在莽荒而饥饿的山上/一万匹的象死在森林’/那就是言语　抬起你们的头颅一起看向黄昏”。“言语”也意味着某种局限与受制，也象征着生命的局限与虚无，这正是海子诗学的关键所在，用一种“向死而生”的生命绝唱和话语行动创造中国气派，并与世界对话，建筑了汉语诗歌的文化抱负与哲学品质。

《太阳·土地篇》第十章在“迷途不返的人……酒”的标题下引用了叶赛宁的诗“迷途不返的人哪，你们在哪里？/我们的光芒能否照亮你的路？”“酒　人类的皇后　雨的母亲　四季的情人/我在观星的夜晚在村落布满泪珠/猎鹿人的酒分布于草原之湖”，“酒”催生着酒神艺术，叶赛宁是“大地”的守护者（其经典诗句：“人在大地上终其一生”），“回返的道路水波粼粼/有一次大地泪水蒙蒙”，“大地”在海子的诗中再一次散播温情脉脉的眼神：“泪水蒙蒙”，“绳索或鲜艳的鳞　将我遮盖/我的海洋升起着这些花朵/抛向太阳的我们的尸体的花朵　大地！”诗中的撕裂与酸楚在“土地”的神性对话中暂时得以和解，“土地”是诗意栖居的大地，是“大诗”的心灵居所，是诗人灵肉交融与身心感应、升华的大地之诗、灵魂之诗，其中隐匿着理性与现实世界的另一通道。

海子写道：“大地　盲目的血/天才和语言背着血红的落日/走向家乡的墓地”，“何方有一位拯救大地的人？/何方有一位拯救岛屿的人？拯救半岛的人何日安在”，“大地痛苦的诗！/大地痛苦尖叫向天空飞去/夜晚焚烧土地与河流　梦境辉煌”，“大地的泪水汇集一处　迅即干涸/他的天才也会异常短暂　似乎没有存在/这一点点可怜的命运和血是谁赋予？/似乎实体在前进时手里拿着的是他的斧子//我假装挣扎　其实要带回暴力和斧子/投入你的怀抱//‘无以言说的灵魂　我们为何分手河岸/我们为何把最后一个黄昏匆匆断送　我们为何/匆匆同归太阳悲惨的燃烧　同归大地的灰烬/我们阴郁而明亮的斧刃上站着你　土地的荷马’//一把歌唱的斧子荷马啊/黄昏不会从你开始　也不会到我结束/半是希望半是恐惧面临覆灭的大地众神请注目/荷马在前　在他后面我也盲目　紧跟着那盲目的荷马”。大地是浪漫之诗、母体之诗，亦是哲学之诗、复活之诗。

《太阳·土地篇》是海子晚期“太阳七部书”中最为秩序、整体的一部“大诗”。“太阳”与“土地”产生了某种宇宙感应的思想联结，形成一种异质互文的文本效果。诗人以勘探天地宇宙、身心超验的心灵触角与原型意识，不断进行跨文化、跨文体的沟通与对话，最终创造出海德格尔所体认的“天地神人”的思想融留与生命感召。这也许正是海子的“大诗”写作所探索与实践的意义与价值所在。

第六章

《太阳·大扎撒》：未完成与大抒情

“以诗解诗”，不仅从主题、结构解诗，更着重于诗的语言所生成的审美与思想体验。“文本已经是现实的一部分，文本形成了我们所处的现实，构造了我们所生活的世界。”① 长久以来，海子的“大诗”并未受到重视，很大程度上缘于海子晚期的“太阳七部书”过于晦涩、难懂，再加上国内外读者普遍对诗的“理解”是“过于强调诗的理解”，而忽视了诗的体验与参与性的审美过程。鉴于海子晚期“大诗”的未完成性和复杂性，因此，诗心的介入，体验与想象的审美介入，变得尤为重要。这种“参与性”的阅读与评析方式完善了海子“大诗”的价值与意义，也成为有效的阐释方式之一。

第一节　以诗解诗

主题、结构对现代诗的阐释提供了途径，但诗之所以谓

---

① ［美］安德鲁·本尼特、尼古拉·罗伊尔：《关键词：文学、批评与理论导论》，汪正龙、李永新译，广西师范大学出版社 2007 年版，第 32 页。

“诗”，还在于诗意与诗性的审美态度与接受过程，这是由诗的特殊结构与体裁特征所决定的，这种诗意的阐释与眼光为“以诗解诗”提供了某种学理依据与阅读思维。“许多现代诗都很艰深。其中有一些之所以艰深难解，是由于诗人的自命不凡，他无疑想对读者加以限制，即使这是一种奇怪的自负，也绝不是伊曼先生要我们思考的东西。有些现代诗之所以隐晦难懂，则是由于诗本身就写得很糟糕——由于诗人无法驾驭素材并赋予其一定的形式，总体经验显得混乱不堪，缺乏条理。有的现代诗的晦涩则是出于我们文明的特殊原因。但是有一些现代诗之所以艰涩，问题却在读者身上。原因很简单，相对来讲，很少有人习惯把诗当做诗来阅读。”①

古典文学将一部作品艺术及价值的鉴赏或评析称之为“以诗论诗”，古典诗话中涉及大量的文学作品的点评与注解，比如说《二十四品》是“以诗论诗”的重要典型。“杜甫的《戏为六绝句》、《解闷》开创了‘以诗论诗’的先河，为后代诗人所仿效，并逐渐成为绝句的一方面重要内容。白居易、元稹、杜牧、李商隐都写过论诗的绝句。”② 其实文本与评注的互动，形成了知识与审美上的诗性同构关系。这也正是古典诗话的魅力与价值。本书倡导现代诗“以诗解诗”的解读方式，延续了中国传统诗话的这种阐释路径，同时，也更强调形式文论的可能描述与对文本的重视。

要重新审视海子晚期作品的文化价值与思想意义，必须正视部分文本的粗糙与残缺，海子“大诗”的结构，因为诗人早逝的原因，许多诗篇是未完成的，因而，以诗解诗，为理解与阅读海

① ［美］克林斯·布鲁克斯：《精致的瓮：诗歌结构研究》，郭乙瑶等译，上海人民出版社 2008 年版，第 74 页。

② 张绍光：《以诗论诗》，http://blog.sina.com.cn/s/blog_6347f0c10100rzyb.html。

子提供了一种可能。在参与性的体验审美过程中，在对残章断篇的文本延展性的理解基础上，不断建构海子可供清晰理解的精神世界，尽管这点似乎永远处于未完成状态，但这种“建构”切实地推动了海子的研究，特别是对其“大诗”的重新审视与文化反思，对当代思想与文化建构极具意义与价值。在一个以物质与消费话语作为评价尺度的年代，这种精神探险显得难能可贵，这种文化反思与对隐秘精神世界的揭示，对当代诗歌话语研究与写作提供了重要的探索可能与阐释路径。

因为海子英年早逝，他的许多作品处于未完成状态，有些诗歌相对残缺不全，虽经他的朋友西川整理形成了基本轮廓，但是试想如果海子在世，他也会重新认识自己，认识诗歌，从而完善、完成他的诗学体系，调整他的诗学态度，但这毕竟是一种“假设”，正如编者西川写道：“（《太阳·大扎撒》）选自海子未完成的长诗《大扎撒》。《大扎撒》原为成吉思汗所制定的一部法典。海子《大扎撒》的这一部分诗原题《山顶洞人写下的抒情诗》。因诗的内容可以独立成篇，故取出冠以《抒情诗》之名。海子原稿各诗的编号有混乱之处，今唯按其原稿先后次序一概重新编号，只对个别诗篇做了次序的调整。”①

“以诗解诗”的参与性与增补功能，也起到推助与完善海子诗学研究的意义与必要。这些文本的未完成状态恰恰成就了诗歌暧昧性、模糊性的独特诗学价值，“与其说文学文本提供了一种逃避意识形态的途径，不如说文学文本可以被看作是生产和再生产意识形态结构及其断裂的场域。文学文本并不是简单地或被动地‘表达’或反映它们所处的特定的时间和地点的意识形态，相反，它们是充满了冲突和差异的场域，在这个场域中，价值和前提、信仰和偏

① 《海子诗全编》，上海三联书店1997年版，第635页注释①。

见、知识和社会结构既得到了表征，同时也在这个表征过程中被变形”。[①] 在这残章断篇之间留下许多可以阐释的空白与边缘，对沉默地带的增补与修复反而更加丰富了对海子诗学蕴涵与意境的勘探与挖掘，也让论者与读者参与到这种回味与想象兼具的文学空间的体验与沉思之中。

由此看来，任何诗意的解读都仅是一种抵达的可能，在艺术与情感逻辑的合理阐释中完成对海子诗歌观照的角度与路径的启示，“意识本身是它自己的概念，同时又不是它自己的概念。意识以下述方式是它自己的概念，即：概念在意识中生成，而意识在概念中找到自己”。[②] 即使摆脱了各种预设与假想，也无法还原一个真正理想的、完整的、完美的海子。海子诗歌有其丰富具体的文化象征与意蕴，但其晚期（1986—1988）“太阳七部书”的长卷中，也暴露出一些非伦理的失语与乱伦的病态话语，对其我们必须采取客观的态度与论述，去其糟粕，汲取精华，这样的“以诗解诗”才是真正的诗心与诗学的建构。海子擅长语言的象征主义式的抒情表达，将抒情之血与现代之维紧密联结与融合，形成了他混沌与现代并存的“大诗”话语。在20世纪80年代中晚期整体文化语境走向反讽与虚无意识的时候，海子迎难而上，通过隐喻与象征的原型写作、神话写作，反思与建构中华文化的理想蓝图，这种隐喻与象征的写作隐含着海子对同时代的否定性情感与价值的疏离意识，当诗慢慢消解成消费文化和娱乐文化，海子用生命之诗抵抗游戏之作，这种神圣与庄严的大诗成就了一个特立独行、玉树临风的完美诗人肖像，“他们是同一个王子，诗歌王子，太阳王子。对于这一点，我深信不疑。他们悲剧性的抗争和抒情，本身就是人类存在最为壮丽的诗

---

① ［美］安德鲁·本尼特、尼古拉·罗伊尔：《关键词：文学、批评与理论导论》，汪正龙、李永新译，广西师范大学出版社2007年版，第170页。

② ［德］马丁·海德格尔：《林中路》，孙周兴译，上海译文出版社2004年版，第195页。

篇。他们悲剧性的存在是诗中之诗。他们美好的毁灭就是人类的象征”。[①]因此，我们必须保持耐心与信心，慢慢钻研，慢慢抵达诗人的诗性写作和神性写作之畛域，认真品读诗人短暂一生喷薄而成的诸多优秀作品，它们是真正的诗与生命合一的“大地之诗”。

因而，从这个意义上来讲，对海子诗歌的解读提供了某种“以诗解诗”的解读可行性，借用“哲学阐释学”方法的同时，也更着重于“现象学”视角的深层结构、话语意义的生成性探析。“生成性方法是基于被视为文本的基本和深层结构，通过意义的各种关联与力图表明其规则，来达到就像任何自然语言所撰写的文本那样的表现形式。与此平行的解释性方法思考显现的文本，通过针对模式和元语言建立的描述程序加以解释，也就是力图最终达到越来越远离文本的抽象或深度层次，来获得控制文本的基本解构。”[②]

以诗意、诗心理解诗歌，在现代之维中坚持对诗的暧昧性、多义性的诗学认同与难度、高度的文化认同，创造独立而别具一格的心灵之诗、生命之诗。“对诗人的纪念和经典化行为，同时也是一种对他的隐藏、伪装和抹杀；它提醒我们，当我们埋葬死者的时候，我们正是在做这样的事情；通过埋葬他们，我们表示对他们的尊敬，但与此同时，我们也从人们的视野中隐藏了他们，仿佛他们既是值得尊重和敬畏的对象，又让人感到忌讳和危险。”[③] 有关诗意或说一首诗整体的表现主题可以从这芜杂、无序的诗性思维与诗意话语中慢慢识别某种相对趋近与可能的诗的情绪主题与抒情态度，让读者更好地走近海子的语言之诗、生命之诗、文化之诗、哲学之诗，以及诗、哲学与宗教合一的“大生命”“大文化”的书写追求

① 《海子诗全编》，上海三联书店1997年版，第896页。

② ［法］A. J. 格雷马斯：《符号学与社会科学》，徐伟民译，百花文艺出版社2009年版，第175—176页。

③ ［美］安德鲁·本尼特、尼古拉·罗伊尔：《关键词：文学、批评与理论导论》，汪正龙、李永新译，广西师范大学出版社2007年版，第44页。

与审美意境。“艺术作品和艺术家的本源是艺术。本源即是存在者之存在现身于其中的本质起源。什么是艺术？我们在现实的作品中寻找艺术之本质。作品之现实性是由在作品中发挥作用的东西，即真理的发生，来规定的。此种真理之生发，我们思之为世界与大地之间的争执的实现。在这种的被聚合起来的动荡不安（Bewegnis）中有宁静。作品的自持就建基于此。”① 这种语言艺术的诗意建构了最基本的人类思维与哲学认知，建构了最基本的生命体验与价值认同，如海子终生所追求的“诗与民族、诗与真理合一”的“大诗”书写。诗，成为诗与哲学合一的艺术心灵与文化体验，建构了普世伦理与生命真理的探索与可能。

第二节 黑暗的形而上学

《太阳·大扎撒》一如其他“太阳七部书”长卷一样，专注于书写“黑暗”，专注于隐秘内部的形而上学的沉思，关注身体与心灵的双重在场，通过身心感应，融注诗与生命和谐与统一，直逼直觉与幻想的超验世界。

海子写道：“你是夜晚的一部分 谁都是黑夜的母亲/那夜晚在门前长大像哑子叫门”，“你是一个和平的人/你是一个善良的人/你今夜住在一个黑店里/那个玩着刀子的店主人/就是我，手里还提着灯/那盏灯照见过昔日的暴力 今夜的血腥/兵器相交 杀气腾腾/这殿堂里也仍有些鬼魂出没/有些是皇帝，有些是兄弟/书像一包蜡烛和刀子捆在一起/可这一千年都是黑夜/在兵器中你如何安身？/今夜你歇息在我的黑店/享受我黑暗而肮脏的酒/你把你的马拴好，

① ［德］马丁·海德格尔：《林中路》，孙周兴译，上海译文出版社 2004 年版，第 44—45 页。

明日你和店主一同登程/我收拾好行李，让刀疤止住血/把刽子手们捆成一件兵器”。由此《太阳·大扎撒》可以明显地感受到海子思维的混乱和语言的过分粗暴，以及“非理性”的生命表征。黑夜和黑暗，已经钳制了他的理性与思维，疯人痴语，灵魂附体，令人难以置信、不寒而栗。也许这种幻象的疯狂写作更便于与凡俗与世故保持疏离意识，也从理性中看到诗性、疯性的高峰体验对艺术书写和种种生命存在的可能性探索。“疯人能正确地认识个别眼前事物，也能认识某些过去的个别事物，可是错认了（其间的）联系和关系，因而发生错误和胡言乱语；那么，这正就是疯人和天才人物之间的接触点。”① “黑暗”正如太阳内部的秘密，导引诗人进行形而上的秘密沉思，将他彻底地拉入世界深渊与黑暗体验，摧毁或者撕裂，其痛苦心灵也将裂变与变成可能，这和天才式的体验和创造过程与常规与凡俗必须相离，但这个隐秘的精神世界却变成一个认知黑洞，陷入其中，不可逃离，这也许是天才们的必然不可逃脱的“命运”悖论。正如海子清醒地意识到：“这一次全然涉于西方的诗歌王国。因为我恨东方诗人的文人气质。他们苍白孱弱，自以为是。他们隐藏和陶醉于自己的趣味之中。他们把一切都变成趣味，这是最令我难以忍受的……我的诗歌理想，应抛弃文人趣味，直接关注生命存在本身。这是中国诗歌的自新之路……我只想呈现生命。我珍惜王子一样青春的悲剧和生命。我通过太阳王子来进入生命。因为天才是生命的最辉煌的现象之一。”②他追求着这种燃烧与愿景，热爱与赞美，摆脱了个别、个体的局限，而上升为灵魂的新生与复活的宗教行动与追求。但是这种灵魂搏击也极为冒险、危险，海子在“大诗”的追求与实践中，塑造了一位写作者的完整肖像，使得他的“大诗”极具人格魅力与灵性光辉。“人物是文学的

① ［德］叔本华：《作为意志和表象的世界》，石冲白译，商务印书馆 2009 年版，第269 页。

② 《海子诗全编》，上海三联书店 1997 年版，第 897 页。

生命：他们是令我们惊奇与入迷、喜爱与厌恶、崇敬与诅咒的对象。”① 毁誉参半，真假难断，海子的诗学建构尽管与伦理无关，但是其背后渗透的文化意识也值得我们反思与警惕。极力还原凡俗与高贵、真理与局限并行的海子面孔，也许有助理解海子在营造“大诗”话语过程中的艰辛、艰难与贡献。

“诗人不是作为私人化的人参与自己的构造物，而是作为进行诗歌创作的智慧、作为语言的操纵者、作为艺术家来参与的，这样的艺术家在任意一个其自身已有意味的材料上验证自己的改造力量，也即专制性幻想或者超现实的观看方式。”② 这种超验性的感知与心灵融注，实现了诗语的诗性化处理与深度体验的思想聚集，实现了诗与生命、诗与思想的同一。这是海子诗学整体与个性统一特征的具体表现，他既是一个“能指”个我的海子，也是一个“所指”大我的原型象征。不同以往的是，此诗中的“黑暗”更紧张、更暴力、更错乱、更刺痛、更伤人。“语词只是外表，而我们的思想和意识则代表了深度。同样，自我、人的真实存在都约定俗成地取决于这样一种对立：主体或自我是被作为表面和深度、内心和外在之间的关系而建构的。”③ 世界，既是一个实指符号，也是空洞与虚无。诗歌正是这种实在与空无之间的联结点。在超验之心与象征心灵的指引下，诗语自然汇聚哲理，实现诗、哲学与宗教的神性写作，但是，世界的空无亦如海子执着探索的精神深渊，无法超越，无法跳跃，这也成为“太阳七部书”长卷写作的悖论，这个悖论，也造成生命终极价值的吊诡与宿命。

---

① ［美］安德鲁·本尼特、尼古拉·罗伊尔：《关键词：文学、批评与理论导论》，汪正龙、李永新译，广西师范大学出版社 2007 年版，第 59 页。

② ［德］胡戈·弗里德里希：《现代诗歌的结构：19 世纪中期至 20 世纪中期的抒情诗》，李双志译，译林出版社 2010 年版，第 3 页。

③ ［美］安德鲁·本尼特、尼古拉·罗伊尔：《关键词：文学、批评与理论导论》，汪正龙、李永新译，广西师范大学出版社 2007 年版，第 246 页。

海子写道："只剩下披头散发的我/抱住山脚，痛哭一晚/明天要去什么地方？/只好回家乡打铁，娶下麻脸老婆/或者在山上打家劫舍/杀人放火，无恶不作/我披着羊皮飞回水围的山上/和一群染得漆黑的野兽一块在山上滚动/鲜艳的鳞甲来自四方黑暗的水洼和爪牙/我披着一条荒芜的道路/回到腐败的平原/只有大河静静流过/流过平原/是我唯一的安慰。""抱住山脚"，语言的通感与转义，凝聚了语言深处的思辨与张力，他所描绘的"回家"情形，浑朴而惨烈（"回家乡打铁，娶下麻脸老婆/或者在山上打家劫舍/杀人放火，无恶不作"），此类通感与象征的"幻象"意识充满了仇恨与暴力，这使我们想起《圣经·旧约》中的景观描写：上帝的种种可怖与残暴面目。但对现代文明秩序世界而言，这种粗暴与象征的文化暴力意味着一种决裂的态度与立场，一种话语行动对邪恶的解构与否定。艺术的终极价值一方面呈现批判与反思，甚至刻画与描绘"恶"的存在，但艺术在本体意义上来讲，还是善的伦理与建构，无论如何，我们可以肯定的是，"高贵的人想创造新事物与新道德。善良的人们却需要旧事物，保存旧事物。高贵的人之危险，不是他会变成善良者，而是他会变成无耻者、讥讪者、破坏者。"① 《太阳·大扎撒》面对现实际遇表现不满的否定与破坏情绪，对那片曾经也给予了海子生命的"平原"充满了不满与敌意："我披着羊皮飞回水围的山上/和一群染得漆黑的野兽一块在山上滚动/鲜艳的鳞甲来自四方黑暗的水洼和爪牙/我披着一条荒芜的道路/回到腐败的平原。"他写到了"恶""黑暗"，正是人性中这些否定性的情感与价值的存在，有助于观照社会现实中的那种身体之"罪"，以及对"太阳"向往的迫切的肯定性激情与梦想的价值所在。艺术中的"恶"与"黑暗"成为一个隐秘的深渊，令人沉溺其中不能自拔，但正是这种"否定性"的情感与价值，让内心有了净化与升华的

① ［德］尼采：《查拉斯图拉如是说》，尹溟译，文化艺术出版社1987年版，第45页。

现场语境，使得这种否定、负面的批判反思转向对人心、人性的另一种肯定性的建构与确认，最终“诗歌”作为身体的过渡，抵达心灵的场所，诗的思想价值与本体意义在于克服焦虑、迷茫、躁动与虚无，完成心灵涅槃与精神新生，“身体的感受，如已指出的，就是悟性在直观这世界时的出发点。对于单是认识着的主体，就它是主体说，这个身体也是表象之一，无异于其他表象，是客体中的一客体。这个身体的活动和行为的意义，如果不是以完全不同的另一方式来揭穿谜底的话，对于这主体也将无异于它所知道的一切其他直观客体的变化，也将是陌生的，不可理解的。”① 静静流淌的“大河”，启示时间的过渡与短暂，让我们迈入生命的海洋，在太阳赤热与激情的升华中，实现对生之意义的形而上的转化与企及。“真理并非事先在某个不可预料之处自在地现存着，然后再在某个地方把自身安置在存在者中的东西。这是绝无可能的，因为是存在者的敞开性才提供出某个地方的可能性和一个充满在场者的场所的可能性。”② 这种“敞开性”与“可能性”也成为诗人自我的食粮与慰藉，抵达艺术与生命的大境界、大呼吸。

与“黑暗”伴行的永远是宁静、亲切的麦子、平原与故乡，海子诞生于此，也将抵达于此，那是一座村庄，包括这些中国农村特有的文化元素与记忆单元：新娘、农舍、天堂、手足的兄弟、爱情、青草地、公主、乳房……这种温情描绘也衬托了海子对理想未来的向往与憧憬。这种诗意的牧歌色调与乡村背景，再一次修复与增补了晚期“太阳七部书”中的混沌、撕裂的异质书写。“我还要写到我结识的一个个女性、少女和女人。她们在童年似姐妹和母亲，似遥远的滚动而退却远方的黑色的地平线。她们是白天的边界

① ［德］叔本华：《作为意志和表象的世界》，石冲白译，商务印书馆 2009 年版，第149 页。

② ［德］马丁·海德格尔：《林中路》，孙周兴译，上海译文出版社 2004 年版，第 48—49 页。

之外的异境，是异国的群山，是别的民族的山河，是天堂的美丽灯盏一般挂下的果实，那样的可望而不可及。这样她们就悸动如地平线和阴影，吸引着我那近乎自恋的童年时代。”①

海子写道：“七月里我是一头驴，在村庄的外围/七月里我比他们家里的人还要愚蠢/七月里我突然发现自己是食草的野兽/迁移到人类的门前，拉下的粪便/投入火中。七月里我是头疼的驴/驮着一口袋杀人的刀子走进山里/没有人打开山门，是我自己闯进/一口袋杀人的刀子全遗失路上/七月里我是头痛的驴咀嚼绳索/被人像新娘一样蒙上了双眼/看不清眼前的事物，只剩下天堂/那深不见底的天空被石头围在中央/天空自己也是石头，长着一颗毛驴的心脏”，“农舍，多么温暖多么多么温暖/小而肮脏的房子，我栖身的内脏”，“一只白鸟飞越我的头顶去而不还/两只乳房温暖过我也温暖着别人/我大醉于肮脏镇子的十字路口/醒来后发现自己连连砍死三人/第一人是我们时代伟大的皇帝/他的身体已喂肥了几亩青草地/他的头颅悬挂在山顶上，像破碎的灯/第二人是我情同手足的兄弟/他写过漂泊的谣曲，死于贫困和疾病/他和我一起享受过苦难与爱情/但没有分担我的光荣和恐怖/第三人是那位世上唯一的公主/为了她我把自己那一只粗笨的头颅/搬到了城市的铁砧……”。这些魂牵梦萦的故乡风景、事物并非简单罗列的，而是海子在光明与黑暗交错的景色中的心灵净化与精神背景：其中有痛苦挣扎，也有心灵裂变；有混乱无序，也有简朴恬静。“热爱风景的抒情诗人走进了宇宙的神殿。风景进入了大自然，自我进入了生命。没有谁能像荷尔德林那样把风景和元素完美地结合成大自然，并将自然和生命融入诗歌——转瞬即逝的歌声和一场大火，从此永生。”② 诗人最终抖出这个“诗歌”的“大火”，而且“转瞬即逝”，这类荷尔德林式的风

① 《海子诗全编》，上海三联书店 1997 年版，第 884 页。

② 同上书，第 918 页。

景与元素最终穿越河流与平原，直达海子的“大诗”风景，“这一世纪和下一世纪的交替，在中国，必有一次伟大的诗歌行动和一首伟大的诗篇。这是我，一个中国当代诗人的梦想和愿望”。①他要描绘的正是这类矛盾、冲突的话语，这也是对现实境遇的批判与反思。

在此精神背景下，海子完成了这个关于现实风景与精神元素的形而上学沉思，汇成暧昧多变而又丰富安宁的心灵史诗。尽管此部“大诗”没有写完，但是我们还是能从中感受到海子一以贯之的“史诗”风格、大诗情怀。“伟大的诗歌，不是感性的诗歌，也不是抒情的诗歌，不是原始材料的片断流动，而是主体人类在一瞬间突入自身的宏伟——是主体人类在原始力量中的一次性诗歌行动。”②

第三节 语言的进行时

海子的《太阳·大扎撒》正是这种语言进行时的实践与行动。但是因为其未完成，使得这种象征与超验的大抒情留下了巨大的沉默空间，也留下了文学史与文化史上的遗憾。

诗歌是一种特殊的文本、文体，“诗歌”在海子晚期“太阳七部书”长卷中充当缪斯女神，它源于生活，也高于生活，语言作为诗歌的言说媒介，在意识深处勘探命运的哲理与可能。“假如有一种完全合乎语法的语言的话，它就是一部完善的表达概念的机器。不幸，也许正是大幸，没有一种语言是这样霸道地强求内部一致的，所有的语法都有漏洞。”③ “语法”，指向了任何民族的文化系

① 《海子诗全编》，上海三联书店 1997 年版，第 898 页。

② 同上。

③ ［美］爱德华·萨丕尔：《语言论》，陆卓元译，商务印书馆 2010 年版，第 33—34 页。

统，这里面的表达“漏洞”正是文化裂变与转型的积极动因与前提。海子认为，针对当下中国诗歌写作的语言与精神现状，必须对浪漫主义诗歌以来丧失诗歌意志力与诗歌一次性行动加以清算，尤其要对现代主义酷爱“元素与变形”等堆砌材料进行清算，他指出“人类诗歌史上创造伟大诗歌的两次失败”，“第一次失败是一些民族诗人的失败。他们没有将自己和民族的材料和诗歌上升到整个人类的形象。虽然他们的天才是有力的，也是均衡的（材料与诗歌均衡的），他们在民族语言范围内创造出了优秀诗篇。但都没能完成全人类的伟大诗篇。”[①] 以普希金、雨果、惠特曼、叶芝、维加、易卜生等为探讨对象，海子认为歌德是“个别的和较小的”成功类型之一，他的《浮士德》是“创造性人格的一次性诗歌行动”，“浪漫主义的抒情主体与古典世界的宏观背景”的完美结合，转变成完整的、创造性的诗歌行动。然而，在普希金、雨果那里则表现为一种分离：“诗歌与散文材料的分离；主体世界与宏观背景（小宇宙与大宇宙）的分离；抒情与创造的分离。”[②] 第二次“失败”是两种倾向的失败，即“碎片与盲目”。“碎片”，是指20世纪英语诗歌以庞德、艾略特等为代表的诗人们没有将原始材料（片断）转化为“伟大的诗歌”，而仅仅成了“材料、信仰与生涯、智性与悟性创造的碎片”[③]，他们大多数被海子称作“元素性诗人”，具有原型与典范的心灵价值；而“盲目”主要是指“通过散文表达那些发自变乱时期本能与血的呼声的人。从材料和深度来说，他们更接近史诗这一伟大的诗歌本身，可惜他们自身根本就不是诗歌。我们可以将这些史诗性散文称之为盲目的诗”[④]，这些诗歌以拉美文坛、俄罗斯诗

① 《海子诗全编》，上海三联书店1997年版，第898页。

② 同上书，第899页。

③ 同上。

④ 同上。

歌为主，“他们没有也不可能把这些伟大的原始材料化成伟大诗歌”。[1] 海子认为，就伟大诗歌与诗歌行动而言，但丁、歌德、莎士比亚是写作的典范，“但丁和歌德是成功的，还有莎士比亚。这就是作为当代中国诗歌目标的成功的伟大诗歌”[2]，“还有更高一级的创造性诗歌——这是一种诗歌总集性质的东西——与其称之为伟大的诗歌，不如称之为伟大的人类精神——这是人类形象中迄今为止的最高成就。他们作为一些精神的内容（而不是材料），甚至高出于他们的艺术成就之上。他们作为一批宗教和精神的高峰而超于审美的艺术之上，这是人类的集体回忆或造型”。[3] 诗艺与审美，抒情与歌唱，在海子这个宏大的精神架构中，显得并非重要，他注重的是践行与返回“集体回忆与造型”的话语行动与追求，迈向诗性与思想的融合，诗意与生命的并行，最终完成诗、哲学与宗教合一的“大诗”。

据史书记载，“大扎撒”（《成吉思汗法典》），又称雅萨法典、青册，是世界上第一套应用范围最广泛的成文法典。在当时的大蒙古国具有最高权威性，是大蒙古国的根本大法。古本于元末明初的战乱中已经散失。古代蒙古部落首领对众发布的命令称为“扎撒”。成吉思汗建立大蒙古国后，将原有的训令，写成法规，史称《大扎撒》或《扎撒大全》，汉语叫《令》，太宗窝阔台曾下令重颁。它的特点一是刑罚严酷，大量使用死刑；二是原始性[4]。这部律法规定了“不同身份人之间的行为规范”、记载了“许多民族习惯”，也写入了“大量迷信与禁忌”。这是一部神圣、神秘的“令”，而海子企图通过自己的“大诗”话语来建构这部“律法”，其能力无法跨

① 《海子诗全编》，上海三联书店 1997 年版，第 900 页。

② 同上。

③ 同上。

④ “大扎撒”，http：//baike. so. com/doc/6679366-6893253. html。

越文化而抵达神圣的尺度与神秘的价值。

《太阳·大扎撒》，是一部信仰危难与精神涅槃的心灵史诗，它在海子对“大扎撒”的宏大追求中得以展示，“世间充满着多余的人，生命已被过剩的人所损害。让人们用‘永生’的饵，引着他们离去这个生命罢！”① 通过对“死亡”的再现、审视、追问与升华，诗人克服了人类否定性情感与价值的命运主题，实现了诗与生命的双重升华与净化。诗对时代与命运形成了一种克服与化解。

海子写道：“远处的山洞大火熊熊，已经烧光/我们会把幸福当成祖传的职业/放下手中痛哭的诗篇”，“我是一夜的病马/饮水中的盐和血/食盐的母马影子/早上流血不止/鸟儿的鸣叫：/母马受伤又好了/手牵生病的母马/走在我身体之前/名为月亮的身体/伤口愈合又红肿/隐隐含泪的母马/她也是孤独的”，流血不止，创伤不止，孤独不止，“我不是你们的皇帝又是谁的皇帝/火　或被残暴的豹子双爪捧上山/献给另一个比豹子更孤独的皇帝”。“残暴的豹子”捧上这个“孤独的皇帝”，海子的自我幻化、圣化也让诗语显得极为暴烈与混乱，“北方是我们的屋顶/下面是受伤的猎户和母马/这个季节的黄昏最为漫长/蜡烛像是酒精长出的白耳朵”。“北方”，不再是单纯的“麦地”，也不是宁静的“平原”，而蕴藏着种种风险与危机，“受伤的猎户”“酒精长出的白耳朵”，这些异质性的文化意象与幻象画面暗示着海子心灵深处的创伤与焦虑。他在现实中丢失的与无法完美的生活，必将在诗的呓语与臆想中找寻与完成，有些是合理的意识延异，有些则是毫无头绪的臆想之辞。

《太阳·大扎撒》将外部矛盾与时代焦虑投射到心灵内部与形上追问，时代境遇中的紧张与焦虑在心灵的追忆中获得某种和解，这是一切伟大艺术之所以成为伟大艺术的写作秘密，它们以人类心灵为精神家园，以人心、人性的文化象征去消解凡俗与风景的表面

① ［德］尼采：《查拉斯图拉如是说》，尹溟译，文化艺术出版社 1987 年版，第 47 页。

意义，通过精神冒险来见证诗的合法性与思想可能。

海子写道："我丢失了一切/面前只有大海/我是在我自己的故乡/在我自己的远方/我在海底——/走过世界上最高的地方/天空向我滚来/高原悬在天空/你是谁？/饥饿/怀孕/把无尽的滚过天空的头颅/放回子宫和山洞/头颅和他的姐妹/嘴唇抱住河水 在大河底部喜马拉雅/而割下头颅的身子仍在世上/最高的一座山/仍在向上生长。""大海"是"我自己的故乡"，"远方"离"故乡"最近，它不是高高在上，而是沉入"海底"，这是神秘幽暗的精神"海底"与世界深渊，"怀孕"、触摸、孕育、诞生，人类的种子与果实转化为希望与善良，这种诗语的撕裂与混沌形成了诗的复杂与多义，也呈现了思想的紧张与丰富，无法触摸"语言"与深情是对思想与文化的眷恋与归宿的认同。"天空无法触摸到我手中这张肮脏的纸/它写满了文字/它歌颂大草原/被扔在大草原/被风吹来吹去/仍然充满了香气/这就是山顶洞中，一顶遗民的草帽/和兽骨上文字的香气/当语言死亡，说话的人全部死去/河流的绿色头发飘荡/荒野无尽的孕育使我惊慌/人类，你这充满香气的肮脏的纸/天空无法触摸到我手中这张肮脏的纸/这就是我的胜利。""当语言死亡/说话的人全部死去"，将所有的文化危机归结为"我手中这张肮脏的纸"，这是海子对神圣的律令的敬意，还是通过这种亵渎的方式展示出他更深处的精神危机，不得而知，但是巨大的来自"天空"的虚无与空洞的确铺展了诗的主题与情绪，让海子四面危机，而又无法逃离。

《太阳·大扎撒》充满了海子式的幻想与圣化，也预留着某种同情与慰藉，海子认识到文化深处的问题与危机，他的精神臆想与燃烧诗语正是这种文化系统的问题隐喻与自我追思。"在这现象的世界里，既不可能有什么真正的损失，也不可能有什么真正的收益。唯有意志是存在的，只有它，（这）自在之物；只有它，这一切现象的源泉。它的自我认识和随此而有的，起决定作用的自我肯定或自我否定，那才是它本身唯一的大事。"[①] 诗人不断通过其神秘而圣化的直觉和意志去展示人类的文化图景，并在诗艺与幻象中实现一个诗人的伟大抱负，尽管这种愿景布满荆棘与危险。"他们都想走近皇座：这是他们的疯狂，——似乎幸福坐在那里！其实坐在皇座上的常常是泥土，——皇座也常常在泥土里。"[②] 这种荒诞的文化景观，也可看出海子的醒觉意识："皇座也常常在泥土里。"身心在场的双重幻象形成了超验之心与醒觉之诗，创造了诗性与神性合一的表现与可能，语言的含混、悖论、矛盾、差异，让诗歌回到诗歌，生成了诗歌的暧昧与含混的话语特征。"艺术复制着由纯粹现审而掌握的永恒理念，复制着世界一切现象中本质的和常住的东西；而各按用以复制的材料（是什么），可以是造型艺术，是文艺或音乐。艺术的唯一源泉就是对理念的认识，它唯一的目标就是传达这一认识。"[③] 诗，不再是简单的审美，更是心灵的审智与哲理认同。语言与思想在诗中同一、并行与自我繁殖。

海子《太阳·大扎撒》虽然没有完成，但是我们通过对其文本细读，特别用以诗解诗的艺术思维与话语分析，仍然清晰地勾勒出了海子生前晚期作品的"大诗"形式与内蕴。诗歌，成为人类诗意道说的思维与可能。这里面有直逼的黑暗，也有心灵内部的质询，土地的情结与燃烧的"太阳"主题相对比，衬托出海子诗学背景在诗与哲学的灵魂对话，东方抒情与西方神学的沟通。身心的超验与直觉，融注于黑暗的形而上学思辨，身体成为思想的催化剂、艺术触媒，有助于对存在之诗、神学写作的体验与感知，一步步地让

---

① ［德］叔本华：《作为意志和表象的世界》，石冲白译，商务印书馆 2009 年版，第 256 页。

② ［德］尼采：《查拉斯图拉如是说》，尹溟译，文化艺术出版社 1987 年版，第 55 页。

③ ［德］叔本华：《作为意志和表象的世界》，石冲白译，商务印书馆 2009 年版，第 257 页。

“身体”的终极之间与灵魂的风暴、风景结合起来，完成生命之诗、哲学之学。对于《太阳·大扎撒》中撕裂、混乱的非伦理话语，也应自觉地警惕，加以认真辨别与区分，理解与吸纳海子“大诗”话语对文化复兴极具价值与启发的那个“海子诗学”。

第七章

《太阳，你是父亲的好女儿》：从幻象至错乱

晚期“太阳七部书”从《太阳·土地篇》《太阳·大扎撒》开始，海子的写作思维似乎逐渐陷入了错乱、失序的意识状态，种种超验之心的幻象化、玄秘化心灵体验与直觉领会有助于诗歌创作，但也意味着某种冒险与危机，极端得甚至反伦理。《太阳，你是父亲的好女儿》，此时，“太阳”被比作“父亲”和“诗歌王子”的“好女儿”，此前，海子以一种仰望与朝圣的心态构建他的“太阳七部书”，而此刻则将“太阳”看作自己的“孩子”，而且性别上则由基督式的献祭男身转向“女儿”，这是诗的想象与幻象化的超现实主义表现，但其背后则渗透着海子在不同文化与性别中跨界的探索。

第一节　撕裂的超验

海子原计划写一部长篇小说，名为《大草原》三部曲，但他仅写出这篇《太阳，你是父亲的好女儿》[①]，被编入晚期（1986—

① 《海子诗全编》，上海三联书店1997年版，第649页。

1988）“太阳七部书”中第四部长卷。《太阳，你是父亲的好女儿》既可当作超验“小说”来读，也可以如同“太阳七部书”其他各篇一样当作舞台景观的诗剧来体验，将其融入七部长卷的整个“大诗”话语中，感受其整体性的文化意蕴与诗学价值。

阐释《太阳，你是父亲的好女儿》原诗的确不易。海子将诗写成小说，却最终又将混乱的“叙事”夹杂诗中。此时，海子练气功走火入魔加之失恋导致精神遭受重创，诗语变得愈加焦虑与无助、偏激与暴力，“大诗”因此而成为“大诗”的负担。这里的风景拥有姓氏与身份，人物与事物均通有灵性。世界是混乱与强指，也有整体语境中的旨趣与意向。“大草原”“女儿”“青稞”“山冈”及一切相关风景，皆是混沌的背景，显得复杂、无序、矛盾和暴力，“混沌中，我用镰刀割下了血儿的头颅，然后又割下自己的头颅，把这两颗头颅献给丰收和丰收之神。两条天堂的大狗飞过来。用嘴咬住了这两颗头颅。又飞回来了。飞回天空的深处。难道这些秩序，这些车辆，这些散乱的书页真能说明我的混沌，真能咬住我俩的头颅，飞回天空吗？”① 诗人深深地意识到：“难道在我的语言的深处真的包含着意义？难道我已经把诗歌写进了散文？难道这就是我带来的？难道这竟然是一部关于灵魂的大草原和哲学的小说？”② 诗中的人物与风景皆处于这样撕裂的痛苦体验中，这种舞台景观的布景与仪式充满血腥和暴力，这样的“诗歌”不仅是情思的涌动，更是一种混沌的关于“大草原”的“灵魂”与“哲学”沉思。“难道你竟然真的存在，在人间走着，活着，呼吸着，叫喊着，我的血儿，我的女儿，我的肋骨，我的姐妹，我的妻子，我的神秘的母亲。”③ “大草原”在这里与“血儿”“女儿”“姐妹”“妻子”“母

① 《海子诗全编》，上海三联书店1997年版，第664页。

② 同上书，第665页。

③ 同上。

亲”等统一成诗中的“自说自话”，交汇成诗中多个声音的混合与同一，而其中的“声音”则延展为“太阳七部书”中的超验之心与跌撞直觉。“我的肉中之肉，梦中之梦，所有的你不都是从我的肋间苏醒长成女儿经过姐妹爱人最后到达神秘的母亲中。所有的女人都是你。”① 这里，“女人”又是海子自我的象征，诗歌是阴性与“女人”的，海子通过这种特殊的文体，有意无意地将其他文体融注于诗意的道说。

《大草原》与“故乡”相关，“太阳七部书”中《太阳，你是父亲的好女儿》，则是一种故土的再次神秘昭示与心灵抵达。海子写道：“可以预感到就隐藏在这周围的秘密的泉水，她们就是一片大水在草原上走向自己故乡时留下的隐秘的足迹。她们既想隐去，又不想隐去。”② “秘密的泉水”兑现了时间的承诺，将“大水”的足迹变成“大草原”，或者说，大草原则是她无数的女儿与血脉。“风神和大水之神是在遥远的草原尽头微笑了。心安了。宁静地笑了。像远方本身的笑容，而这些花，我取个名字，都是为了说给那个又黑又小的俘虏听的。那个雪山的女儿。”③ 这个“小小的俘虏”是“泪”与“姐妹”，而“远方”则是“风神和大水之神”，或者“雪山女神”，天马行空的幻想、诗艺化的情感移置与通感，让叙事性的小说变成了超验的体验之诗、意境之诗。也那、五鸟、札多、“我”、铁匠、牧人、血儿等，他们事实上都是诗人的自我隐喻，“我”成为这些人物与命运展开的“中间人”，又是“主体”，他们之间互为分离，但又时刻相连，一种形而上学的情绪在这些人物间展开，并统一指向对人类主体命运的终极拷问。而“大草原”上的各种植物、花草、星空、雪山、艾等，则又是海子设置的人物背

① 《海子诗全编》，上海三联书店 1997 年版，第 665 页。

② 同上书，第 650 页。

③ 同上。

景，它们只“与秘密的泉水”关联，与“雪山女神”关联，他说：“我多想有一个名字。叫也那，也雨，五鸟或札多这样的名字。哪怕人们叫我铁匠也好。甚至只叫我歌手也使我心安。”① “我有一个名字。他是秘密的。流动的。有时像火。有时开花。……我又变成一道火山口。然后就是涌出泉水，遍是森林和开花的山坡。”② 人与物的心灵交感与超验，互为内心感应与契合，灵动而巧妙地展示成文字间的情感与意义符号，一切都以人的性灵与姓氏出场。淡化对原题《大草原》的叙事线索与主题的探讨，而着重于《太阳，你是父亲的好女儿》的体验之旅、命运之思。

从某种意义上讲，如果控制与驾驭不了“大诗”的伦理与节奏，天才式的喷薄就极有可能破坏写作的有效性，而极端的文化意识就会成为写作的负担与压力，超验诗心也会破坏写作的整体与节奏。这种撕裂与断裂的话语显得极为冲突与错乱，充斥在海子晚期长诗《太阳，你是父亲的好女儿》中。海子写道：“我是不是该讲一个崭新的，只属于曙光和朝霞，只属于明天早晨，只属于下一个世纪的发疯者的故事呢？”③ “他们像一些奇异的栅栏在火中跳舞着舞，又似那些驱散鬼神的黎明之间的金刚勇士，他们的自身已和大雨和鼓撕扯成一团结。”④ 尼采说：“创造者必常破坏。”⑤ 海子一方面以燃烧思维来勘探自我，另一方面又在分裂的意识中摧毁自我。他以“创造者”的光荣担当走出母体文化，创造全人类的文化原型与生命可能。“海子自觉到了他的危机，他一直是想自我拯救的。包括他转向印度史诗、转向《圣经》（他临终时带着一本《新旧约全书》），都是他企图走出自身、给自己寻找一条出路的表现。但

① 《海子诗全编》，上海三联书店1997年版，第651页。

② 同上。

③ 同上书，第653页。

④ 同上。

⑤ ［德］尼采：《查拉斯图拉如是说》，尹溟译，文化艺术出版社1987年版，第67页。

某种推动的力量太强大了，他不停地旋转，不停地自我实验，乃至成了一种不由自主的状态，无法歇止下来，无法为自己找到一个哪怕是暂时的立足之点。一次次产生新的自我，又一次次遭到倾覆：一回回新的希望升起，一回回又被推翻。结果是，自我挽救、拯救的过程成了不停地自我抗击的过程。”① 自我“实验”与自我“抗击”，成就了“太阳七部书”的精神冒险与可能，海子在超验、幻想的“大诗”中越走越远，越走越难，身体处于高度兴奋又极度紧张的高峰体验中，这种通感玄秘的心理体验催生了诗艺审美与哲理观照的生命诗学，《太阳，你是父亲的好女儿》呈现出一个以吾笔写吾心的真正诗人的性灵，也隐喻着人类心灵的文化可能。

这种复杂、冲突的纠结散发在《太阳，你是父亲的好女儿》的每一行诗中，并且浸淫着某种挣扎、无助的痛楚。探讨“太阳七部书”这个系列，既要观照早期（1984—1985）的《河流》《传说》《但是水、水》三部“大诗”的情感指向，也要兼顾晚期（1986—1988）《太阳·断头篇》《太阳·土地篇》《太阳·大扎撒》等篇的情结表达，这十部长卷的文化建构与意义播撒，以及各种相关的论述与阐释，有助于还原与建构完整的海子的“大诗”话语的精神意蕴及理论价值。由此省察《太阳，你是父亲的好女儿》，一方面，对海子离世前的精神状态与诗歌创作之间的关联和积极意义提供了参考性的认识；另一方面，其创作误区与缺失也给予各种创作予以警示。“诗歌语言具有了一种实验的性质，从这实验中涌现了不是由意义来谋划，而是以自身制造意义的词语组合。常用的词语材料展示了不同寻常的意义。”② 诗歌本身的文体与文本的特殊性即朦胧之美、意蕴之美，它们和大诗的理念所表现出的文化性、精神性，

① 金肽频主编：《海子纪念文集·评论集》，合肥工业大学出版社 2009 年版，第 12 页。

② ［德］胡戈·弗里德里希：《现代诗歌的结构：19 世纪中期至 20 世纪中期的抒情诗》，李双志译，译林出版社 2010 年版，第 4 页。

一起建构了语言之网与想象空间。诗的体验性决定了诗歌的不可解属性，诗是一种无限抵达的心理审美体验，对长诗的解读与拼图式的理论建构，则是一种努力和尝试，试图通过对诗歌话语的文化解读与精神谱系的建构，抵达海子式的人类心灵世界，完成神秘与神圣的思想勘探与话语行动，让我们更加客观与理性地认识海子本人及其理论价值。

“太阳”是一种艺术信念的执着企及，亦是一种生命信念的坚定拷问。诗人通过撕裂的暴力话语，企图摧毁秩序所钳制的文化系统，这种极具浪漫性与崇高性的话语搏击，催生出一种“新道德”的秩序与中心。“太阳”的至高象征召唤与暗示了人类的企及可能。“这新道德便是权力；它是一个主宰的思想，与一个绕着这思想的聪明的灵魂：一个金色的太阳与一条绕着太阳的知识之蛇。”① 诗歌的独特表现，则为时代语境进行重新编码与组合，这个新的伦理与道德的世界充斥着现实人世并不具备的可能，其极为鲜明的理想性与差异性，在“太阳七部书”得以彻底地展现和完成。“太阳”已经由早期不自觉地与“黑暗”陪行的衬托意象转化成它自觉企及与升华的自我肖像，播撒着能量与希望。“每一种语言本身都是一种集体的表达艺术。其中隐藏着一些审美因素——语言的、节奏的、象征的、形态的——是不能和任何别的语言全部共有的。”② 海子钟情的文化意象自有他的思考与情绪，极具文化的原型意识与象征意味，“太阳”便是其所有的文化意象中极具诗性、哲学与宗教特征的一个情感“所指”，它作为一种文化动力与精神象征推动着海子的“大诗”书写。在此，诗人也极其明了：“全身心沉浸在诗歌创作里，任何别的创作或活动都简直被我自己认为是浪费时间。我一直想写一种经历或小说，总有一天它会脱离阵痛而顺利产出。但如

① ［德］尼采：《查拉斯图拉如是说》，尹溟译，文化艺术出版社 1987 年版，第 89 页。

② ［美］爱德华·萨丕尔：《语言论》，陆卓元译，商务印书馆 2010 年版，第 201 页。

今，我实在是全身心沉浸在我的诗歌创造中，这样的日子是可以称之为高原的日子、神的日子、黄金的日子、王冠的日子。我打算明年去南方，去遥远的南国之岛，去海南。在那里，在热带的景色里，我想继续完成我那孕育黑暗和光明的太阳。真的以全部的生命之火和青春之火投身于太阳的创造。以全身的血、土与灵魂来创造永恒而又常新的太阳这就是我现在的日子。”[①] 对尘世与凡俗生活海子充满种种向往，对“孕育黑暗和光明的太阳”也是钟情万分，而“太阳七部书”的每一个“太阳”都给予了不同的文化诉求。《太阳，你是父亲的好女儿》则是这种文化“黑夜”中的独唱与孤响，它似乎浸沉更深，道路也更艰辛。

海子写道：“我抱着我的血儿，裸露着我们的身体。我把精液射进她的刚刚成熟的子宫里。那里是黑暗的。我觉得我就要断气了。血儿每个毛孔都是张开的。我不应该这样写我的血儿。但那混沌就是这样的。谁是我手头嘹亮的斧子？血儿和我躺在丰收的大地上。”[②] 错乱、冲突、紧张、撕裂……这种超验诗心变成艺术上的局限与束缚，艺术悖论则说明了这个“无限”与“相对”带给创作的巨大可能。超验之诗的合宜、合理写作，颠覆了文化系统与原型意识中的理性与秩序，迈向对象征与感应的玄秘世界的勘察与探险。超验式的直觉与感应，成为《太阳，你是父亲的好女儿》阐释与解读的理论依据，海子在这种精神高原与心灵玄秘感悟的高峰体验中，不断切近诗、哲学与真理的融合、沟通。“文学和一般意义上的艺术一样，总是关注被称为无意识、‘非我’的或非同一性的领域：它总是关注梦境、幻想、幻觉、幻象、疯狂、鬼魂附体以及其

① 《海子诗全编》，上海三联书店 1997 年版，第 882 页。

② 同上书，第 664 页。

他非个人化或自我缺席现象。”①

《太阳，你是父亲的好女儿》记录了海子晚期生命的分裂与错乱，同时，超验与感应的混沌与晦涩之诗，也呈现人类童年时的混沌和原型意识，而后者对于诗歌而言，无疑是极为重要的。诗的思维与原始思维之间的关联使得海子“太阳七部书”写作一开始就拒绝了当下主流的反讽话语中所积淀的否定性的情感与价值，而通过对否定的肯定，对虚无的搏击，挑战话语的局限与困境，完成迎难而上、向死而生的“大诗”行动。“如果人们把苦乐称为表象，那是完全不对头的。苦乐绝不是表象，而是意志的直接感受，在意志的显现中，在身体中。苦乐是身体对所忍受的外来印象，被迫而然的，一瞬间的中意或不中意。”② 诗人践行着积极肯定的建构与担当精神，迈入意识根源的深处，对“存在”展开形而上学的追问与内在沉思。

第二节 幻象之墙

如前所述，海子善于从冥思的超验诗语中抓住语言的光芒与性灵，赋予其思想的质地与哲理，让情思闪烁于字里行间，使热烈真挚的诗情与超验玄秘的生命真谛紧密融合。这种诗与思合一的书写，很大层面上走向了身心汇交的超验的通感、象征主义写作。但是，此类幻想、直觉的思维也夹带着破碎、错乱的呓语和疯话，造成了诗的难懂、艰深的失语情形。以诗解诗，修复与增补了可能的

① ［美］安德鲁·本尼特、尼古拉·罗伊尔：《关键词：文学、批评与理论导论》，汪正龙、李永新译，广西师范大学出版社 2007 年版，第 126 页。

② ［德］叔本华：《作为意志和表象的世界》，石冲白译，商务印书馆 2009 年版，第 151 页。

海子，在“大诗”矛盾性、冲突性的书写中抵达语言的张力与主题的沉思。

这种幻想、超验所形成的幻象之墙，一边建构了坚实丰赡的诗之壁垒，另一边又似乎是杂乱碎裂的断瓦残砾，像“墙”的两壁：一面是理性、秩序思维中装置的观念世界，另一面是无法通过常识认知的灵性世界。“大草原”中第四节写道：“铁匠铺和棺材店紧挨着。这种两极在建筑上的拥抱有一种原始的大庆典的味道。”① “混沌初开，天空和大地一片血红。像一个凄惨的没有形状的自我。这个自我手持火把在向我走来。火把是悲惨的，劈开的，向内燃烧的。总之，就是火把。我梦见我是一只恐龙，和其它的恐龙一直在天上飞。我甚至感到了我嘴中的火焰和气泡。我感到了我的内脏和消耗食物和器官在我的内部也紧跟着我在空中飞。我感到了我身上鳞甲的噗噗作响。我从这一条冰河纵横的大陆飞向另一块大陆。那里只有海浪和森林。在这恐龙时代，只是吃，吃，吃，吃，吃。还有冰河，冰河，冰河。我感到天空先是在天空上变得寒冷。后来天空又在我的内部变得寒冷。在这之前，我还必须再一次结束史前的寂静。我必须使我自己的混沌获得一种虚假的秩序，比如说，历史，真理，丰收等等，我必须首先声明，我放弃了这一切，只是因为那一年村子里获得了巨大的丰收。这次丰收对于少数人，比如我，来说，就是意外的。是致命的。丰收是最后一次打击。丰收像一把镰刀割断了我的脖子。我感到了喉咙上那种近乎鸟鸣的断气。我感到空气从我头颅被割下的脖子流进了我的食道、我的内脏。我看到丰收。我看到滚动在沼泽上的那一颗头颅，那是我的头颅，我看到它的滚动，我看到我的头颅的滚动，是通过我自己的，也就是恐龙的眼睛。是通过丰收。”②

① 《海子诗全编》，上海三联书店 1997 年版，第 661 页。

② 同上书，第 663 页。

海子写到了“混沌初开”，写到了历史、真理、丰富，写到了自我、燃烧，写到了内部与虚假的秩序，写到了史前与“在这之前”，写到了恐龙时代与“我是一只恐龙”，写到了寒冷与丰收……这一切是生理幻象，也是心理事实；是海子（盘古）开天的人类鸿蒙诞生，也是勇敢搏击灵魂与大地的悲怆时刻。“创造——这是痛苦之大拯救与生命之安慰。但是为着创造者之诞生，多量的痛苦与多种的变形是必要的。”[①] 诗人要在自己的感应世界创造一个独立的心灵圣殿，其中四季分明、众生平等，既要建构幻象之墙的坚实壁垒，也要突破“墙”的樊篱，通过对自己的灵魂进行彻底分裂与净化，实现人类的弥赛亚与灵魂攀登。“真理生成的又一种方式是思想者的追问，这种作为存在之思的追问命名着大可追问的存在。”[②] 海子在“太阳”耀眼光芒中展开超验式的幻想与冥思，在一种非逻辑的秩序中构建自己的独立王国。他写道：“我的燃烧似乎是盲目的，燃烧仿佛中心青春的祭典。燃烧指向一切，拥抱一切，又放弃一切，劫夺一切。生活也越来越像劫夺和战斗，像‘烈’。随着生命之火、青春之火越烧越旺，内在的生命越来越旺盛，也越来越盲目。因此燃烧也就是黑暗——甚至是黑暗的中心、地狱的中心。我和但丁不一样，我在这样早早的青春中就已步入地狱的大门，开启生活和火焰的大门。我仿佛种种现象，怀抱各自本质的火焰，在黑暗中冲杀与砍伐。我的诗歌之马大汗淋漓，甚至像在流血——仿佛那落日和朝霞是我从耶稣生的马厩里牵出的两匹燃烧的马、流血的马——但是它越来越壮丽，美丽得令人不敢逼视。”[③]

以超验之心与灵性直觉筑建生命与“大诗”的“幻象之墙”。“墙”既是稳定秩序的话语之网，也是混沌思维的错乱诗语。跨过

---

① ［德］尼采：《查拉斯图拉如是说》，尹溟译，文化艺术出版社 1987 年版，第 99 页。

② ［德］马丁·海德格尔：《林中路》，孙周兴译，上海译文出版社 2004 年版，第 49 页。

③ 《海子诗全编》，上海三联书店 1997 年版，第 883 页。

“墙”的壁垒，穿越幽暗深渊与黑暗意识，在一束光的直觉与升腾中，抵达诗的事实、真实。诗的丰收，并非只有喜悦与肯定，也蕴藏着痛苦与分裂。“这次丰收对于少数人，比如我，来说，就是意外的。是致命的。丰收是最后一次打击。丰收像一把镰刀割断了我的脖子。”[①] 如此血淋淋的肉身自戕，展示的却是魔幻超验的舞台场景，通过一种带有殉道与献祭意味的心灵收割场面，完成了对精神基石与灵魂质地的丰收。尽管，海子极度错杂与混乱，但在这种非理性的艺术话语中仍然获得了舞台效果的幻想和超验的心理体验与形上沉思。“提高人类生存的真理性和真实性——在人类生活中从来就没有提出过，也从来就不是可能的。人类生存和人类生活中的几项基本目标相距遥远，不能相互言说和交谈，更谈不上互相战斗和包含。甚至，应该说，恐怖也没有直接而真实地到达人生。仍然只是幻想之一种：诗歌之一种。”[②]作为思想景观的“诗歌”，《太阳，你是父亲的好女儿》将晚期“太阳七部书”的隆重诗剧拉开帷幕，以追求舞台效果的心理体验与形而上学，践行“大诗”话语的行动与理想景观。

语言的无序和错乱与血腥、与暴力紧密又紧张地联系在一起，这也更进一步确认了《太阳，你是父亲的好女儿》中海子意识的错乱。

他写道：“那大刀像被解放的奴隶躺在地上铺好的干草上，也许那大刀会娶妻生子吧。十把小刀有男有女。我被自己的突发奇想所震摄……风神呼吸着我，像无穷的泪水滚动的故乡。”[③] “我饿极了。但嚼铁钉的锈滋味再也不能使我免于饥饿。世界上的粮食都存放，霉烂并生长在什么地方？在我饿得五脏六腑都搅动的时候，那

① 《海子诗全编》，上海三联书店 1997 年版，第 650、663 页。

② 同上书，第 902 页。

③ 同上书，第 650 页。

一瞬间，我感到天空上写满了文字，写满了饥饿的文字，像只剩下骨头的鸟群在天上飞。我恨不得把石头用手揉软，放在嘴里，舌头上，并放在仿佛长了几百排森森死气逼人的白色獠牙的我的空荡荡的胃中咀嚼。"① 诗一方面是温情、阴柔的，另一方面也是粗暴、无序的。

与此同时，海子也写道："脚下的这些野花，很碎很小，碎小得令人不能置信。每一朵和每一朵小得就像夜间的星星，比星星更密。密切的，关怀的……因为她们的确像这一滴或那一滴露珠或泪水。在这稍微有些暖红的土地上。小得仿佛已经进入了秘密深处。小得就是秘密自己。"② 从"野花"到"星星"的视觉形象的转喻，以及"像这一滴或那一滴露珠或泪水"的"秘密"超验，一种物与物的转喻，变成物与人的交互感应，最后这些"碎花"，一点一滴"小得就是秘密自己"，心外无物，物我交融，是"花"还是"星"，是"物"还是"人"，所有的命名与称谓在超验的感应与象征主义写作中互相融合与升华。可见，超验之心与幻象之墙，一壁之隔，合理的思维就变成审美的诗语与想象空间，而不合理就表现为混乱的臆想与呓语。

这种天才与疯子相交织的话语在《太阳，你是父亲的好女儿》中得以矛盾与冲突的展现。"虚伪的价值和空幻的语言是对于生人们最危险的怪物。——很久以来，命运在它们身上假寐着，等候着。"③ 海子要突破的正是这种虚伪与空幻，进而建构一种绝对饱满的精神实体，用自我柔弱的肉身铺作"大诗"的舞台，追求隆重、庄严的生命仪式与图腾，将"假寐着，等候着"的心灵唤醒，海子诗歌渐入幻境，也逼近真相。"意义的悬而未决跨越了对现实具有

① 《海子诗全编》，上海三联书店 1997 年版，第 673 页。

② 同上书，第 650 页。

③ ［德］尼采：《查拉斯图拉如是说》，尹溟译，文化艺术出版社 1987 年版，第 107 页。

简单化和限制性作用的确定性，也就是这种确定性现在被看作是一种单一的、最终的、决定性的‘意义’的假象。然而，就不确定性而言，它并不主张任何解释和每一种解释都具有同等的合法性：承认并探索意义的疑难及其悬而未决之处就要依靠最有思想性、最为严谨的解释方法。”[①] 显然，对海子的导读与阐释追求的是艺术化、舞台式的效果，一种绝对诗性的思维与审美化的观看。尽管海子的精神错乱，诗歌文本残缺不全，但经过梳理，从晚期“太阳七部书”，可以体味诗人那原始混沌、庄严隆重的精神气场与灵魂气息，它们在形而上学与冥思中交汇、撞击。这些关于“太阳”的长卷，是撕裂的、灼人的时代语境，也是诗意的、雄浑的诗学建构。“这却是一座八月的幸福之山。呼啸，高大，赤裸，彻底，荒芜，暴力，灭绝，占有一切。但今日我预感到我又会被抓回那阴暗的散发着臭味的地牢。一些刑具和刽子手在等着我。更大的痛楚。更大的肮脏。更大的肉体臭味。我的更大疯狂在等着我。我的静静地挂在肉体上的腐烂在等着我。我从此再无八月。再无天空。再无风。也无空荡荡的大山。”[②] “有一人当了全国的帝王，那就是秦始皇。他要把以前的各种思想和思想的学生投进火里和坑里。”[③] “更大疯狂”“秦始皇”等断裂、暴力、仇恨、血腥的诗句与幻觉交错相应，其中既有诗性的合理元素，也有芜杂暴力的文化偏激。“在某种意义上，‘人物’自身就是一个‘面具’（mask），这一事实意味着即便我们‘了解’（know）了一个人的灵魂或自我，了解了他或她的真实身份，仍然有一种可能性，即这个身份自身还是一个面具，哪怕这个人是我们自己。这个无法避免的不确定性部分地说明了现实主

① ［美］安德鲁·本尼特、尼古拉·罗伊尔：《关键词：文学、批评与理论导论》，汪正龙、李永新译，广西师范大学出版社2007年版，第198页。

② 《海子诗全编》，上海三联书店1997年版，第657页。

③ 同上书，第679页。

义对‘我是谁’问题的过分关注。”① 海子晚期“大诗”中塑造的诸多“人物”，又混杂着自我面目与企图，从撕裂暴力的话语中直逼“面具”被拆开后诗人的分裂与错乱，这种幻觉与粗暴的思想偏激，的确需要警惕。“将真实人物和虚构人物分开是不可能的。阅读一个人物就是在阅读中想象与创造一个人物（character），也就是创造一个真实的人物（person）。就像我们试图去揭示的，阅读人物就要学会承认一个人不可能是单一的，而是多重性、模糊性、他性和无意识性。”② “诗歌”的悖论，也是“生命”之悖论。

于悬崖和深渊中练习攀登与行走，其探险与冒险是诗人的自我宿命与责任担当，孤独、虚无成了形而上学的艺术动力与精神源泉。“虚无主义的本质就在于，存在本身是虚无的。存在本身乃是在其真理中的存在，而这种真理归属于存在。”③ 对“虚无”形而上学的体验与沉思，正是海子诗学对当代中国文化建构的积极价值，他没有导向纯粹的虚无意识，而是追求“向死而生”的生命价值，海子写道：“这是一系列完整的数学建筑体系。本来是他自己创造与构筑的。他的数学体系是有关与天空对应的高原之地的。有关最高极顶的宗教宫殿。”④ 诗人将否定情绪升华为积极肯定的情感价值，把清醒的审视内化为文化自觉，与日常生活的清醒距离，使他在远离世故的艺术话语中跌打滚爬、踯躅向前。

海子写道：

流浪艺人的生活是艰苦的。经常没有水喝。我常常流鼻血。收集的每一首歌都有我的痛苦掺杂其中。有一次我已走到了疯

① ［美］安德鲁·本尼特、尼古拉·罗伊尔：《关键词：文学、批评与理论导论》，汪正龙、李永新译，广西师范大学出版社 2007 年版，第 65 页。

② 同上。

③ ［德］马丁·海德格尔：《林中路》，孙周兴译，上海译文出版社 2004 年版，第 278 页。

④ 《海子诗全编》，上海三联书店 1997 年版，第 654 页。

狂的边缘。骑着那匹马的马头撞碎在悬崖上。

——《〈大草原〉三部曲之一》

她在痛苦，闪电和流浪中学习到的东西是那些在幸福家庭和故乡长大的女孩子们无法体会到的。她如此美丽，就像树林把自己举到山冈和自己的头顶上，把自己从树根和岩石举到树梢和云。一切少女都会被生活和生活中的民族举上自己的头顶，成为自己的生活和民族的象征。世界历史的最后结局是一位少女。海伦和玛丽亚。这就是人类生活的象征，血儿，她就像闪电那样把自己照亮，转瞬即逝，又像烟一样变幻、弥漫。

——《〈大草原〉三部曲之一》

泪水滴落在羊皮口袋上，一滴一滴，打湿了本来就被冰雪、泉水和汗水浸湿的羊皮袋子。你对一个没落的世界还有什么要求呢？除了救出其中应该救出的部分。我感到在我灵魂的黑夜里出现了一线曙光。

——《〈大草原〉三部曲之一》

人们的心理对这美丽没有得到任何事前的提示，没有任何开始的期待，正因为如此，人们对闪电和血儿的美丽感到致命和绝望。就连饱经患难，心理上面临死亡的我也免不了有一种巨大的震撼和波澜。

——《〈大草原〉三部曲之一》

海子像他侍奉、热爱的精神导师及心灵兄长们——但丁、凡·高、荷尔德林、歌德等伟大灵魂一样，执着于人类的苦难体验与终极思考，执着于内心的“震撼和波澜”。“我爱一切洁净之物，我不能看见不洁者之干渴与狰狞的血口。”① 伟大的艺术都是能够将苦难转化与升华的文化精神，从而启示人生，通过孤独与巨大的虚无的

① ［德］尼采：《查拉斯图拉如是说》，尹溟译，文化艺术出版社 1987 年版，第 97 页。

心理体验与沉思，洞悉诗意栖居与时间过渡的终极与可能。

第三节 醒来的黑夜

常规思维注定不能入魔、无法入魔。入魔，表现出创作中的移情与痴迷状态，但是，过度透支，有时也表现出创作的局限与负担。海子“大诗”的“入魔化”就成了“大诗”的负担。

海子写道：“头一次的时候还没有走火入魔。头一次时也未遇见疯子头人。但那时疯僧与三位腥红装束的刽子手的恐怖形像已深入他的心中。解剖了一套数学，又陷入另一套。”① “在八月的山上。我为了嚼下泥土和山脚一点点苔藓和别的小虫子。为了治好断裂的骨头，我爬遍了这几条荒芜的山梁。几乎走火入魔。三位腥红装束的刽子手重重地用膝盖顶断我两根肋骨的时候。我眼前有无数火把舞动。我在呓语中发誓一定要练功，哪怕走火入魔。我于是在山腰头脚倒立，一次次使疼痛和最后的疯狂抽搐传遍全身。我感到疯狂和晕眩的天空之火已传遍我的每一骨每一穴。我感到我已变成了那疯狂的腥红的天空上的刽子手。”② 嚼泥和微小的藓与虫是想借“外力”自救，在绝望中获得希望和生存；三位腥红的“刽子手”是内心的死敌，“练功”，“走火入魔”，各种“抽搐”与“晕眩”，“天空之火”，“肋骨”被顶断等生理征兆，“身体极度的痛楚与疲倦”，让海子在身心感应中走向了身体的幻觉与魔境，身不由己，不能自拔，“走火入魔”是精神世界自救的绝望，最后“我”被“死”吞噬，超验的象征与感应写作的魔幻、幻象化处理与文学空间的营建并非魔法，更非魔咒、魔性。

① 《海子诗全编》，上海三联书店 1997 年版，第 654 页。

② 同上书，第 656 页。

《太阳，你是父亲的好女儿》在“太阳七部书”中极为明显与反常，诗人对“疯狂头颅”充满一种献祭与殉道的受难激情，他崇拜这位叫“亚·顿”的“疯人头子”：“无人不知的领袖、首领、酋长、总头目。”[①]“我提着灯，彻夜不眠”[②]，海子陷入精神迷狂与躁乱，话语显然并非由理性控制，但是，错乱、疯狂的话语也极具价值，它们展示了话语被解放后的另一自由表现可能，形成诗艺与审美层面的超现实话语，为现实思维打开了一种文学空间与生命感知。同时，这种乖戾、疯狂的生命描绘，也令人极其不悦和恐惧，与日常话语割裂，违背生命规律，仿佛人类创世纪之初的混沌思维、神话思维。

海子写道：“我在山上多少日子缺少食物盐。我只能靠用一条麻木的舌头不停的舔着那唯一的生锈的铁钉子来维持我的生命。那是我在这座荒芜之山发现的唯一的生命。唯一的与我一样孤独的生命。”[③]这种反常规、怪诞化的“疯狂状态”，显然破坏了“大诗”所要展示的文化意蕴与哲理观照，显得极为紧张与错乱。之所以列出这些疯癫的非理性话语，并非要展示地狱式的恐怖与变态，而是表现海子非理性写作所抵达的可能，就其“文本”而言，并未成功。他想通过“地牢”式的炼狱，“他把自己的地牢布置成一个偶像堂”[④]，“我就用那只阴暗霉烂的地牢喷出的金子，制作了一个巨大的金偶像，还把剩下的金粉涂抹在其他泥土青铜石头偶像的脸上……一股近乎无限的气味”。[⑤]“大草原”第四节，写了各种制石、炼石的魔幻景象，在“但丁”的影响下，诗人探究“自己内部”的“黑夜”与人类思维的种种可能，在自我“回忆”与精神无限的疯

① 《海子诗全编》，上海三联书店 1997 年版，第 657 页。

② 同上。

③ 同上书，第 656 页。

④ 同上书，第 659 页。

⑤ 同上书，第 660 页。

狂话语中，诉说着关于信念、信仰的企及与艰险。

“农业，这是一个危险的年龄”①，但是农村出生背景的海子对“平原”充满眷恋，“如此怀念家乡丰收时期的打谷场”②，然而，“草原的年龄比野兽更危险”，“草原全部的黑暗，由铁匠的烧红的钢针也把收获的图案印到我的背上。这是与草原危险的主题不相合适的”③，这种“铁匠”与“我”相异的对话，展示出海子在自问自答间中对苦难的终极体验和对“大草原”的内部的神秘揭示与自我质询。

海子写道：“夜，像黑色的鸟，黑色深渊，填满了我的头颅。”④“我犯下的罪不是数学也不是天空所能解脱的。只有在八月的荒芜的寸草不生的山梁和无人的风雪之夜才能得到解决。”⑤“谁又是那第一个铸钟人呢？不断地撞击着，不断地群山四起，不断地刺杀着景色和生灵，可有谁聆听过那一阵阵高悬于平静而结冻的北方之海，那像石头一样滚动的海浪之上北方的钟。那北方的钟声在海浪中，与海浪翻滚的节奏有同一种命令。可有谁聆听北方那半夜的海面上阵阵钟声。面朝北方的钟楼，坐落在巨大废墟的内部，你的建造人是谁呢？那走过海浪踏着海水却来领取的海水。那阴郁的铸钟人。那北方巨大的钟。那不断地回响，不断地聆听自身，不断地打击着你的那钟声。铸钟人仍住在石门和废墟之间的一个小石屋。扔下了手中即将熄灭的火把，投入一大堆干燥的渴望点燃的劈柴，白痴只活在这山顶的阵阵钟声里。”⑥“夜，迅速来临。/在冬日的浪游的山上，思想，和一场大雪竟然会如此相似。在那个末日之前，在

① 《海子诗全编》，上海三联书店1997年版，第660页。

② 同上书，第661页。

③ 同上。

④ 同上书，第685页。

⑤ 同上书，第655页。

⑥ 同上书，第680页。

那次灾难之前，当我对你讲起大草原的时候。大草原和北方的海，冰河组成了兄弟姐妹。大草原深不见底。大草原漫无边际。以前，在山上，在那个大雪封山的日子里，在札多逃出了山口以后，我和你，我的血儿，我，觉得我已经得了雪盲症。我的眼瞎了。黑暗把光明和火焰囚禁在这两块岩石似的地方，那就是我的眼睛。/大雪封山。"①

与"苦难"相伴随的，是整个"黑夜"笼罩的精神世界，它是"苦难"的文化隐喻，而对海子而言，这种苦难的升华与诗艺处理却是灵感与思想的源泉。"你应该体会到河流是元素，像火一样，他在流逝，他有生死，有他的诞生和死亡。必须从景色进入元素，在景色中热爱元素的呼吸和言语，要尊重元素和他的秘密。你不仅要热爱河流两岸，还要热爱正在流逝的河流自身，热爱河水的生和死。有时热爱他的养育，有时还要带着爱意忍受洪水和破坏。忍受他的秘密。忍受你的痛苦。把宇宙当做一个神殿和一种秩序来爱。忍受你的痛苦直到产生欢乐。"②

《太阳，你是父亲的好女儿》以"黑夜"反衬出"太阳"的光辉，以"黑暗"确认了生命路径的可能。"铸钟人"是谁?!"面朝北方的钟楼，坐落在巨大废墟的内部，你的建造人是谁呢?""那北方巨大的钟。那不断地回响，不断地聆听自身，不断地打击着你的那钟声。""我的眼瞎了。黑暗把光明和火焰囚禁在这两块岩石似的地方，那就是我的眼睛。"海子一次次在"黑夜"的诗篇中发出精神质询与生命追问，在其诗中，"黑夜"既是诗的语境和场景，也是诗的哲学与内心的方向。一个清醒而迷乱的幽灵，他奔走于生命大地，一次次向着伟大的心灵致敬，一次次通过柔软疲惫的人类身躯重塑生命的信任、信心、信念、信仰。"大地却是为了缺失和遗

① 《海子诗全编》，上海三联书店 1997 年版，第 685 页。

② 同上书，第 916 页。

憾而发现的一只神圣的杯子，血，事业和腥味之血，罪行之血，喜悦之血，烈火焚烧又猝然熄灭之血。”[①]“黑夜”永远与“太阳”伴随，正因“黑夜”的存在，才显现出太阳的能量与方向，对黑暗内部世界的深刻洞悉，就是对焦虑感和虚无感的克服与自我救赎的路径之一，更是对传统中积淀的理性世界的自觉疏离与文化反思。

在《太阳，你是父亲的好女儿》中，因为诗人内心的紧张与错乱、躁动与狂乱，“太阳”似乎在诗中是隐匿的与潜在的。但是对“黑夜”形而上学的沉思与审视，都是为了抵达“太阳”温暖神性的光芒，从而赋予诗篇哲理价值与思想启示。他写道：“而整个天空就像是帐篷，挂满了闪电这些箭支，还有太阳的光线。”[②]在这片“天空”中，“太阳”赋予了海子思考的意识能力与行动能量，从而获得了自由的、灵动的哲思想象，海子写道：“血儿张开双臂，两只小胳膊微微向上升起，然后模仿飞鸟的姿势旋转起来。她怎能从地上飞起？血儿在地上跳跃，扑打着双臂，终于惊散了四周雪白的鸟儿。”[③]“血儿”，既是诗中人物，也正是诗人自身境遇与命运写照。“诗歌的全部意思是什么？做一个热爱‘人类秘密’的诗人。这秘密既包括人兽之间的秘密，也包括人神、天地之间的秘密。你必须答应热爱时间的秘密。做一个诗人，你必须热爱人类的秘密，在神圣的黑夜中走遍大地，热爱人类的痛苦和幸福，忍受那些必须忍受的，歌唱那些应该歌唱的。”[④]不同“人物”发出的不同“声音”在海子自我处汇聚、同一。“如果说语言是一幢建筑物，语言的有意义的成分是建筑物的砖，那么语音只能比做造砖用的、没有成型、没有烧过的黏土。”[⑤]但最终形成与传达诗篇的声音仍源于

① 《海子诗全编》，上海三联书店 1997 年版，第 906 页。

② 同上书，第 673 页。

③ 同上书，第 690 页。

④ 同上书，第 916 页。

⑤ ［美］爱德华·萨丕尔：《语言论》，陆卓元译，商务印书馆 2010 年版，第 21 页。

“诗人”的声部。“大概是黄昏，也许是夜晚，我突然发现了一种关于‘超越’的真理。那一天我获得了极大的喜悦。以后，在我人生的旅程中，有那么几次类似这次的狂喜袭击了我。我那里竟会处于神魂颠倒的状态，口中念念有词，逢人便要述说我的思想。那思想就像道路两旁红色的鲜血般的花朵。烈火就要冲出地面。我是多么珍惜那些羊皮子和字母给我带来的狂喜和高烧。”[①]“黄昏”“夜晚”“超越”“真理”“喜悦”“旅程”“狂喜”“神魂颠倒”“思想”“道路”“花朵”“烈火”“羊皮子”“字母”，这些“大词”吻合晚期“太阳七部书”普世化的伦理关怀与命运的形而上学沉思。通过灵与肉的搏击，在外部世界与内心之间获得了某种平衡，抵达“超越”的奥秘与自由之境。它、她、他，正在试图通往生命的另一条路径，这是“太阳七部书”文化意蕴与世界视角所在，也是进一步理解与确证海子“向死而生”的存在之维与“大诗”话语的有效路径。

《太阳，你是父亲的好女儿》同样为我们提供了一个祥和、安宁的“大草原”，安排了一些与“史诗”相关的人物，他们将依次陪伴海子走完一次次的分裂与痛苦。

海子写道：

> 草原上铺满的，小得像泪滴一样的花，白色的，我就管她们叫“泪”或“妹妹”。一个有着名字的无名的野花。一个又聋又哑的妹妹。全部的妹妹，在雪山之下的草原上开放着。而我则没有名字，在一个茫茫无际的大草原上漂泊。我多想有一个名字。叫也那，也雨，五鸟或札多这样的名字。哪怕人们叫我铁匠也好。甚至只叫我歌手也使我心安。
>
> ——《〈大草原〉三部曲之一》

---

① 《海子诗全编》，上海三联书店1997年版，第690页。

这些年甚至可以说是生活在荒野里。我的伙伴是季节、诗歌、火与遥远的声音。我终生不渝的朋友是西藏和大海。我的爱情是印度。我总是在想，为什么我不生活在雪山，为什么我不生活在僧侣和石头之间？为什么我不生活在沙漠上？我们像是两个失散多年的亲人在一个海浪震荡的狭窄的船舱中相逢。我从你身上看到我们之间在母亲那个大家族中的遗传。我的一切叙述上的错误和混乱都来自世界和自我的合一。在这里，在这个故事中，因为一切都是梦中之梦，一片混沌，所以我不可能把一切都介绍给你，也不可能把一切都说清楚，那样的话，我就不是我，草原也就不再是大草原。我告诉你阅读的方法，我告诉你有几条线索，和一场大雪，自然界的景色，以及不确定的，没有年代和时间的晃来晃去的黑暗中的几个人形，还有一些似是而非的梦境。我要贯彻到底。我必须这样说，世界和我，在这本书里，是一个人。

——《〈大草原〉三部曲之一》

流浪的人，你不是对草原尽头有一种说不清的预感吗？/说出来你就心安了。/那就是大海。/你有所预料的，但又是突然的海。/西海，西方的海，在我的梦中，美得像一匹被天神点燃的马，燃烧着。/燃烧着。/那海上的霞光没有感到焚烧的痛苦。/西方的海，像是草原尽头远方的笑容。/此刻仍然是干渴的烈日下的大草原。/转眼即是寂静的星星满天的夜晚。/草原之夜。在草原的边缘。

——《〈大草原〉三部曲之一》

由此可见，“大草原”诗意而美好，它毗邻西藏与大海，遥不可及，但它令我们怀想与憧憬，作为神性风景导引我们经历爱情、穿越“雪山女神”的光芒，在“大自然”中获得神启、获得内心的安宁。

海子在诗与思中的奔走并非常人所能企及，他奔走的历程，艰辛孤独，磨难重重，“这些年甚至可以说是生活在荒野里。我的伙伴是季节、诗歌、火与遥远的声音。”显然，“太阳七部书”是一次次“自我”与“大我”扑向大地，进行灵魂膜拜与搏击的精神历险，去勘探隐秘、玄秘世界的可能。在诗人看来，“世界和我，在这本书里，是一个人。”“我的一切叙述上的错误和混乱都来自世界和自我的合一。”他丰富而分裂的“自我”，繁殖了各种复杂与矛盾的“大诗”话语，使得解读海子的诗歌艰难重重，笔者试图利用海德格尔的诗性哲学去理解阐释纯真而自由、贫困而孤寂的海子。对“大诗”提出了“以诗解诗”的方式，既是细读的，又是留白的，将诗论与哲学阐释联结，在诗人与阐释者（包括各种读者）之间进行有效的补充和修复，为研究海子“大诗”话语提供了技术可能与学理依据。海子在《太阳，你是父亲的好女儿》进一步确认这种“阅读”方法的有效性：“我告诉你阅读的方法，我告诉你有几条线索，和一场大雪，自然界的景色，以及不确定的，没有年代和时间的晃来晃去的黑暗中的几个人形，还有一些似是而非的梦境。”[①] 海子大诗话语俨然是一个神秘的“梦境”与“意义”之网，人生如梦，艺术如梦。在人生与艺术之间的游走，成就了诗人晚期重要价值的运思——海子“大诗”的诗学价值与意义。这是海子的诗意所在，也是“大诗”写作情怀的精神指向。海子自觉地挖掘了文化意识的合理与诗意可能，形成了超验的象征与感应的神奇、神性语言，但同时也有无法驾驭之处，滋生了许多不合宜的极端与暴力话语。

海子写道：“我有一首长诗，是写世界怎样化身为人的。这是我们这个世界的意义的真理。世界和这个内在的我都统一于这个有

---

① 《海子诗全编》，上海三联书店 1997 年版，第 665 页。

着外在和内在的人身上。”① “他始终在修建一扇这世界上独一无二的石门。用他自己的意思，翻译成我们的语言，就是这样：如果世界上少了这一扇石门，世界就不完整。而且世界简直就没有了支撑。”② 他借“老石匠”之口，写出了一种关于“信念”的历史与命运。“这个扛着高原上全部蓝天的石门简直像盲人的一只眼睛”，老石匠竟然是一个“盲人”，“不问冬夏春秋”，但是，这扇“大草原”的窗口，也见证着“石门的历史和血腥”，“这双复仇的手如今就长在这位盲老石匠的手上和手的内部”，“岩石窒息着我，似乎一点就着”，“我在那高高的荒芜的不能感知不可触摸的荒凉之地砸碎了自己的锁链”。显然，这扇“独一无二的石门”，是信念的维系，是生命旅途的确证，它构成了存在的信心与情感符号，世界正因为有了海子式的精神谱系所建构的心灵大门才变得完整而丰富，坚实而深刻。

与其说《太阳，你是父亲的好女儿》，是一部“小说”（《大草原》三部曲之一），毋宁说这是一部关于姓氏、出生与命运的成长史与大抒情合一的人心、人性的现代之思。穿越“黑夜”，表现出审美与哲理观照，也表现出在对民族与传统的疏离过程中的反文明与反人伦的偏激话语。《太阳，你是父亲的好女儿》是关于自我的心灵质询，讲述了海子与“大草原”上所有生灵与风景的玄秘对话，也是一部“流浪艺人”“漫游者”“血儿”“铁匠”“姐妹们”“闪电”“天空”的宇宙的家族神话，最终展示的是心灵之诗、命运之诗。尽管此部长诗“太阳”这一文化意象较少出现，但是其话语的雄浑、异质，其背后渗透的文化虚无与抵抗的神话思维与原型意识，恰恰是“太阳七部书”所追求的话语行动。

“我用灵魂之手指引他们”，海子通过“太阳七部书”向世人展

---

① 《海子诗全编》，上海三联书店 1997 年版，第 680 页。

② 同上书，第 658 页。

现了这扇通向世界的窗口与大门，即对苦难的深刻体验和对“虚无”的深切洞悉之后的精神裂变与试图新生。“人之所以不能成为一般主体，是因为在那里，存在乃是在场，真理乃是无蔽状态。”[①]为了还原一个完整的海子面目，探讨一些有价值与一些令人不悦的话语，《太阳，你是父亲的好女儿》，像海子晚期其他长诗一样，考验阅读的耐心与能力，他在错乱、迷狂的艺术书写中创造，也在其中分裂和迷失。“修辞性语言通过运用比喻，通过赋予形式，通过语言的暴力，拥有使我们生活的世界变得‘陌生化’的能力。”[②]海子话语错乱、疯狂，我们敬重他单纯的同时，也深感沉重和窒息。正确看待荒诞的自我“圣化”与“偏激”误区以及留在诗中的沉默与空白，有助于尊重海子诗歌肯定性的价值与“向死而生”的哲学启示，而对否定性的迷狂与暴力话语则需加以警惕。但是，一个民族，一种文化，如果缺少了勇于搏击思想、直逼灵魂深处的介于天才与疯子之间的心灵书写，这个民族与文化自然也会缺少了些许赤子之心与文化圣徒们所贡献于时代的独特价值。

① ［德］马丁·海德格尔：《林中路》，孙周兴译，上海译文出版社 2004 年版，第 108 页。

② ［美］安德鲁·本尼特、尼古拉·罗伊尔：《关键词：文学、批评与理论导论》，汪正龙、李永新译，广西师范大学出版社 2007 年版，第 78 页。

第八章

《太阳·弑》：诗剧舞台的自我祭祀

诗剧《太阳·弑》一共三幕三十场，并非情节剧，而是程式和祭祀歌舞剧，这样“非情节性”的诗剧理念，再次证明了海子诗歌的开放性与多义性，同时也确认了阐释海子“以诗解诗”的可能性。“在诗意剧中，则完全没有（或几乎没有）情节模仿。”[①]“当效果或灵魂的状态无声、无形时，美学创作与它们之间的关系就显得更为复杂：不是单纯的摹仿，而是一种‘影射’。”[②] 这种淡化叙事与情节的“诗剧”，海子更强调其灵魂效果与诗意状态。海子晚期“太阳七部书”，缺少西方叙事诗的情节与线索，展示的是一种生命的情绪与意境，以及夹杂其中的文化思考与人类可能性。消解诗的叙事性和情节性，使得诗歌主题飘忽不定，显得多义与多元，这与海子生命大抒情、印度梵语文学的“大诗”观念相关，淡化情节，情绪铺陈，如同现代意识流小说，以心理时间代替客观时间，以意识流动代替情节叙述，着重于意识深处的情绪铺陈与哲理展示。海德格尔说：“一切艺术本质上都是诗。”[③] 这样的写作就使得

① ［德］汉斯-蒂斯·雷曼：《后戏剧剧场》，李亦男译，北京大学出版社 2016 年版，第 31 页。

② 同上书，第 30 页。

③ ［德］马丁·海德格尔：《林中路》，孙周兴译，上海译文出版社 2004 年版，第 59 页。

海子晚期“太阳七部书”极具舞台表演效果，这种“非情节剧，程序和祭祀歌舞剧”的诗剧，正是诗人重情绪与意境展示的成果，也与“大诗”话语的理念与实践相吻合。

第一节　诗剧：仪式舞台

《太阳·弑》介绍“人物”时，确定了对“取消情节性”的说明，人物与原始仪式极其相近，充满了神秘与悲剧色彩。在众多人物中：疯子头人、魔、公主的众影子、众兵器幻象、众纵火者、众回声、收尺的农奴们等，他们“魔”与“幻”的特征明显。海子强调“演员的行为动作和言语特征带有恍惚、错乱和幻象特征。不应太注重情节”①，“背景是太阳神庙——红色、血腥、粗糙——是大沙漠中的一个废墟”，音乐的“基调是红色”，充满献祭和殉道的意味。这些人物、情景与音乐的选取，设置了“弑”的风暴性和悲剧性的话语特征。

“弑”表达一种红色情绪与献祭主题，即“弑。弑君。杀人”。“我们就把我们新的王国取名为巴比仑……”，“太阳七部书”自我献祭与殉道色彩浓厚，海子割裂的是一种文化传统与情感结构，在燃烧与摧毁中重新确立诗歌之王、巴比仑王，用“诗歌竞争”的形式展示“王”的精神价值与思想神性，以此浇灌与建筑一个时刻供奉的“太阳神庙”，海子“像这位巴比仑王其他的行动一样，充满了着魔的东西。充满了火焰和灰烬的品质，充满了力量与魅惑。这就是大地的魔法”（第十六场）。“弑”的仪式是对“身体”的诗意革命与话语施暴，这位“王”也是“人类”情感的投射与决裂：

---

① 《海子诗全编》，上海三联书店 1997 年版，第 694 页。本章所引海子诗歌，如非特别说明，皆出自《太阳·弑》。

“我们终于推翻了一个非常古老的统治了几千年的老王朝。我终于夺得了天下。”（第七场）这个原始信仰与神话系统，绝非单独指向某个文明体系，而是人类各种处境的普世关怀与自我追问。然而，这个“王座”也是虚空的：“孤独坐在一堆寒冷的石头堆砌的王座上。”“弑”剧通过对带有终极意义的“王”这个绝对的价值主体与精神实体的追求与反思，试图揭示人类理性价值的扑空和感应思维的局限与宿命。“文学是声音的力量、美丽与奇异性的空间，它在对声音的再现，赋形以及描写、讨论与分析方面是无与伦比的。”① 这也正是“太阳七部书”长卷所极力践行的宗旨与命运，“我没有死亡我没有生命我空无一人/我没有伴侣没有仇恨也没有交谈/我头也大了脚下也肿了身子也垮了胃也坏了/牙齿也掉了头发也落了我没有脑袋”，它们的价值与意义正产生于对这类情绪铺陈与追问的过程中，并以此反思人类自我的荒诞化、反常化的深度事实与自我命运。

海子写道，《弑》是为几支童谣而写，为一个皇帝和一场革命而写，为两个浪子而写，它是三联剧之一，属于海子仪式诗歌的三部曲之一。（自序）海子原准备写作的另外两部仪式诗歌是《吃》和《打》，但最后只完成了《弑》。他以喷薄的诗情与文化抱负构筑出诗歌理想与文化“弥赛亚”。“皇帝”和“革命”这样的字眼，会令人不自觉地想起暗潮涌动的20世纪80年代的思想运动，诗人作为时代文化中最敏感的触觉和神经，在激烈的文化冲动与原始的神话图腾中感受最自然细微的时代呼吸，将这场思想“革命”转化为一场话语风暴和意识深处的文化之“弑”——一种建立在人类自我价值立场与命运反思基础上的普世伦理关怀与社会愿景。但诗人也时刻警惕，如《太阳，你是父亲的好女儿》中所写：“有一人当

① ［美］安德鲁·本尼特、尼古拉·罗伊尔：《关键词：文学、批评与理论导论》，汪正龙、李永新译，广西师范大学出版社2007年版，第68页。

了全国的帝王，那就是秦始皇。他要把以前的各种思想和思想的学生投进火里和坑里。”① （第八节）“老八就当上了巴比仑王……为了扬名万世……使得民不聊生。”（第六场）海子诗中的风暴与革命与他所处的时代转型密切相关，也与海子式的忧患意识密不可分，追问海子是殉诗而死，还是殉道而死，还是有更复杂与重负的社会因素与时代氛围，使他终于选择了一条不可始终的诗之赴死与自我献祭的绝望与冲动并存的“弑”之结局。“在任何情况下，‘认同’绝非我们设想的那样简单。我们对一部小说或戏剧的人物的认同就是对自我的认同，就是形成一种自我的身份。将一个人的身份和虚构世界相结合，就是使虚构的人物获得自我。这样做最终也为自我创造了一种性格，创造了一种性格化的自我。”② 字里行间的情绪铺陈与命运沉思，验证与确认了“太阳七部书”的写作旨向与话语追求。“意志既然是自在之物，是这世界内在的涵蕴和本质的东西；而生命，这可见的世界，现象，又都只是反映意志的镜子；那么现象就会不可分离地随伴意志，如影不离形；并且是哪儿有意志，哪儿就会有生命，有世界。”③《太阳·弑》展示出灵魂深处的意志与肌质，通过超验与感应的象征主义写作，打通了个体与时代、自我与世界之间的隐秘通道。

西渡说：“1987 年以后，早先那个克制、冷静，拥有一定反省意识和造型意识的创造主体不见了，代之以一个躁动、迷狂、热衷于情绪单调抒发的、被动的抒情主体。这一主体的无力和虚弱使他丧失了对写作过程和文本的控制，也无力最终完成作品：他的短诗

① 《海子诗全编》，上海三联书店 1997 年版，第 679 页。

② ［美］安德鲁·本尼特、尼古拉·罗伊尔：《关键词：文学、批评与理论导论》，汪正龙、李永新译，广西师范大学出版社 2007 年版，第 65 页。

③ ［德］叔本华：《作为意志和表象的世界》，石冲白译，商务印书馆 2009 年版，第 375 页。

和长诗都出现了碎片化趋势，他的长诗除了《弑》均处于未完成状态。”[①] 西川说：“《弑》是一部仪式剧或命运悲剧文体的成品，舞台是全部血红的空间，间或楔入漆黑的空间，宛如生命四周宿命的秘穴。在这个空间里活动的人物恍如幻象，置身于血海内部，对话中不时响起鼓、钹、法号和震荡器的雷鸣。这个空间的精神压力具有恐怖效果……海子在这等压力中写下的人物道白却有着猛烈奔驰的速度。这种危险的速度，也是太阳神之子的诗歌中的特征。《弑》写于 1988 年 7—11 月。”[②] 相对而言，它应该算结构相对完整与适宜舞台表演的作品。

20 世纪 80 年代是中国思想和文化领域最为辉煌的年代，而 80 年代末的经济转型与社会意识中所倡导的消费景观，无疑把文化内心拉向了竞争的现实社会，这些时代因素势必会给隶属精英文化的诗歌带来一定程度的伤害，导致诗歌作为文化核心的象征功能逐渐衰弱。“诗歌仅只是真理之澄明着的筹划的一种方式，也即只是宽泛意义上的诗意创造（Dichten）的一种方式；虽然语言作品，即狭义的诗（Dichtung），在整个艺术领域中占有突出地位的。”[③] 诗歌以道说呈现思想，这种声音与情感更源自内心的召唤，它们对真、美、善的普世伦理同样怀揣着巨大热情与价值认同。诗歌“是人类精神所创化的最有意义，最伟大的事业——一个完成的形式，能表达一切可以交流的经验。这个形式可以受到个人的无穷的改变，而不丧失它的清晰的轮廓；并且，它也象一切艺术一样，不断地使自身改造。语言是我们所知的最硕大、最广博的艺术，是世世代代无

① 西渡：《壮烈风景：骆一禾论、骆一禾海子比较论》，中国社会科学出版社 2012 年版，第 208 页。

② 《海子诗全编》，上海三联书店 1997 年版，第 2 页。

③ ［德］马丁·海德格尔：《林中路》，孙周兴译，上海译文出版社 2004 年版，第 60—61 页。

意识地创造出来的、无名氏的作品，象山岳一样伟大”。[①] 它们通过语言这种形式切近了生命的体验与思考，切近了自我的存在之思与意义追问，切近了对大爱和大道的审美化、哲理化践行，切近了诗歌的自由精神与无限可能。“并非意愿的总体性才是危险，而是在只准许作为意志的世界范围之内以自身贯彻的形态出现的意愿本身才是危险。”[②] 而政治意识形态所造成的与诗歌的紧张和冲突关系将海子抛入这种社会大呼吸与大命运的时代转型中，他所要表达的显然不是政治意义上的“皇帝”与“革命”，而是苦苦地沉思人类文化衰弱期的精神突围，以及时代转型中存在之思与命运反思，“那个粉碎了崇敬之意志，而往无上帝之沙漠去的人，才是求真者。抛弃了奴隶的快乐，自拔于上帝与一切崇拜，伟大的，孤独的，不知道畏惧而使人生畏，这是求真者之意志”。[③] 晚期的“太阳七部书”彰显了普世情怀与殉道精神，自然烙有那场文化思想运动的时代印迹与忧患意识。

《太阳·弑》呈现了魔幻超验、扑朔迷离的阴森悲剧氛围，在时间与历史的文化隧道中，各种“人物”互为指认与代指，亦真亦幻，错综复杂，“这种效果表现在众多更倾向于彼此对立而不是相互依附的主题和母题之间的关系中，也表现在这些主题和母题与一种不安定的风格铺展的关系中，这种风格铺展尽可能地让能指与所指相分离。但是这种戏剧效果也决定了诗歌与读者之间的关系，制造了一种惊吓作用”[④]。诗剧带给我们的是传统“史诗”在时代转型面前可能的历史反思，更多以诗歌的道说和存在式的身体体验拉近观众、读者与诗剧表演之间的距离，让观看/表演成为维系诗歌内

① ［美］爱德华·萨丕尔：《语言论》，陆卓元译，商务印书馆 2010 年版，第 197 页。

② ［德］马丁·海德格尔：《林中路》，孙周兴译，上海译文出版社 2004 年版，第 309 页。

③ ［德］尼采：《查拉斯图拉如是说》，尹溟译，文化艺术出版社 1987 年版，第 122 页。

④ ［德］胡戈·弗里德里希：《现代诗歌的结构：19 世纪中期至 20 世纪中期的抒情诗》，李双志译，译林出版社 2010 年版，第 3 页。

部精神共同体交流与对话的情感纽带，它们共同塑造了诗剧中的表演灵魂与时代气息，这种“景观”舍弃了传统的戏剧“情节”和外部“时间”，呈现了直觉、主观时间、命运的偶然、反思的必然，以及生命的瞬间体验与超验抵达。“一切因果性又只在悟性中，只对悟性而存在；所以那整个现实的世界，亦即发生作用的世界，总是以悟性为条件的；如果没有悟性，这样的世界也就什么也不是了。”[①] 这些人物角色所展示的情结与独白交错成海子《弑》剧中繁杂与深刻的舞台景观。

《太阳·弑》是现实际遇与衰老王国的挽歌与祈祷诗，也是海子从黑暗、挣扎走向生命新生与精神复活的价值勘探与文化认同。他写道：“我曾目睹巴比仑的多少兴衰，就像巴比仑河水的涨落，我看见多少王国的兴盛和衰亡”（第一场），“在秋天的时候，我们田野里影子们的血液也会变成红色和黄色。那要看那儿是一片片什么样的树林。我们是影子。我们是树林里和草坡上的影子。我们是一些酷似灵魂的影子。在主人沉睡的时候，万物的影子都出来自由地飘荡。风，把我们送到四面八方。风把我们送到我们这些影子的内心十分向往的地方。”（第五场）幻象与幻想既形成了超验与感应之心，又造成海子身体的紧张与思想的焦虑，这也是他在《弑》剧中多次衬托与强调的基调：“悲惨。”内心的紧张与幻象、舞台的背景与独白、悲沉的乐器等，创造了仪式剧《弑》的悲剧性、献祭仪式与图腾美学，同时，海子借人物之口道说的情景与真相，是他超验与感应之心所生成的存在之思与哲理观照，正如海子在《诗学：一份提纲》中写道：“（今夜，我仿佛感到天堂也是黑暗而空虚。）所有的人和所有书都指引我以幻象，没有人没有书给我以真理和真实。”[②]诗与思有效地混合成象征之诗与生命之诗。

---

① ［德］叔本华：《作为意志和表象的世界》，石冲白译，商务印书馆 2009 年版，第 41 页。

② 《海子诗全编》，上海三联书店 1997 年版，第 901 页。

海子写道："这几年在巴比仑的旷野上我们同甘共苦，我为你们俩捡树枝和碎小的石子，为你们垒窝，那可是一个温暖的小窝啊，你们俩从西边大沙漠中逃出来，从那个瞎子老头严酷的管教下逃出来，从那个瞎子先知那个沙窝窝的家中逃出来，第一次有了这样像样的巢，你们当时就许下了心愿，你们当时就答应我，要利用告知赋予你们姐妹俩的本领，好好报答我，要把这整个巴比仑王国的一切即将发生的大事告诉我，把大事提前告诉我，把一切吉和凶的预兆告诉我这疯子老头。我在这两条大河畔，在这荒芜的旷野上，已经生活了几千年，我曾是这两条大河畔百姓的祖先和头人，我已经十分衰老了，我衰老得忘记了自己的姓名和年月。"（第一场）巴比仑、瞎子、预兆、大事、旷野、十分衰老，因彼此妒忌和伤害而导致了"巴比仑"的崩溃，从而诞生了不同的"语言"，现实世界因此出现了更多的误解与矛盾，"我已经十分衰老，我衰老得忘记了自己的姓名和年月"，这仿佛成为生活和时代的隐喻，又似"在这荒芜的旷野上，已经生活了几千年"自我命运的挽歌。

按照维柯等新历史学家的认知观，任何文明与文化达到了某种高峰之后，必然会有一个"话语轮回"。当 20 世纪 80 年代末的"反讽"话语走向琐碎日常生活景观的同时，其背后无不渗透着浓厚悲凉的虚无意识。将 80 年代文化作为一个整体来考察，经过"反讽"话语之后自然有其必然的轮回，通过隐喻的神话的思维来替代"反讽"。"海子在抒情诗领域里向本世纪挑战性地独擎浪漫主义战旗"①，搏击"反讽"与"虚无"，然而，80 年代末 90 年代初的"文化虚无"无疑加速了文化的"成熟"，"我这疯子老头"，颇似对"衰老王国"的隐喻。而对新时代、新文化、新思想和新秩序的向往与憧憬，以海子为代表的隐喻与神话思维的"大诗"似乎意味着某种努力与可能。

---

① 骆一禾：《海子生涯》，《海子诗全编》，上海三联书店 1997 年版，"序言"第 2 页。

第二节 乱与疯

根据《弑》等诗篇的创作状态来看，海子晚期患上了严重的精神分裂，生理征兆与医学症状明显，但是这个“疯子”并非是常规意义上带有攻击与破坏性的“疯子”，而表现为诗中的疯狂写作与意识勘探。海子将全部坚持与心神用于“大诗”的行动与创造，在诗中“以恶抗恶，以暴力反对暴力/以理想反对理想，以爱抗爱”，他要反对的是一种文化思想的秩序，他要创造的是一个充满“弥赛亚”的人类图景。这种“乱”与“疯”是传统文化意识与日常思维的解构武器，也是隐秘世界和精神探索的超验抵达与象征可能；是诗学建构所暴露出来的形而下的冒险与激进的濒危状态，也是超验与感应思维对诗意世界认知的形而上的启示与可能。

海子在《弑》中多次写了“我快要疯了”（此话出现在不同场次），“有一种幻觉、错乱、恍惚，类似宗教大法会的气氛”（第九场），“我既然曾经献身于大地之母的魔法，我就必须进行到底。我现在是神魔附体。我是这儿的大司祭。我这条命已完全着了魔”（第十六场）。这种“疯狂”状态形成海子诗学的“双刃剑”，正面是肯定的超验之心与幻想思维对诗歌这类特殊文体的建构与创造价值，反面则是诗人作为鲜活生命个体特有的未知潜能与局限思维所导致的精神危机。

海子写道：“我曾目睹巴比仑的多少兴衰……有游牧的骑马的王朝，有种地浇灌的农业王国，还有多少英雄多少诗人多少故事我都见过，如今我是老了，但我的心仍然渴望一次变化，渴望一次挣扎、流血和牺牲，只有流血在这没落而古老的土地上，也在我这没落而古老的老人心上才是新鲜的。告诉我吧，告诉我，亲爱的小姐妹，是不是那永远年轻的神魔又给这没落的巴比仑带来了血腥而新鲜的风，是不是这永远年轻的神魔又来到巴比仑，披散他的长发，赤着他的双脚，行走在这没落的河水之上，是不是，又在巴比仑黑暗的午夜，圆睁着他邪恶而又新鲜的双眼。”（第一场）《太阳·弑》第二场猛兽向女巫请教“我们要干一件惊天动地的大事”，“我们今天来到你的岩石上，来到你的洞中，是为了请求你的指点。我们想要知道我们行动的时间，和最适合的地点。给我们一些劝告，一些线索吧”，女巫回答猛兽说“这事情必定成就在一个人身上。你们不可集体行动。你们必须分开。你们必须一个人一个人地干”，“我的纺车在拼命地转。事情在成就/囚禁在东方最深的牢狱里/你们是我的孩子也是她的孩子/我愿意向你们讲述我的魔法所看到的/我的纺车我的魔法心眼明亮/孩子们，诗人们/我搬到海岸上这个潮湿的岩洞里/就为了等候你们/从今日起三兄弟已不复存在/你们要分开，你们都是孤独的/要珍惜自己的孤独”。女巫的“纺车”既是时间叙事，同时作为历史的见证，也蕴含生命的洞见与生存的智慧。“搬到海岸上这个潮湿的岩洞里”的“守候”意味着希望和生命的可能，“孩子们，诗人们”便穿过幽暗深渊的太阳方向，“你们都是孤独的/要珍惜自己的孤独”，“孤独”侍奉艺术与思想，同时，伟大的作品也是对孤独、虚无的克服和消解，它们启示了“向死而生”的生命路径与可能。同样，海子无法绕开“孤独”，他通过形而上学的存在之思与哲理观照，不断克服肉身与时代的“孤独感”，消解意识深处所笼罩的“虚无”，以及时间流逝所带来的空洞感。

“疯子”说道：“孩子，可你来到这条大河边，来到这个古老而没落的国家，孩子——你要知道，来的时间错了，而且你的的确确是来错了地方。躲开这个地方，躲开这个时间吧，孩子，听从一个老得不知道自己年纪的老人的劝告，也许，在别的地方，你能完全正确忘了这忧伤，你能克服你的痛苦，也许，在别的地方，你能找到你的亲人和你的幸福。孩子，要知道，在今天的巴比仑，无论你要寻找的是谁，无论你要寻找的是亲人或者是仇人，你找到的都是痛苦。听我的话吧，孩子，离开这条大河，离开这个国家，离开这个时间。你既然是从远方来，离开这个国家，离开这个时间。你既然是从远方来，为什么不回到远方去呢？”（第三场）正如尼采所言：“对于孩子们与花草，我仍然是一个学者。他们作恶时也是天真的。我不再是羊群的学者：我的命运要我如是。——让这命运被祝福罢。”[①]《太阳·弑》通过自我对话诉说了个体生命和艺术探索的艰辛与对信仰持守的不易。痛苦无处不在，而“远方”仍旧遥远。“孩子，要知道，在今天的巴比仑，无论你要寻找的是谁，无论你要寻找的是亲人或者是仇人，你找到的都是痛苦。”对“国家”“时间”的超越与疏离，是一条通向自由纯粹的心灵之旅、朝圣之路。海子通过《太阳·弑》向我们诉说了那个动荡年代对他思想的巨大影响，同时，这个时代困境也生发了他的艺术与思想的种种抱负与行动。

诗剧第四场写了“自由的风”“随意飘浮”“任意变幻”“空荡荡”，提供了更多可怖暴力的舞台场景与血腥气氛，生成了语言的幻想性与魔幻感，成就了诗的暧昧性与想象空间。“诗歌语言的另一特点，即诗歌语言与古代社会的神圣语言所完全共有的特点，在于陈述者有意造就的距离、使他与表达所用的自然语言分离的距离。”[②]时而激荡，时而深沉；时而雄浑，时而简朴；时而血腥，时而哀怨；时而狂喜，时而恬静……主题、语言、思想、艺术的种种

---

① ［德］尼采：《查拉斯图拉如是说》，尹溟译，文化艺术出版社 1987 年版，第 148 页。

② ［法］A. J. 格雷马斯：《符号学与社会科学》，徐伟民译，百花文艺出版社 2009 年版，第 170 页。

冲突与交融，设置在“大诗”理念与行动中，形成了海子话语的多义性与丰富性。

海子不无忧伤地歌唱：

落满火焰的山楂树
今夜我不会遇见你
今夜我遇见了世上的一切
但我不会遇见你，流血的山楂树

不知风起何处，又将吹往何方
连村庄也睡意沉沉
我是传说中那公主的影子
但是我孤单一人，流血的山楂树

我并未爱过
也不曾许诺
在公主的镜中筑起坟墓
一棵流血的山楂树

——《第五场》

爱情、思想之树的别离与离逝，是内心受到挤压的时代隐喻，诗人通过挽歌式的歌唱，完成了对现实焦虑和虚无感的洞悉与克服。“意志不能改变过去；它不能打败时间与时间的希望，——这是它的最寂寞的痛苦。意志解放一切：但是它自己如何从痛苦里自救，而嘲弄它的囚室呢？”① 海子通过直觉、意志完成超验书写，在身心感应的审美中获取人心与人性的时代观照与升腾。

① ［德］尼采：《查拉斯图拉如是说》，尹溟译，文化艺术出版社 1987 年版，第 168 页。

“石头”唱道（男声）：“我就是石头，我无法打开我自己/我没有一扇门通向石头的外面/我就是石头，我就是我自己的孤独”（第五场），“太阳七部书”中多次写到的“石头”，直接导向海子那种宏大的文化抱负与“铁锤子”般的“超人”冲动，很好地衬托了诗人暴力与疯狂的悲凉氛围。“勇敢是最好的杀戮者，它也杀戮怜悯。怜悯是最深的深谷，一个看到的痛苦的深度，同于看到生命的深度。”[①]“石头”这一冰冷、坚硬的自然意象有时也温情脉脉、意味深长，“在这一千年我只热爱我自己的痛苦/在这一千年我只热爱亲人和你”，它构成了心灵诉说的对象与伴侣，诗人更深刻的“存在”体验与“石头”进行亲切对话，石头与海子互为指称，互为遗忘。“所谓在场，自古以来被称作存在。然则在场同时也遮蔽自身，所以在场本身即不在场。”[②] 身体在场的“孤独”体验是海子生命意识的觉醒与灵魂深处的自我省察。

“千年”唱道（男声）：“我所在的地方空无一人/那里水土全失　寸草不生/大地是空空的坟场/死去的全是好人/天空像倒塌的殿堂/支撑天空的是我弯曲的脊梁/我把天空还给天空/死亡是一种幸福。”（第五场）“千年”，代表一种时间观念的隐喻，“大地是空空的坟场/死去的全是好人”，“死亡是一种幸福”，这种现实语境与存在之思极具“反讽”意味，暗示了海子在“乱与疯”的精神状态下的幻想与行动，暗示了“大地”与“生命”的存在价值与否定性；这种存在式的荒诞与疼痛，加重了诗人对“虚无”的疯狂体验与错乱幻想。海子继续着持久的“斗争”，一种对“自我”不可饶恕与不可原谅的原罪审判，诗人“自我”表现出话语错乱与无序状态，但这种状态也展示出极具解构与颠覆意识的“创造力”。“文艺家不时要跟情调作斗争，让词恢复它赤裸裸的

① ［德］尼采：《查拉斯图拉如是说》，尹溟译，文化艺术出版社 1987 年版，第 187 页。

② ［德］马丁·海德格尔：《林中路》，孙周兴译，上海译文出版社 2004 年版，第 283 页。

概念意义，而把感情效果建立在独出心裁地安排概念或印象的创造力上。”① 海子的纯真与赤诚，在这种“情调”或者文化抱负中守护着一种诗歌的理想与人类的“舞台”，他的“创造力”与他“乱与疯”的混沌意识合为一体。从此，诗人错乱的精神开始走向自我圣化甚至魔化的歧路与险途，以“文化先知”的神圣角色去完成自我使命。“在我这一千年在这一千年在这一千年/我也曾拼着性命抬着棺材进行斗争/我也曾装疯卖傻一路乞讨做一个疯狂的先知/我也曾流尽泪水屈辱地活着做一个好人/我也偷抢也杀人我的自由是两手空空/我所憎恨的生活我日日在过/我留下的只有苦难和悔恨/我热爱的生命离我千年，火种埋入灰烬。”（第五场）无论是“装疯卖傻”，还是“疯狂的先知”，都充满“苦难与悔恨”，并“年年”陪伴，阅读这样的“大诗”，很难预设一个结局或者一种阐释结论。在物我和主客体的不断换位与移情中，自然感受海子那种痛苦与苍凉的心境。也许在这场“疯与乱”的狂暴后，更能洞见“大诗”的质地与内核。

海子的确是语言的天才，他的抒情诗（小诗）的价值和意义早已得到学术界的关注，而他“大诗”的影响与价值，由于其难度与高度还有待于进一步展开。“天才的性能就是立于纯粹直观地位的本领，在直观中遗忘自己，而使原来服务于意志的认识现在摆脱这种劳役，即是说完全不在自己的兴趣，意欲和目的上着眼，从而一时完全撤销了自己的人格，以便（在撤销人格后）剩了认识着的纯粹主体，明亮的世界眼。”② “人”失去本来面目，而以直接激烈的“神”代之，这对于个体和生命而言无疑是一个巨大的文化包袱，必然会加重世俗意义上“人”的现实处境与崇

① ［美］爱德华·萨丕尔：《语言论》，陆卓元译，商务印书馆2010年版，第36页。

② ［德］叔本华：《作为意志和表象的世界》，石冲白译，商务印书馆2009年版，第258页。

高实体的意识背离与精神错位，思维断裂的背后就是意识世界的精神分裂与个体无法回避的生命悲剧。“生活在人群里是难的，因为沉默是难的。尤其是对于好说话的人。”[①] 我们一直把海子放在“人”的面孔这一现实之维来探究他的生命哲学与诗学价值，认识其诗、哲学与宗教的合一。从此意义上来讲，他晚期的“大诗”并未完整地建构起他的哲学体系。但是，诗人存在式的身体体验、幽暗探险、心灵质询和忧患意识，的确显示了海子“大诗”的艺术价值与思想可能。

黑暗与暴君，时间与空间，既有对立错指关系，也有“或此，或彼”的融合与互指关系。海子以超验思维追求魔幻的诗语表达，不断洞悉隐秘世界、攀登思想的高峰。“高处不可怕，而斜坡是可怕的！在斜坡上，目光向下瞰望，而手却向上攀援。这双重的意志使心昏眩。”[②]《太阳·弑》“疯子头人”对“鸟”说道：“一半是黑暗的时间。当时在大海边。海浪翻滚。在悬崖尽头沙滩尽头我们相遇。我与他相遇了。也许他并没有看见我。但是我看见他了。大概是两三年后，我又零星看了这位暴君的一些诗。这是一个黑暗的人写的。这是一个空虚之手暴君之手写下的。但是里面有一个梦。大同梦。”（第六场）“零星看了这位暴君的一些诗”，这个“暴君”既指向颠覆的语言，又意味着文化秩序与意识的反抗与解构；它是权力化、秩序化的暴力话语，也指向断裂、变革的创造话语。这个“大同梦”指向何处，海子在反讽的时代为当下文化的复兴与重构赋予了积极的价值与可能，耐人寻味。

“疯子头人”对“鸟”说道：“看了他的那些诗，我感到一种内在的寒冷。因为这位沉浸于大地的魔法的最深和最黑暗的巴比仑王，那些咒语式的诗行中竟会有一两句是描述天空的数学，是描述

① ［德］尼采：《查拉斯图拉如是说》，尹溟译，文化艺术出版社1987年版，第170页。

② 同上书，第171页。

飞行的。你知道，飞行是天空的数学的根本问题。后来那一次，我翻开我的天体物理之书。预感到这个黑暗而空虚的王有可能会乘坐这道上的车。”（第六场）“这个黑暗而空虚的王”，既是海子自我圣化与理想情结，也是形而上学与终极关怀。海子要在“黑暗而空虚”的内部进行一次自我分裂，直至“弑”的革命成功，诞生了太阳之诗、灵魂之诗。“人生的真理和真实性何在无人言说无人敢问。一切归于无言和缄默。”① 海子在分析《浮士德》第二卷时，写了“空虚”中的母亲之国，指出这仍旧是“真正的空虚”：“这‘母亲’也是幻象，也是应诗人的召唤而来，就像但丁在流放中召唤一些曾经活过而今日死去的伟大幽灵。把这些‘母亲的幽灵’扫去，把这些诗歌幻象扫去，我们便来到了真正的空虚。”②

海子的“乱与疯”，又是一种积极的能量勘探与精神探险，他自觉地承担了自我施加的理想使命和人类愿景。这种宏大叙事，经过浪漫怀旧的时期之后，显得与时代格格不入，可有可无，但是他的这种肯定性的情感与价值，不失为当下文化提供了新的观照与启示。疯子头人对鸟说道：“在一场伟大的行动中，好兄弟终究会有分手的那一天。必须一个人孤独地行动。必须以一个人的孤独来面临所有人类的孤独。以一个人的盲目来面临所有人类的盲目。”（第六场）可见，伟大的诗歌行动布满了苍茫与悲凉氛围，“人类的孤独”，不过是现实境遇的某种隐喻与象征，我们要突破的正是时代语境与文明衰弱所造成的压力与束缚。诗人通过“身体”在场的急迫与暴力书写，在“乱与疯”中恨不得立即抓住文明与文化秩序的“稻草”，但是个体的行动相对文明与文化的复兴，显然并非易事，然而他还是向我们展示了生命哲学的意义与价值，一种不同于东方与诗性文明的现代之维——向死而生的路径与可能，并最终抵达普

① 《海子诗全编》，上海三联书店 1997 年版，第 902 页。

② 同上书，第 904 页。

世伦理与终极关怀，抵达“诗与真理、民族与人类合一”的“大诗”。

“青草”与“吉卜赛”两人合唱：“远方除了遥远一无所有/更远的地方更加孤独　更加自由……/谁也无能为力/为什么雷声隆隆？/为什么无处躲避？/就是双手捧住/也不知是雨是泪/还顺着手指流下/该发生的没有发生/该来临的没有来临/一切梦已做尽。/想做的梦却没有成。”（第七场）显然，追求“远方”的过程无疑是艰辛与困难的，“就是双手捧住/也不知是雨是泪/还顺着手指流下/该发生的没有发生/该来临的没有来临”，海子明白这就是精神乌托邦，除了“空无”一无是处，“一切梦已做尽。/想做的梦却没有成”，但是思想天才迷恋于语言跋涉，在诗语中激活创造与能量，在超验与感应中建构他的理想家园。“唯一的怪胎是艺术家（这是‘人造人’式的艺术家计算机语言式的艺术家）背离了旷原和无边的黑暗。我们的时代产生了艺术崇拜的幻象：自恋型人格。”[①] 艺术家的自恋人格成就了幽暗意识的生命内核与信心，从被时代语境挤压的现实思维中挖掘人类的前景与希冀。

流浪儿合唱队伴唱：

十三反王打进京
你有份，我有份
十三反王掠进城
你高兴，我高兴

十三反王骑快马
你也怕，我也怕
十三反王回到家

① 《海子诗全编》，上海三联书店1997年版，第907页。

你的家，我的家

十三反王不要命
你的命，我的命
十三反王一身金
山头金，海底金

十三反王进了京
不要金，只要命
人头杯子人血酒
白骨佩戴响丁丁

——《第七场》

这是一场“虚无”的革命与“反讽”景观，吻合了这首晚期“大诗”整体的抒情气氛，也表明了其行动的急迫性、理想性。

第七场写道：

两人：他终于干了。虽然他干掉的是自己。可他还是一条好汉子。硬汉子。铁汉子。

青草：我要为他写一首诗。

吉卜赛：我也要为我的兄弟写一首诗。

青草：你的题目？

吉卜赛：你的题目？

两人（异口同声）：弑。弑君。杀人。这一次不是羊皮纸上的诗也不是口中歌唱的诗。而是干活。手中的诗。兵器的诗。

弑！！弑君！！！

——《第七场》

"大诗"话语，展现了最为柔软与悲悯的情感实质，确认并维系着跨越时代绵远的人心与人性。"弑！！弑君！！！"（第七场）为何"弑君"？同《太阳·弑》前几场相近的是，除了高蹈的、离群索居的体验与沉思，海子也将情感投向时代的追问，对现实境遇展开思考，"我们必然是在这一世界瞬间中才学会，作诗无疑也是一件运思的事情。"① 他甚至以极端的方式赞成"杀人"、赞美"暴力"，其焦虑与负面情绪显然与所处的时代背景与文化动荡相关：海子晚期写作"太阳七部书"时正处于20世纪80年代社会氛围中的"思想动荡"、精神淡化、物质主义与消费文化盛行的转型时代，这些皆构成外部因素与诱因对其产生精神压力，但是海子并没有在物质与消费文化的包围中投向反讽与虚无，始终以理想与行动践行他的"大诗"信念，通过精英主义与理想情结消解和克服内在的冲突与矛盾。

第八场写道：

红马：我的图腾不是你的图腾。
　　　你的禁忌不是我的禁忌。
　　　我从黎明开始飞翔。到黄昏还在飞翔。到第二个黎明还在飞翔。到第二个黄昏也还在飞翔。心在飞翔。头颅在飞翔。四肢在飞翔。一切都在燃烧，绿马，绿色的马，你难道没有看见吗？一个人扑向另一个人，他是要屠杀还是要拥抱？他是要屠杀吗？不是。他是要拥抱吗？更不是。绝对不是要屠杀和拥抱，而是要燃烧。那么，就容许我把你的歌词改一两个字，让我再唱一遍给你听。

① ［德］马丁·海德格尔：《林中路》，孙周兴译，上海译文出版社2004年版，第290页。

在太阳下，
在荒凉的人类，
做国王，
燃烧，该是多么幸福的一件事！

——《第八场》

由此可见，海子“乱与疯”的疯狂写作，在精神实质上践行了海子“大诗”受难式的激情和与传统断裂的文化意识，其积极建构的诗语与哲思比起错乱、偏激的话语更有价值与启示。他写道：“在太阳下，/在荒凉的人类，/做国王，燃烧，该是多么幸福的一件事！”（第八场）显然，海子经常提到的“国王”“皇帝”“弑君”等意象，更多地指向了文化意义上的反抗与迷狂式的诗写氛围。这位“国王”是语言之王、诗歌之王。这种“幸福”、喜悦表达了精神上的占有与满足感和一种在非主流中心的边缘地带所体现出的文化心态。

第三节　弑：祭祀与神性

海子迷恋于“弑”的暴力哲学，通过以暴制暴的话语方式克服其与外部世界的紧张和对立关系，以“自我”祭祀理想的诗歌行动与创造话语。在这种“自我”摧毁与错乱中，也可以看出他极富灵性与神性的一面。而后者正是积极的文化建构情怀与肯定性情感的价值认同。

第九场写道：

魔：是我，魔。魔王魔鬼恶魔的魔。
　　万物之中所隐藏的含而不露的力量

万物咒语的主人和丈夫
众魔的父亲和丈夫。众巫官的首领
我要以恶抗恶，……以爱抗爱。
我来临，伴随着诸种杀伐的声音，兵器相交

王：在这个阴暗的死亡的渡口
我自身的魔已经消失
却出现了这许多熟悉的幽灵
这么多死去的同志们，同志们，你们好！
矛！盾！戟！弓箭，枪，斧，锤，镰刀！
……
众兵器：我们又一次冲出了武器库
我们又一次漫天飞舞
插上同伴和对手的肋骨
我们要把命革掉！人类的鲜血
擦去我们身上的灰尘
蒙受了时间和厌倦的和平
魔：召唤众兵器，跳起了兵器之舞
我在这一瞬间离开了你
我又回到了我自己的山顶
手舞着斧子在石头上革命

这就是在死亡渡口出现的革命和景色。
仗是山上打，人在病中死
或死于毒药或死于兵器
但最终会在死亡渡口齐集

——《第九场》

“以恶抗恶，以爱示爱”（第九场），显然，这种“恶”与权力化、秩序化相关，海子以话语暴力解构文化传统与惯性思维，打破常规文化系统里稳定的伦理与情感，进而去追问存在之思与人心之理，这种隐忍、执着与迎难而上的情怀展示了海子“大诗”话语中的悲悯与神性特质。“伟大的艺术给人以绝对自由的幻觉。”① 这里的“爱”则表现为语言暴力、血腥景观、幻觉体验和迷狂诗写。“在这个阴暗的死亡的渡口/我自身的魔已经消失/却出现了这许多熟悉的幽灵/这么多死去的同志们，同志们，你们好！/矛！盾！戟！弓箭，枪，斧，锤，镰刀！”（第九场）可见，这种生命之诗与大地书写，是以透支生命为代价，将自己置身于生命的冒险与危险的境地。

第十场写道：“我当时才感觉到什么是真正的恐惧。和内心的寒冷。但我在内心却感到无比幸福。虽然我败了。但我在内心却感到无比幸福。从南方到北方，全国都在进行热火朝天的诗歌大竞赛。我是一位年轻的诗人。我是一件古代的兵器。我叫钺。我的诗歌竞赛的对手就是这辆坦克，这辆战车，这堆什么也不是的十分现代化的钢铁。我的真正的对手呢？那位举世闻名的诗人——坦克和战车的设计人呢？”② “我连刺死自己的理由和杀死别人的理由都没有找到。这条路是从南方到北方。这条路是巴比仑青年诗人诗歌大竞赛。但是我们伟大的皇帝，我们伟大的巴比仑王，却把空白和空虚——无穷的滚滚的道路上的空白和空虚——战车、钢铁和坦克中的空白和空虚赐予了我。我怎样完成这件事。我只剩下绝望的诗歌。”③

显然，“绝望的诗歌”是诗艺化的表现，克服了现实语境的挤

① ［美］爱德华·萨丕尔：《语言论》，陆卓元译，商务印书馆2010年版，第198页。

② 《海子诗全编》，上海三联书店1997年版，第725—726页。

③ 同上书，第726页。

压与焦虑，以此与“绝望”意识暂时和解。从本质意义来讲，海子通过语言探索做到了艺术功能中的自我救赎。

第十一场写道：

小瞎子：妈妈，我双膝跪下
　　　　向着你，生身之母
　　　　盲目的乳房和火把

　　　　妈妈，你何日来到这柴房中
　　　　你生下我后经受了多少磨难多少苦
　　　　你在这柴房中身为女奴
　　　　劈柴做饭干了多少年
　　　　多少哺乳多少星光
　　　　多少饥饿多少欺凌
　　　　柴房生涯又是怎样漫长
　　　　这二十多年小瞎子的生长
　　　　就是五千年的重量

——《第十一场》

稻草人说道：

我是巴比仑的稻草人
几千年站在田野中
一年四季站在田野中
我是一首饥饿的诗
我为人类看护粮食
我是一首饥饿的诗

我为人类看护粮食

——《第十一场》

第十一场以“小瞎子”的口吻写了“五千年”的忧患，华夏文明与中华文化的反思再次摆在面前。以河洛文化为起源的中原文化彰显了东方文化的伟大与光辉，但同时也构成压力，使之无法与西方近现代文明发展的逻辑与秩序接轨。海子借“稻草人”道出了时代精神的贫乏与压抑感：“我是一首饥饿的诗/我为人类看护粮食/我是一首饥饿的诗/我为人类看护粮食”，“人类困境”折射出现实境遇的不足与不满，在海子看来，“大自然是不是像黄昏、殷红的晚霞一样突然冲进人类的生活——这就是诗歌（抒情诗）。那么，在什么时候，什么地方，人的浑浊和悲痛的生活冲进大自然，那就产生了悲剧和史诗（宏伟壮丽的火与雪）（景色和村落）；什么时刻，一个浑浊而悲痛创伤的生活携带着他的英雄冲入自然和景色，并应和着全部壮观而悲剧起伏的自然生活在一起——时间就会在‘此世’出现并照亮周围和他世。”① “悲剧与史诗”的神性写作一直支撑着海子的伟大抱负，也作为创造力推动他晚期“太阳七部书”的构思与写作，大抒情所展示的精神乌托邦式的话语行动与终极理想，作为文化意识有其积极启示，但是这样浓厚的“返祖”意识中所裹挟的危险与暴力，同样值得警惕。

第十三场纵火者说道：

我是火焰
我没有出路
我没有锁链

① 《海子诗全编》，上海三联书店1997年版，第908页。

我一身通红

我没有粮食
我没有家园
我不当强盗
我不识文字
我没有历史
也没有心肝
……
纵火犯一大帮，纵火犯好快活
我的头颅埋在暗无天日的地牢
我的手足斩断在刑台左右
我的内脏活在高飞的猛禽的内脏
我的躯体漂浮在死亡之河沉下又浮起
我的心抛出早已供奉太阳

我没有形体没有真理没有定律
我没有伤痕没有财富
我没有盘缠没有路程
没有车轮滚滚没有大刀长矛
我没有回忆也没有仇恨
我甚至没有心情

白色的火焰，我告诉你，诉求你，双膝跪下
我两眼红肿，我只有你
你快在山坡上烧起
快在宫殿和诗歌上烧起

这是诗歌竞赛场上我的一首诗，一首诗！

——《第十三场》

第十三场中写“纵火者”的自白：“我的心抛出早已供奉太阳”，海子心中的“太阳”作为一个精神实体，终其一生地在他的光明中建构他的“神性”话语和信仰体系，难以企及。“纵火者”这一出成为诗剧《太阳·弑》的又一思想景观，通过“纵火者”的自言自语，海子的暴力哲学最终在“诗”里完成，在悲剧意识与神性思维中获得了消解与释放。“这是诗歌竞赛场上我的一首诗，一首诗！”，“诗歌”成为生命本体和存在的理由，成为克服和消解与尘世紧张关系的重要途径。诗歌的普世性、哲理化实现了对自我的“祭祀”与友爱，并作为艺术法则和生命原则推动着“神性”的对话。海子在《诗学：一份提纲》中写道：“死亡仍然是一种人类经验。死亡仍然是一种经验。我一直想写这么一首大型叙事诗：两大民族的代表诗人（也是王）代表各自民族以生命为代价进行诗歌竞赛，得胜的民族在歌上失败了，他的王（诗人）在竞赛中头颅落地。失败的民族的王（诗人）胜利了——整个民族惨灭了、灭绝了，只剩他一人，或者说仅仅剩下他的诗。”①诗歌至上，诗人必将胜利，在今天似乎变成一个难以想象的“神话”，甚至海子也说“这就是幻象，这仍然只是幻象”，但这种诗意与诗性的文化思维却对当下物质和消费的时代观念不失为一种提醒与警示。

诗剧制造了一种紧张对立的情绪：“弑”，描绘了一种色彩——红色（革命与献祭），启示了一种文化景观——以暴制暴，以此抵达“向死而生”的生命路径。下面几场均是对这一整体气氛的再现与表现。在一种撕裂与醉意中，诉求自我的压抑与愤

① 《海子诗全编》，上海三联书店 1997 年版，第 904 页。

怒，第十四场写一个饮酒诗人的喊叫："我再也不想当诗人啊！/我再也不当诗人啦！/我不是诗人啦！我是烈士啦！/我永垂不朽啦！"几个酒鬼手挽手醉态万状地"朗诵"："全世界都有酒鬼……先让酒吃一遍血肉/再让法律吃一遍骨头/再让火吃一遍/再让鬼吃一遍/我已是纯粹的粮食/粮食,/已认不出自己/饥饿的腹部。"这种种控诉与愤懑的言辞，借由剧中角色与人物的独白，共同完成海子"大诗"的话语行动与意识解构，情塑与聚集了各种诗意与凝思。

第十六场写道：

> 近日有所传闻。民间的小道消息很多。山坡上种了许多消息树。风吹草动，但又有所平息。所以巴比仑王横下一条心，决定在青年诗人中选定王子，让他来继承王位。以诗歌大竞赛来选择王子和接班人，这是历史上少有的行动。这是少有的慷慨也是少有的残酷。像这位巴仑王其它的行动一样，充满了着魔的东西。充满了火焰和灰烬的品质。
>
> ——《第十六场》

第十七场写道：

> 青草：
> 青草被秋天和冬天处死在荒芜的山上。
> 那里，我仿佛躺在一辆残破的骷髅上。
> 骷髅是一辆车子和四只轮子。
> 车子叫生命也叫死亡。车夫叫思想也叫灭亡。
> 四只轮子是手是脚是内脏是营养是草根是土壤。
> ……

青草。

……

在我的诗歌中，你知道我叫青草，但不知道我是谁。你知道我的诞辰、我的一生、我的死亡，但不知道我的命。你知道我的爱情，但不知道我的女人。你知道我歌颂的自我和景色，但不知道我的天空和太阳以及太阳中的事物。

——《第十七场》

第十九场写道：

宝剑（独白）：

在你们找到归宿的时候，我却要上路了。不要忘记这一点。闭紧你们的眼睛吧。你们放心地睡去吧。我就要背着一只很破很旧的袋子上路了。

这只破旧的袋子就是我。
曾经在大沙漠上长大。
多少人用手撕破了他。
多少豹子用爪子撕了他。
但这只破旧的袋子
就是我和我的心啊。

会感到什么
有没有心情
是什么样的心情
我不知道前面等待我的
是什么？

我要独自前行

——《第十九场》

第二十六场写道：

(铸剑师，面向观众，大声)：
我是铸剑人。
我不说的事情。在这之后我不说
我不说就是不说
我要。水变成大水
冲开了缺口。完成普通人早已完成的
是多么难——还要和
命运之诗连锁在一起
这就是铸剑人的命。
长过大火。
长过他们
……
我一身红色盔甲
我一定是一位年轻的皇帝。
我是大革命的儿子。
这是什么日子？
我为什么俯伏在肮脏的酒柜上
我是大革命中谁的宝剑

——《第二十六场》

第二十七场写道：

今夜是黑暗之夜，空虚之夜。今夜只适合死亡不适合出生。我们已没有明天。明天是别人的日子。

——《第二十七场》

第二十九场宝剑说道：

我承认他的胜利。我承认自己的失败。我像金黄脆弱的麦秸在同样颜色的火中化为灰烬。就好像火焰走出了灰烬，向天空伸出绝望的吐不出任何语言的红色舌头。我和生命就这样一次次走向空中，走向虚空。

——《第二十九场》

第二十九场鼓手说道：

大地呈现在你的面前
是茫茫无际的苦难的海水
你是唯一的。

——《第二十九场》

海子驾驶形而上学的死亡战车撞击生命自身，最终裂变出思想与存在之思，完成自我“祭祀”。“死亡乃是触及终有一死的人的本质的东西；死亡因而把终有一死的人投入通往生命之另一面相的途中，从而把他们设入纯粹牵引的整体之中。”① 海子写道：“骷髅是一辆车子和四只轮子。/车子叫生命也叫死亡。车夫叫思想也叫灭亡。”（第十七场）“完成普通人早已完成的/是多么

① ［德］马丁·海德格尔：《林中路》，孙周兴译，上海译文出版社 2004 年版，第 318 页。

难——还要和命运之诗连锁在一起”（第二十六场），“大地呈现在你的面前/是茫茫无际的苦难的海水/你是唯一的。”（第二十九场）诗歌，作为语言的艺术，布满了种种隐喻与象征，在文字背后隐藏着无数的文化意识与艺术思维，并且诗歌与修辞联系得最为密切，从而造成了诗歌的多义、暧昧、含混、复调的话语特征。“真理的语言大概经过了修辞和比喻的提炼，变成了我们如此习以为常，以至于认不出它是修辞性的语言。”[①] 诗人较好地利用了诗歌的语言特性，建构起多元、饱满、充实、丰赡的文化景观。

但是，海子的诗性、灵性和神性，慢慢损耗在“虚无”的纠结与悲凉氛围中，最后十场，明显地感觉到他的心力交瘁和力不从心，写到情急之际则更显出“乱与疯”的自我“错乱”与“摧毁”（这两个关键词均多次出现在诗剧“说明”中），在最后近十场中多次暴露出这种生命意识的危机。他写道：“今天的黄昏格外惨烈。我看见巨大的、浑圆的、燃烧的落日把巴比仑河水染得血红。”（第十六场）“在我的诗歌中，春天流血，夏季繁衍，大雪中的火在狂舞，还有无穷无尽地翻滚而来的，从天上飞来的秋天。白云，死亡和问候。”（第十七场）“最后的日子，夜的语言和宝剑。”（第二十七场）在“生锈的夏天”，“飞过的鸟”“松鼠和豌豆”“露珠”它们都生锈，“两只小鸟变作抬棺人/拉着棺材和车子/小鸟奔跑在路上/又痛哭又是幸福/感到了人类空虚”，“用酒补好了乞丐、白痴、贫穷/和疾病”（第二十八场），“我和生命就这样一次次走向空中，走向虚空”，“大地呈现在你的面前/是茫茫无际的苦难的海水”（第二十九场），“你不是四季，你是四季中空荡荡的风”（第三十场）。在通往语言的途中，海子不断通过诗写来建构自己“向死而生”的

① ［美］安德鲁·本尼特、尼古拉·罗伊尔：《关键词：文学、批评与理论导论》，汪正龙、李永新译，广西师范大学出版社 2007 年版，第 76 页。

存在式体验，也以超验与感应之心建构“诗与思”合一的象征主义诗学。

这首“1988.6.13—1988.9.22”写成的诗剧《太阳·弑》，重视仪式与舞台景观的展示，是情绪的流动与沉思，相对于“太阳七部书”其他长卷，该诗多了情节与细节，使“大诗”主题变得完整具体，“海子长诗大部分以诗剧方式写成，这里就有着多种声音，多重化身的因素，体现了前述悲剧矛盾的存在。从悲剧知识上说，史诗指向睿智、指向启辟鸿蒙、指向大宇宙循环，而悲剧指向宿命、指向毁灭、指向天启宗教，故在悲剧和史诗间，海子以诗剧写史诗是他壮烈矛盾的必然产物”。[①] 他深深扎入生命的诗境与神性，这不仅仅是一首诗的交流，更是生命的最终道说与致敬。

海子的关于诗学特征的范畴与概念构成了诗学的“符号”，它最终完成了生命哲学与超验感应的探索，完成了精神现象学的“神性”话语的行动与建构。“我是谁”，“我的爱情”，“我的天空以及太阳中的事物”，在数不胜数的心灵追问中，一步步抵达海子书写的诗境、诗场，但离真正秩序逻辑的主题叙事诗还相差甚远。作为仪式诗剧，海子的写作面对的是一个反讽与虚无文化意识集结的时代与今天，显然这种“诗歌”必胜与“诗歌之王”的情感逻辑多少显得有些恍如隔世、虚无缥缈。

海子晚期《太阳·弑》通过仪式剧的形式展示了他的大诗追求，体现出较强烈的文化冲突以及与时代的紧张关系，表现为精神上的“乱与疯”，又推助了超验诗语的生成。海子通过语言这种形式切近了生命的体验与思考，切近了自我的存在价值与意义的质询，切近了对大爱、大道的形而上的沉思与信心，切近了诗歌构成人类持久激情与自由的近距离审视与体认。这类疯狂书写与海子晚

---

① 《海子诗全编》，上海三联书店 1997 年版，第 4 页。

期所处时代的整体氛围相关，诗人所处的现实语境提供了创作与思想的土壤，也积留了隆重、悲凉的悲剧气氛，加速了海子精神的分裂、摧毁，海子的神性写作面对的是一个反讽与虚无文化意识集结的时代与今天，显然这种“浪漫诗歌”暴露了他的致命局限，值得我们警惕与反思。

第九章

《太阳·诗剧》：未完成的灵魂搏击

海子创作“太阳七部书”时的精神状态无疑是剧烈而紧张的，他的内心布满天才疯狂的写作激情与痛苦。他意识到：“我一直就预感到今天是一个很大的难关。一生中最艰难、最凶险的关头。我差一点被毁了。两年来的情感和烦闷的枷锁，在这两个星期（尤其是前一个星期）以充分显露的死神的面貌出现。我差一点自杀了：我的尸体或许已经沉下海水，或许已经焚化；父母兄弟仍在痛苦，别人仍在惊异，鄙视……但那是另一个我——另一具尸体。那不是我。我坦然地写下这句话：他死了。我曾以多种方式结束了他的生命。但我活下来了，我——一个更坚强的他活下来了，我第一次体会到了强者的尊严、幸福和神圣。我又生活在圣洁之中。过去蜕下了，如一张皮。我对过去的一张面孔，尤其是其中一张大扁脸充满了鄙视……我永远摆脱了，我将大踏步前进。”①

在肉身之死与灵魂复活之间，他选择了“强者的尊严、幸福和神圣”，并在这“圣洁之中”向死而生，这构成天才疯狂的写作“悖论”：肉身的事实性的局限与思想无限可能的探险，身体景观的无限勘探与迎难而上，可以看出 20 世纪 80 年代诗人身上的理想情

① 《海子诗全编》，上海三联书店 1997 年版，第 881 页。

怀与文化抱负。

第一节 “灰烬”诗学

海子也重视叙事，在“大诗”中“编织”相对稳定的主题与灵魂，通过具体情节呈现“大诗”的结构与张力，从某种意义上讲，海子晚期完成的“太阳七部书”，都可以充当戏剧、用于展演。其中有三部作品尚未完成，《太阳·诗剧》就是这样一部还未完成、有待完善的“大诗”。作为“太阳”主题的大诗之一，也可通过省察、增补的方式编织、观照与沉思海子晚期“太阳七部书”的精神实质与思想谱系。

海子开篇写道：

地点：赤道上。太阳神之车在地上的道
时间：今天。或五千年前或五千年后
　　　一个痛苦、灭绝的日子
人物：太阳、猿、鸣

——《太阳·诗剧》

在《太阳·诗剧》中，海子数次写到了“灰烬”，通过这个隐含着死亡气息的生命意象，我们可以感受到海子晚期在巨大搏击之后的幻灭感和虚无感，无论是理性迎纳，还是无助无力面对，这些“孤独”的晚期风格成就了艺术自身的规律与实践，极具否定情感意象和色彩的“虚无”的体悟与沉思，吻合了“大诗”的性灵属性与信仰追问，并以此进行情操与能量的勘探、“攀登”与“飞腾”：“愿意有一天能够飞腾的人必须首先学会站立，行走，奔跑，攀登和跳舞：——因为人不能由飞腾学习飞腾。”[①] 海子对“灰烬”的认知与体验，正是其精神能量与情怀的精神标志，“为什么在描述现代诗歌时用否定性范畴比用肯定性范畴更准确。这个问题是在追问这类抒情诗的历史性限定条件——是一个指向未来的问题”。[②] 海子“太阳七部书”自觉地从外部走向内部的省察与沉思过程，亦是超验与感应的象征写作，它们同属于海子“向死而生”的这一生命哲学。“惟有在创造性的追问和那种出自真正的沉思的力量的构形中，人才会知道那种不可计算之物，亦即才会把它保存于其真理之中。”[③] 在“太阳”主题长卷里，否定性情感意象远多于早期抒情诗中的肯定性意象，这种否定性的反思与批判思维，是海子晚期诗学的重要话语，他在“空”与“无”中不断挖掘人类精神世界的无限未知性与可能性。

他写道：“我走到了人类的尽头/不像但丁。这时候没有闪耀的/星星。更谈不上光明/前面没有人身后也没有人/我孤独一人/没有先行者没有后来人/在这空无一人的太阳上/我忍受着烈火/也忍受着灰烬……我走到了人类的尽头/我还爱着。虽然我爱的是火/而不是人类这一堆灰烬”（《司仪（盲诗人）》）；“我不停地落入谁的灰烬？/那些为了生存的人　为了谁度过黑夜/英勇的猎户为了谁度过黑夜/谁一只胃在沙漠上蠕动/谁拿着刀子在沙漠/只有谁寂灭方可保全宇宙的水/谁早已站在高原　与万物同在”（《鸣——诸王、语言》），显然，“灰烬”极具否定性的反思与批判眼光，它与事物与生命的终极真相相关，与“我走到了人类的尽头”的超验与感应的“幻象”相关。诗人的每一次巨大搏击之后自然会产生一种同样

---

① ［德］尼采：《查拉斯图拉如是说》，尹溟译，文化艺术出版社 1987 年版，第 234 页。

② ［德］胡戈·弗里德里希：《现代诗歌的结构：19 世纪中期至 20 世纪中期的抒情诗》，李双志译，译林出版社 2010 年版，第 9 页。

③ ［德］马丁·海德格尔：《林中路》，孙周兴译，上海译文出版社 2004 年版，第 97 页。

形状与能量的虚无感、绝望感，面对生活的不尽如人意与艰辛生存和虚实之间的真相对比，势必会给他造成各种压力与包袱。但丁《炼狱》中所启示的“星星”与“女神”，海子精神上并未邂逅，他独自走在“孤寂”和“黑暗”深渊，“铺开大地那卷曲的刃/这时候我仿佛来到了海底/顺着地壳的断裂　顺着洋脊/看见了海底燃烧的火　飞行的火/嘶嘶叫着化成冰凉的血。//这是否就是那唯一的诗！？/笼罩着彻底毁灭。灭绝的气氛”（《猿》），一种荡气回肠、孤助无力的客观真相萦绕其中，这种撕裂的呐喊和分裂的绝望，造成了海子晚期“太阳七部书”的阴森气息与悲剧氛围。“诗歌又不只是自传：它既是人类的身份与体验极端不确定的表达，也是他们的犹豫与彷徨的极端不确定的表达……它在某种程度上又变成了对我们的召唤。诗歌对我们就像一个奇怪的文本交换台。”[①] 这“唯一的诗”，并非“毁灭”，而成为“召唤”，勘探了“黑暗”的无限可能，“孤寂”与“空虚”像一场“大火”迫使海子冲击生命的极限，但也让他深深体味到激情损耗后的“灰烬”与空荡。生命的激烈燃烧建构着海子的意识与尊严在“灰烬”与“虚无”的凝思中，聚集成诗人的精神肖像与思想“自传”。

海子以“诗歌”践行思想的传统，以哲理道说生命的可能，在诗与哲学之间不断建构和对话，通过语言、思想的并行，向普世性、纯粹性的“大诗”话语挺进。正如叔本华写道：“真正的哲学家，他的疑难是从观察世界产生的；冒牌哲学家则相反，他的疑难是从一本书中，从一个现成体系中产生的。”[②] 海子在“诗”中完成了“思”的价值与建构，以“思”的形式呈现了其“诗”的可能

---

① ［美］安德鲁·本尼特、尼古拉·罗伊尔：《关键词：文学、批评与理论导论》，汪正龙、李永新译，广西师范大学出版社 2007 年版，第 72 页。

② ［德］叔本华：《作为意志和表象的世界》，石冲白译，商务印书馆 2009 年版，第 64—65 页。

与书写。

他忠诚地追求“诗人”这一文化身份与思想价值。这种对“诗性言说”的精神追求与执着守护，与20世纪80年代末盛行的“反讽”话语截然相反，在向“人类”与“民族”的意识结构深处寻找突围的过程中，海子要在诗性与神性合一的道路上修复语言的尊严与光辉，不断践行“诗与真理、人类与民族合一”的“大诗”信念。

第二节 “黑暗”的灵光

海子并非是摧毁、撕裂生活的破坏者，也非天生是宿命、悲观的忧郁者。考察他的短暂一生，的确能感受到他的纯真善良，这些在他早期阳光灵动的“抒情诗”（小诗）中表现得非常鲜明。他深情地热爱与眷恋着世界的一切，只不过是以醒觉与洞悉的幽暗意识表现出来，并潜入意识深处的“黑暗”内部，不时闪烁出语言的“灵光”与神性。海子一方面果决而热忱地对现实境遇与苦难做出明确的思考，另一方面又怀揣艺术抱负践行思想的种种可能。“黑暗”，作为深渊预示着人生否定性的困境与危险，同时又暗示了“黑暗”地带的无限秘密与可能。自古希腊柏拉图的“洞穴的隐喻”以来的精神现象学的资源与谱系，建构了现代意识的觉醒与旨向。海子“太阳七部书”便是这种精神与意识深处的自由勘探与无限发掘，他以热爱和友爱之心，积极勇敢地面对否定性、局限性的命运事实与真相。

任何伟大作品都是对“死亡”和“爱情”所做出的沉思与回答，其中既有对现实、肉身的领悟与占有，也有对空无、自由的理想认同。人生事实性的局限与真相，与内心隐秘能量和智慧之间总有一座桥，伟大的作家与艺术家用自己双手搭起这座思想的桥梁，创造与传承着人类之心。“个体诚然是把它的生命当作礼物一样接收过来的；它从‘无’中产生，然后又为这礼物由于死亡而丧失感到痛苦并复归于‘无’。”① 海子晚期《太阳·诗剧》同样写到了“爱情”这一常见的生命主题，而“爱情”则与形而上学的无限与终极追问紧密相关。

他写道：“我还爱着。在人类尽头的悬崖上那第一句话是：/一切都源于爱情。/一见这美好的诗句/我的潮湿的火焰涌出了我的眼眶/诗歌的金弦瞎了我的双眼/我走进比爱情更黑的地方/我必须向你们讲述　在那最黑的地方/我所经历和我看到的/我必须向你们讲述/在空无一人的太阳上/我怎样忍受着烈火/也忍受着人类灰烬”（《司仪（盲诗人）》），“爱情”与“孤寂”是海子诗学发生的灵感源泉与动力，它们彼此关联，互为感应，对“爱情”的探讨中导入了理想型艺术的实质与本体。西渡曾说：“海子的孤独主题大致沿着三个方向展开：一是和情爱主题相联系，表现爱中的孤独、爱与孤独的关系；二是和写作主题相联系，探讨孤独和写作，和诗歌的关系；三是和远方主题相联系，阐发孤独和远方的关系。其实，这也是克服孤独的三种可能选择。然而，在三个方向上海子都未能抵达对孤独的克服，反而加深了、强化了孤独的体验。”② 对“爱情”的体验与沉思，则是对人类性灵的哲理体验与存在之思。“诗的本质对他们来说是大可追问的，因为他们诗意地追踪着他们必须道说的东西。在对美妙事情的追踪中……这个世界时代基于存在中，并且要求着人类。”③ “爱情”在理想型文学中的表现，常常与

① ［德］叔本华：《作为意志和表象的世界》，石冲白译，商务印书馆2009年版，第377页。

② 西渡：《壮烈风景：骆一禾论、骆一禾海子比较论》，中国社会科学出版社2012年版，第280页。

③ ［德］马丁·海德格尔：《林中路》，孙周兴译，上海译文出版社2004年版，第335页。

“失败”关联，表现为“孤寂”的理性追问与质询。海子晚期“大诗”写作的宏大志向，多少也与他所遭遇的失败爱情经历相关。他写道：“一切都源于爱情。/一见这美好的诗句。”但是比起美好的“爱情”，孤寂与虚无显得更为黑暗，“诗歌的金弦瞎了我的双眼/我走进比爱情更黑的地方/我必须向你们讲述　在那最黑的地方”，“黑的地方”是人类心灵的秘密地带，作为“诗人”必然要向此处冒险与做出道说，不断探求存在的价值与可能，最终让“讲述”变成文本的价值与旨向。“灰烬”，意味着死亡与虚无，海子所遭遇的精神世界如烈火般焚烧，变得更加“虚无”“孤寂”，而这类否定性的情感同属于哲学的“死亡”范式，它们建构了“死亡”的形而上学的意义与价值，因此，“向死而生”的“黑暗”诗学，不断让存在在自身得以完成与和解。“修辞既形成了我们生活的世界，又取消了我们生活的世界，既赋予我们意义，又剥夺了这个意义。”① 诗人胸怀抱负与立场，他要用“修辞”解构和颠覆生活世界与日常话语，这个“修辞”意义指向性明确。“惟语言才使存在者作为存在者进入敞开领域之中。在没有语言的地方，比如，在石头、植物和动物的存在中，便没有存在者的任何敞开性，因而也没有不存在者和虚实的任何敞开性。”② 在娱乐化、消费化时代到来之际，海子的诗学建构践行诗歌和心灵的本体追求，确认着庄严沉思与形而上学的身体在场与思想可能，这不仅是关于“孤寂”（虚无）的命题，更是有关人类的精神价值如何建构的终极话题。

在“虚无”的年代，人类心灵何处而去!? 对“爱情”与“死亡”的形而上学“讲述”，建构了海子的生命哲学，并以此为“道说”，主动做出回应与回答。“男子适于战争，女人适于生育：但两

① ［美］安德鲁·本尼特、尼古拉·罗伊尔：《关键词：文学、批评与理论导论》，汪正龙、李永新译，广西师范大学出版社2007年版，第80页。

② ［德］马丁·海德格尔：《林中路》，孙周兴译，上海译文出版社2004年版，第61页。

者却适于以头和两腿跳舞。其间没有跳舞的日子是一种损失。没有带来欢笑的一切真理都是虚伪。”① “爱情”毗邻着“真理”，两性之爱，在此变成永恒的诗学诺言与话语实践。

海子写道：

让我离开你们　独自走上我的赤道　我的道
我在地上的道
让三只悲伤的胃　燃烧起来
（耶稣　佛陀　穆罕默德）
三只人类身体中的粮食
面朝悲伤的热带吟诗不止。

让我独自度过一生　让我独自走向赤道
我在地上的道　面南而王是一个痛苦过程
我为什么突然厌弃这全部北方　全部文明的生存?!
我为什么要　娶赤道作为妻子
放弃了人类女儿……分裂了部族语言。
人们啊，我夺取了你们所有的一切。夺取了道。
我虽然答应了王者们的请求，赦免了他们的死。
让我独自走向赤道。
让我独自度过一生。

——《太阳王》

“独自走上我的赤道”，这种“道”与三种圣人错开、分裂而形成的超验诗旅与远方，海子的圣哲感应（姑且保持中性的态度审视这种“自我圣化”）已经将他拉向更为虚无缥缈的臆想。“社会、

① ［德］尼采：《查拉斯图拉如是说》，尹溟译，文化艺术出版社 1987 年版，第 253 页。

经济、宗教制度能从不同的历史根源，在世界不同的地区成长起来，语言也是这样，沿着不同的道路向类似的形式集合……在世界上相隔很远的地区可以看到类似的趋势。”① 海子此时搏击重返人类意识与“泰初有道”的语言状态，这种呓语与召唤布满了宗教与神助的氛围，他甚至要与其并立或者超越他们，“分裂了部族语言”，将会在此达到合一与同一。他“自我圣化”无疑是清醒的，不断对生命发出如此追问，对其结果的孤寂感与空无体验同样有着深刻的认识：“让我独自走向赤道。/让我独自度过一生。”这是“大诗”的冒险，也是灵魂的悖论。这种受难的激情与献祭成就了痛苦而清醒、幻象且真相的创造性写作。“我和你漫游于最遥远的，最冷酷的世界，如同自愿憧憬于冬天的屋顶和雪上的幽灵。我和你深入一切的禁地，一切最坏和最远的地方：假使我有着所谓的道德，那就是我不惧怕任何的禁制。我和你粉碎我的心所敬重的；我推倒了一切的界石和偶像；我追逐了最危险的愿望——真的，我横跨过一切的罪恶。我和你都不再学会信仰了，言语和价值和伟大的名号。当魔鬼去掉了他的皮，他的名号不也剥落了么？因为那也是皮。或者恶魔的自身也就是一张皮。”② 海子要推倒的是“界石”和“偶像”，他潜入“黑暗”的、形而上学的质询与勘探，为“人类心灵”找着“原道”与初心。

“黑暗”是最佳的灵魂与真相的催化剂，为海子晚期“大诗”染上了一层浓厚思辨的“神性”质地，同时，“黑暗”也作为形而上学的艺术动力与思想砝码，催生着海子苦难奔走于探险之途的内心转化与灵性抵达。“作诗并不是在诗歌和歌唱意义上的一种诗。存在之思乃是作诗的原始方式。在思想中，语言才首先达乎语言，也即才首先进入其本质。思想道说着存在之真理的口授。思想乃是

① ［美］爱德华·萨丕尔：《语言论》，陆卓元译，商务印书馆 2010 年版，第 109 页。

② ［德］尼采：《查拉斯图拉如是说》，尹溟译，文化艺术出版社 1987 年版，第 326—327 页。

原始的口授。思想是原诗；它先于一切诗歌，却也先于艺术的诗意因素，因为艺术是在语言之领域的狭窄意义上，一切作诗在其根本处都是运思。思想的诗性本质保存着存在之真理的运作。”①

海子写道：

你的头骨——那血染的枷铐/头颅旋转/空虚　和黑暗/我看见了众猿或其中一只

——《太阳王》

在伟大、空虚和黑暗中/谁还需要人类？/在太阳的中心谁拥有人类就拥有无限的空虚……群女在隔壁的屋子里　唱着/一间屋子是空虚。/另一间屋子还是空虚。/（群女正在草原或海水绝壁上熏黑身子幽幽唱着。）/群女或为复仇女神、命运女神、月亮女神/或为妓女或为琴师或为女护士或为女武神/或为女占卜者。在这无边的黑夜里/除了黑暗还是黑暗。除了空虚还是空虚/除了众女还是众女。我将她们混为一谈/我这赤道地带的母猿可以为她们设计各种时间各种/经历。各种生存的面具

——《猿》

太阳刺破我的头盖像浓烈的火焰撒在我的头盖/两只乌鸦飞进我的眼睛/无边的黑夜骑着黑夜般的乌鸦飞进我的眼睛//脸是最后一头野兽/黑夜是一条黑色的河。/太阳的枪管发热后春火涨漫山谷/五根爪子捧着一颗心在我的头盖上跳舞并爆裂

——《合唱》

我不愿打开我的眼睛/那一对怒吼黑白之狮/被囚禁！被抛掷在一片大荒！//听一声吼叫！听一声吼叫！/我的生活多么盲目　多么空虚/多么黑暗/多么像雷电的中心

——《鸣——盲诗人的另一兄弟》

① ［德］马丁·海德格尔：《林中路》，孙周兴译，上海译文出版社2004年版，第345页。

> 我的儿子/仇恨的骨髓/愤怒的骨髓/疯狂的自我焚烧的骨髓/在太阳中央/被砍伐或火烧之后/仍有自我恢复的迹象。/我的儿子！我的儿子！/内脏黑暗　翻滚过地层/我是儿子便是宝剑的天性/软软地挂在我骨头上的车轮和兵器——是我的肉体/是我的儿子　他伸出愤怒的十指向天空责问/那些肉体上驾驶黑夜战车的太阳之人　太阳中的人到底是谁呢？//到底是谁呢？伴随了我的一生/试其刀刃光芒与残酷阴郁/那些树下的众神还会欢迎我回到他们的行列吗?!//我走到了人类的尽头
>
> ——《合唱》

显然，“在伟大、空虚和黑暗中/谁还需要人类？/在太阳的中心　谁拥有人类就拥有无限的空虚”，“在这无边的黑夜里/除了黑暗还是黑暗。除了空虚还是空虚”，“空虚”与“黑暗”紧密相随，“人，给我血迹　给我空虚”（《司仪（盲诗人）》），“黑暗”是隐秘内心的隐喻，如悬崖峭壁般深渊的空荡与无限，也蕴含着孕育和转化等诸多可能，“我愿独自一人奔跑，使我的周围又变得光明。因此我必须走得很远而且快乐。但在晚间，在那里和我跳舞罢！”① 海子以其有限的生理能量搏击无限永恒的精神长河，追寻“黑暗的灵光”。这是一条秘密的情感纽带和思想地带，推动着海子在形而上学诗化道路上的不断探索，也开辟了海子式自我道说的灵性居所与生命路径。“筹划着的道说就是诗：世界和大地的道说，世界和大地之争执的领地的道说，因而也是诸神的所有远远近近的场所的道说。诗乃是存在者之无蔽状态的道说。”② 海子同尼采、海格德尔等先哲的思想不谋而合，他们对西方现代性及神性的自我救赎，布满了宗教般的狂热与受难式的激情。“黑暗”是

① ［德］尼采：《查拉斯图拉如是说》，尹溟译，文化艺术出版社 1987 年版，第 328 页。

② ［德］马丁·海德格尔：《林中路》，孙周兴译，上海译文出版社 2004 年版，第 61 页。

“太阳”光芒的隐匿，也是人类命运悖论的永恒启示，它无数次出现在海子晚期“太阳七部书”中，也赋予了文本无限的思想“灵光”。“而思想乃是在思想者的历史性对话中的存在之真理的作诗。”① 诗性言说，转化了颇具压力与可怖的“黑暗”，也使伟大艺术具有穿透灵魂之可能。

海子写道：“太阳在自己黑暗的血中流了泪水。/那就是黑夜。/五谷坐下来/泪水流出了身体/身体长出了河流与道路。”（《鸣——诸王、语言》）在这里，“太阳”“黑暗”“血中”“泪水”“黑夜”“五谷”（生存）“身体”“河流”“道路”走向合一与对等的精神实质，虽彼此差异，却紧密相连，相互孕育，共同生长，对“太阳”的精神膜拜、对“黑暗”的内部探索、对“泪水”所持有的悲悯情怀和“身体”的在场，让未完成的“诗剧”充满了舞台观看效果与思想冲击的文化电流。

晚期“太阳七部书”的价值就在于海子通过不同于传统外部诗性空间的言说，而走入了内部甚至“黑暗”的灵魂地带的精神探险。“‘生成’这个单纯的和不确定的词语并不意味着万物的某种流变，并不意味着纯粹的状态变化，也不是指无论何种发展和不确定的展开。”② 内心质询、艺术书写、身心交融、精神复活，彼此不再冲突，而是精神同源、神性合一，它们通过身心的超验与感应，实现了内心的和解与沟通，也实现了生命价值的全部置换与意义生成。

第三节 终极之问：我是“谁”

在晚期“太阳七部书”中，海子经常用“谁”来发出“天

① ［德］马丁·海德格尔：《林中路》，孙周兴译，上海译文出版社2004年版，第394页。

② 同上书，第243页。

问”，似乎“神迹”显示，诗性言说的传统从屈原、李白到海子，似乎构成了一个有效的轮回与传承。这种浪漫主义的天才心灵跨越了年轮与文化，直逼人类心灵深处。他们不断对未知的、不确定的、延宕的和模糊的意识世界提出质询。事实上，这样的追问勇气、思想延异成就了海子的诗学气质与灵魂质地。海子执着一生的疲倦奔走与苍茫意识，在“终极之问”中，完成了诗性言说、道说的价值与意识建构。肉身事实性的局限与束缚，与世界之间保持着秘密与幽暗的通道，是精神深处永远无法抵达的心灵慰藉与思想可能。

海子写道：“谁摸头　头已不在？（血肉横飞　脸也飞去）/谁所有的骨头都熔化在血液里？/谁的豹子　坐在一只兴高采烈升上天空的子宫——/那是谁的子宫？/我们藏身的器皿。”（《鸣——诸王、语言》）“谁隐生？谁潜伏？谁不表现为生命？/谁不呼吸　不移动　没有消化作用　神经系统/也已关闭？/谁站在断头台上/谁使用我们落在头颅的大杯——还有天空的盛宴？/沙漠深处　谁在休息　谁总是手持火把在向/我走来？/谁的残暴使旷野的阴暗暴露/谁马群幻觉的灵魂披散于天空/谁让众鸟裸露　交配死亡。”（《鸣——诸王、语言》）显然，《太阳·诗剧》中布满了隆重庄严的无限“天问”，直逼神性的自我拷问。“谁让我们首先变得一无所有地出现在地平线上？”“我不停地落入谁的灰烬？”这种受难式的激情与归宿，似乎隐喻了海子短暂而又庄严的一生，像舞台景观一样，标示着对时代文化的反思与批判。“诗人”，所彰显的伟大心灵意义与精神价值得以在此类精神探险和冒险中实现和完成，不断揭示生命被质询之后所保持的平衡与清醒意识。

“世界”并非一个结局，从外部迈向内部的省思与勘探，让世界变得丰富与深沉。“我是谁”，这一古老的哲学命题，在“太阳七部书”中一次次展示于思想的舞台，追问着人类心灵的无限与可能，也同样是人类“大我”与“个体”命运的象征。既无肯定答案，亦无确切答案。“在上帝面前么！——但现在上帝已死！你们高人们哟，这上帝便是你们最大的危险。”[①] “时间”所蕴含的无限才情和秘密，支撑起人类的劳动与激情，昭示诗人艰辛而无限的沉潜与摸索。海子写道：“时间有两种。有迷宫式的形式的时间：玄学的时间。也有生活着的悲剧时间。我们摇摆着生活在这两者之间并不能摆脱。也并不存在对话和携手的可能。前者时间是虚幻的、笼罩一切的形式。是自身、是上帝。后者时间是肉身的浑浊的悲剧创痛的、人们沉溺其中的、在世的、首先的是人，是上帝之子的悲剧时间，是化身和丑闻的时刻。是我们涉及存在之间的唯一世间时间——‘在世’的时间。我们沉溺其中，并不指望自拔。”[②] “时间”仿佛不幸落入“仇恨”的手掌，苦苦不能自拔，诗人要形成与超越这一“绝对时间”，而“太阳七部书”长卷便是对“时间哲学”的深刻洞见与领会。海子写道：“头盖骨被掀开/时间披头散发/时间染上了瘟疫和疾病/血流满目的盲目的王/沿着没落的河流走走//诗歌阴暗地缠绕在一起/春天的角渗出殷红的血/胜利者把火把投入失败者的眼眶。”（《鸣——盲诗人的另一兄弟》）由此可见，“太阳七部书”中的“时间”变得血腥、暴力、撕裂、虚无，这是由海子晚期无助脆弱的生理局限所导致，同时也加重了他的内心紧张与绝望。海子既站在形而上学的“时间”面前，也走入生活与世俗的“时间”里，以满布思辨与知性的精神探索，直达“时间”与人类主体的终极追问，将黑暗、苦难转化为“时间”的虚无体验与理性审视，进而走向“存在论”意义上的诗性言说与生命哲学。

海子走出生命的困境，使自己的诗学和生命哲学抵达更高远的

---

① ［德］尼采：《查拉斯图拉如是说》，尹溟译，文化艺术出版社 1987 年版，第 343 页。

② 《海子诗全编》，上海三联书店 1997 年版，第 908 页。

思想。“推动诗人进行创作的动力与其说是反映世界的欲望，不如说是对死去的作家的声音作出反应，并对之发出挑战。”① 海子完全沉浸于这种撕裂与疯狂的“声音”，自我魔化与圣化，从而与诗化哲学渐行渐远。海子被“时间”所抛弃，他在黑暗的道路上再也无法回头，在此意义上，这部未完成的《太阳·诗剧》便是历史与命运的双重脚注。

“大诗”话语，体现了某种艺术精神与综合素养的多重修炼，海子从“小诗”（纯诗）到“大诗”，这种以语言为本的诗学理论，影响了20世纪90年代以来的诗歌话语实践与艺术追求。海子以挑战和搏击“反讽”的姿态，重新返回隐喻与神话思维，为当下文化的话语转义提供了可能。20世纪开始，加速了转义从修辞学层面向认知思维的转换，成为人文学科许多领域考察历史和文化的认知视角。新历史主义理论家海登·怀特认为“隐喻、转喻、提喻和反讽”四种“转义”形式，构成一个认知思维的“轮回”。海子的大诗话语无疑是对这一理论的尝试与实验，尽管最终“失败”，但也提供了文化的警醒功能。这种隐喻与神话思维的“大诗”话语，指向“肯定”的情感与价值的文化意识，替代“否定”的情感与价值的写作，以积极的“建构”精神抵抗同期物质文化和功利文化所带来的负面影响，创作上用隐喻、神话思维解构“反讽”背后渗透的“虚无意识”。海子晚期“太阳七部书”的错乱与疯狂，给学术界造成了前所未有的认同障碍，海子“大诗”在此意义上蕴含着时代的创伤与悲剧意味。比起世界需要诗人来，诗人更需要这个世界，因此最终不是诗人去完成对于世界的拯救，而是由世界来完成对诗人的拯救。海子对“文化虚无”的无奈与无力，启示时代应重新思考精英情怀与时代精神之间的复杂与悖论，及时予以批判与反思。

---

① ［美］安德鲁·本尼特、尼古拉·罗伊尔：《关键词：文学、批评与理论导论》，汪正龙、李永新译，广西师范大学出版社2007年版，第72页。

海子晚期“太阳七部书”写作这一过程往往在“时间”的审视中得以转化和完成。通过“时间”提示着我们对思想的认同姿态与生命智慧。但如果把“精神实体”无限放大，乃至陷入“自我圣化”与“魔化”，这种写作必然走向损耗与危险。但作为文学研究，我们这种客观冷静的审视态度于艺术创作本身就是一个悖论。

第十章

《太阳·弥赛亚》：巨石铺成的天空

海子晚期“太阳七部书”通过超验与感应的象征主义写作、身体献祭与宗教诉求，及其所蕴含的神话、史诗式的身体血腥、壮观、破碎的悲剧，呈现出海子诗歌的精神含量与精英情结，从而回避了与大众文化合谋的“口语写作”，在民族性与时代性的灵魂深处探索被遮蔽的诗性言说与文化担当。在《太阳·弥赛亚》中，海子一方面展示了其恢宏隆重的历史、文化与宗教合一的“大诗”，另一方面在这种超验与幻象中慢慢消耗与透支了个体的生命能量与才情展示，“幻象是人生为我们的死亡惨灭的秋天保留的最后一个果实，除了失败，谁也不能触动它。人类经验与人类幻象的斗争，就是土地与沙漠与死亡逼近的斗争。幻象则真实地意味着虚无、自由与失败（——就像诗人的事业和王者的事业：诗歌）：但绝不是死亡。”[①]在“幻象”的诗性言说中，他直逼“虚无、自由与失败”，也无助地意识到精神“胜利”与“诗人的事业”的“绝非死亡”。语言本体与文化抱负的融合使得“大诗”话语走向了“诗与真理、民族与人类”的合一，突破了时间与时代文化语境的局限。

---

① 《海子诗全编》，上海三联书店1997年版，第904页。

第一节 大诗：断裂的诗意

《太阳·弥赛亚》是海子生前最后一部“大诗”，包括三个部分：“献诗”“太阳”以及“作为此《太阳》这段经文的补充部分”的“原始史诗片断”。显然，这仍然是一部未完成的、有待进一步创作的“作品”。在海子看来，“诗有两种：纯诗（小诗）和唯一的真诗（大诗），还有一些诗意状态”。[①] 诗的这三个种类彼此差异与分散，从表现层面，它们既包括舞台上展演的诗剧、传统的抒情诗，也包括闪烁其后的“真诗（大诗）”及其价值与意义，同时这种“诗意状态”，不言而喻，也具备诗性与艺术性。将这些类型与表现当作一个整体来看，即回归到诗作为一种审美思维的追求。它们一方面能够更完整地观照海子的诗学价值，另一方面又可以理解断裂的与未完成的“太阳七部书”其内在沉思的同一性和互文性。海子的每一种诗性言说都与“大诗”的精神实质相吻合，每一个诗性言说都内化为“大诗”雕琢的“瞬间”。“在这样的瞬间里，诗人才会感到‘每一个形成默默静止’。无疑，这是一种弥赛亚式的瞬间（Messianic‘now’），它的任务是将历史整体主义那均质化的时间中断，其本质是一种断裂的当下。”[②]

事实上，不论是在这些“种类”之间，还是在“太阳七部书”内部之间，都呈现着分散而又统一，差异而又融合的诗性思维与审美态度，彼此依照、彼此增补、彼此推动、彼此生成。“文学文本不仅仅是描写声音，而且也诉说关于声音所发生的事情，以及我们

---

① 《海子诗全编》，上海三联书店 1997 年版，第 888 页。

② 卢迎伏：《从“我言”到“天使”——里尔克的存在诗学研究》，中国社会科学出版社 2016 年版，第 17 页。

应该怎样聆听声音。”[①]“大诗”的完成与诗意言说（“诗意状态”）和“纯诗（小诗）”紧密关联，互为表现，凝聚了这些“断裂的诗意”，合一而整体地建构了海子晚期“太阳七部书”的诗学“声音”。

海子“太阳七部书”，像一道思想画廊展示着海子对“太阳”这一精神背景的冲动与激情，“‘太阳七部书’是中国诗歌史上一份独特的精神和文本建制。它是海子彻底深入生命内部和诗歌内部后所留下来的生命体验和精神体验记录。它是在心灵的基点说出的透明、洁净的灵魂话语，是对人的生命存在根本处境的觉醒与道说，是人类精神苦难的本质表达。”[②] 与“太阳”相关的“文化”意象包括“黑夜”“黑暗”“孤独”“虚无”“空虚”“绝望”“诗歌”等，相对于东方抒情话语，“太阳”这一精神企及更充满了形而上学的现代意味，它们共同建构了海子诗学的精神谱系与文化价值，呈现了他的诗学和文化贡献与积极影响。

《太阳·弥赛亚》（《太阳》中天堂大合唱）的“前言”引用了德国历史学家斯宾格勒的名言：“但是这并不是意味着它是一首‘诗’——它不是。”显然，在海子看来，“太阳七部书”不仅是“诗”的写作，而且是一种指向时代精神式微与衰落的文化审视，或者是一条指向人类迷茫与失落时期的人性洞见与思想路径，它是介于“民族与人类、诗与真理”之间的大生命与大哲学式的呼吸与涌流。“文学中最重要的是关于人和什么是人的问题，因此也就是关于非人和什么不是人的问题。文学让我们思考如何限定人类的边界，甚至改变我们对人类和人性观念所持的不加思考的态度。最后，文学本身可以被看作是一种畸形或变异的话

---

① ［美］安德鲁·本尼特、尼古拉·罗伊尔：《关键词：文学、批评与理论导论》，汪正龙、李永新译，广西师范大学出版社2007年版，第73页。

② 胡书庆：《大地情怀与形上诉求》，河南人民出版社2007年版，第9页。

语，一种异化的非人的人文主义。”[①] 海子面对的正是“偶像的黄昏”的衰弱与重估一切价值的“转型”年代，是受难激情与灵性搏击相交织的特殊年代。他从人类否定性的情感与价值体系出发，结合现代哲学反思与批判的精神内核，践行了“大诗”所维系的精神谱系与文化抱负。

他在“献诗”中写道：“谨用此太阳献给新的纪元！献给真理！/谨用这首长诗献给他的即将诞生的新的诗神//献给新时代的曙光/献给青春。”[②] 同样，海子在“献诗”的其他部分也赞美了“青春”，比如：“先是幻象千万/后是真理唯一/青春就是真理/青春就是刀锋/石头围住天空/青春降临大地/如此单纯”（《大合唱：献给曙光女神　献给青春的诗》）；“我站在太阳上/我发出一种声音/我召唤天地/围着火与青春/我的声音与火俱在/我要召唤天堂的青春/我要召唤火与夜的青春/我使它们获得了青春”（《打柴人》）。显然，海子晚期“太阳七部书”的规划，也蕴含了海子诗歌的“青春性”特质：稚气显出单纯、灰色呈现简朴、撕裂饱含热爱、绝望孕育激情，它们是诗与自我的实心，也是灵性与神性的依托。海子的“青春性”写作不同于一般的校园写作和习诗者的初始练习，而是重返语言与思想的质朴状态，从而使他的思想情怀与文化抱负得到更多的认同与尊重。青春型写作所表现出来的单纯与质朴，恰恰是“诗性”永远欲以保护、维系的传统与内蕴，也是直逼人心、人性的真相与内核。

“太阳七部书”不仅是源于现实境遇的“心灵”发“声”，也是诗人自身对隐秘世界的神性吁求。“诗歌”无数次出现在他的

① ［美］安德鲁·本尼特、尼古拉·罗伊尔：《关键词：文学、批评与理论导论》，汪正龙、李永新译，广西师范大学出版社 2007 年版，第 219 页。

② 《海子诗全编》，上海三联书店 1997 年版，第 801 页。本章所引海子诗歌皆出自《太阳·弥赛亚》。

“大诗”话语中，并作为精神实体完成对肉身与现世的救赎与净化，这是海子终其一生践行的生命哲学，他通过语言不断切近、沟通自我与世界的隐秘通道，“诗歌”既是诗性言说与亲证，也是他抵达生命在场的现实可能。诗歌的写作对应了人类另一超验与混沌的思维，它既是“太阳”内核中的“黑暗”空间，也是能量播撒与布施的地带。“语言魔术被允许将世界打碎以实现魔幻化。晦暗和不连贯成为了诗歌暗示的前提。”① “诗歌”在海子晚期写作中显现神性力量，“诗神”召唤着苦难而执着的海子在人类的“晦暗”空间穿越黑暗和虚无，最终实现“向死而生”的生命突围。“他的诗留了下来，就像他自己所期望的‘全部复活’。这复活的海子永远是一个伤口。它集中了我们这些和他一样的人全部的死亡与疼痛，全部的呜咽和悲伤，全部的混乱、内焚和危机；人们纪念他，就像纪念自己的负伤和思念多么像一个伤口的黎明。”②

他写道：“我的这首用尽了天空和海水的长诗//让我再回到昨天/诗神降临的夜晚/雨雪下在大海上/从天而降，1982/我年刚十八，胸怀憧憬/背着一个受伤的陌生人/去寻找天堂，去寻找生命/却来到这里，来到这个夜晚/……这个陌生人是个老人/奄奄一息，双目失明/几乎没有任何体温/他身上空无一人/我只能用血喂养/他这神奇的老骨头/世界的鲜血变成的马和琴。”（《献诗》）这里诗人交代了自己的“年龄”：1982 年，十八岁的海子冥冥中开始靠近了“诗歌”，开始了在精神上“寻找天堂”“寻找生命”；到了 1986 年，海子便把整个生命用于“太阳七部书”的“大诗”实践。此时，单纯地把“诗歌”看作生命的重要内容与行为方式，与 80 年代作为理想文学年代的背景紧密相关，整体宽容而活跃的思想氛围

① ［德］胡戈·弗里德里希：《现代诗歌的结构：19 世纪中期至 20 世纪中期的抒情诗》，李双志译，译林出版社 2010 年版，第 15 页。

② 金肽频主编：《海子纪念文集·评论集》，合肥工业大学出版社 2009 年版，第14 页。

使“诗歌”变成同期社会建设最为重要的文化符号，进而建构了一个时代精神的诗性与理想性。但是，随着社会物质化与消费生活的转型，“诗歌”一下子失去了她影响力情感符号的价值。面对现实、时代之境遇，海子仍然仰望星空，坚持以隐喻与神话的思维去突围社会消费话语背后的“文化虚无”。

他将诗与哲学、宗教靠拢，不断抵达“大诗”话语的理想境界——一种靠近神性的、灵魂的写作，“1988 年 11 月 21 日诗神降临//这个陌生人是我们的世界/是我们的父兄，停在我们的血肉中”，世界变得异常真实与陌生，最终变成“马和琴”的呜咽，滑过时空，坠沉大地。正如尼采的呼唤：“你们高人们哟！向上面前进罢！只有现在人类未来之高山感受大的痛苦。上帝已死：现在我们热望着——超人生存！”① 海子所认为的“诗歌王国”已经变成一种超验的存在，他最终要完成的还是“诗歌”，以及与之伴随的哲学观照和神性诉求。对“诗歌”的追求，诗人最为看重的必然是“语言”，语言是诗人表达情感的重要媒介，通过语言可以呈现自我内心，展开形而上学的沉思，强化对世界秘密和精神秘密的洞悉与抵达。正如海子写道：“真正的艺术家在‘人类生活’之外展示了另一种‘宇宙的生活’（生存）。”②

“在世界和我的身上，已分不清/哪儿是言语哪儿是经历/我现在还仍然置身其中。/在岩石的腹中/岩石的内脏/忽然空了，忽然不翼而飞/加重了四周岩石的质量/碎石纷飞，我的手稿/更深地埋葬，火的内心充满回忆/把语言更深地埋葬/没有意义的声音/传自岩石的内脏。”（《献诗》）“石头不是/世界的开始/是虚无。虚无中/原始只有/一种形式/它就是吃//吃还没有开始/世界全是天空/吃。一经开始/就是吃着的嘴//他秘密地说着/秘密地吃/虚无中出现

---

① ［德］尼采：《查拉斯图拉如是说》，尹溟译，文化艺术出版社 1987 年版，第 344 页。

② 《海子诗全编》，上海三联书店 1997 年版，第 909 页。

了空气/空气突然化成了石头和水/石头围住了　他的说和吃/石头围住了天空/他秘密地说着，他秘密地吃/秘密一经走动，就是世界和我/他最亲密的伙伴是食物和言语。”（《猎人》）显然，“语言”（“言语”）是抵达“诗歌”内部秘密的途径，也同样作为精神实体支撑着诗人的抱负与信念。语言内部分化/统一着诗人的精神气息与灵性光辉。“诗歌必须是在诗歌内部说话”（《化身为人》），这一部分的副题为：“献给赫拉克利特/释迦牟尼/献给我自己/献给火。”海子的隐秘世界与这些圣哲相关，也与“自我圣化”的“自我”相关，是一种“火”的喷薄与激情，这一切都是关于“时间”的秘密，关于“虚无”的形而上学体验。“时间又是我的身体这个现象的形式，也是任何客体的形式；因此身体乃是我认识自己意志的条件。准此，没有我的身体，我便不能想象这个意志。”①“身体”也如“语言”，既是物自体，也是生命道说。“人类是偶然。”（《化身为人》）“语言”成为“偶然”的精神事件与思想洞见。语言本无生命，但诗人赋予了语言通灵的生命气息。“语言本身就是根本意义上的诗。但由于语言是存在者之为存在者对人来说向来首先在其中得以完全展开出来的那种生发，所以，诗歌，即狭义上的诗，才是根本意义上最原始的诗。语言是诗，不是因为语言是原始诗歌（Urpoesie），不如说，诗歌在语言中发生，因为语言保存着诗的原始本质。”②

海子的诗性言说，将所有芜杂的文字与各种体裁统一起来，以诗性与哲思启示人类的诸种可能。这些“断裂的诗意”聚敛形成思想的火光，照耀了“太阳七部书”中的“大诗”行动与光芒。

---

① ［德］叔本华：《作为意志和表象的世界》，石冲白译，商务印书馆 2009 年版，第 152 页。

② ［德］马丁·海德格尔：《林中路》，孙周兴译，上海译文出版社 2004 年版，第 62 页。

第二节 太阳："大诗"内核

"太阳"的光芒照耀海子所向往、憧憬的精神天堂，这是海子灵魂最终要抵达的弥赛亚和安息地，或者出于宗教的冲动，或者出于诗歌的雄心抱负。在《太阳·弥赛亚》中，海子不断发出质询："又有谁在?""太阳"作为象征性的精神天堂，代表着公正的"弥赛亚"，代表着光芒、高度、赤诚、热烈。海子在《诗学：一份提纲》中写道："贵族是血、躁动、杰作、宗教、预感、罪恶感、沉闷、忏悔、诉说不休、乞求被钉上刑柱。"[①]诗人对自己的"大诗"理念及实践极为明晰：一方面表现为精神上宗教受难的激情，另一方面体现为贵族与英雄的文化担当与灵魂搏击。"太阳"，这个自然意象已经变成西方救赎文化的思想隐喻与精神象征，极具形式意蕴与神性意味。

海子一次次地讴歌光芒四射、充满受难激情的"太阳"，诗人甚至带着狂热的气息写道："我召唤/中间的沉默　和逃走的大神/我这满怀悲痛的世界/中间空虚的逃走的是天空/巨石围在了四周//我尽情地召唤：1988，抛下了弓箭/拾起了那颗头颅/放在天空上滚动/太阳！你可听见天空上秘密的灭绝人类的对话"（《献诗》），"太阳"是"太阳七部书"的精神实体和哲学观照，海子在这样的精神背景下，突破民族与时代的局限，走向普世伦理的诉求与观照。"我接受我自己/这天空/这世界的金火/破碎　凌乱　金光已尽/接受这本肮脏之书/杀人之书世界之书/接受这世界最后的金光/我虚心接受我自己/任太阳驱散黎明。"（《献诗》）"杀人之书"与"世界之书"本身就是矛盾关系，海子超验与感应的象征主义写作，

① 《海子诗全编》，上海三联书店1997年版，第910页。

充满了种种思辨与存在意味，正如“太阳”既聚集着世界光热同时也是潜伏着无限可能的巨大“黑洞”。“最后一个灵魂/这一天黄昏/天空即将封闭/身背弓箭的最后一个灵魂/这位领着三千儿童杀下天空的无头英雄/眼含热泪指着我背负的这片燃烧的废墟/这标志天堂关闭的大火/对他的儿子们说，那是太阳。”（《秘密谈话》）在“太阳”内核的光芒与热能之下，献祭与“废墟”的事实被“太阳”拒之“天堂”之外。“‘在曙光中/抱头上天/太阳砍下自己的刀剑/太阳听见自己的歌声’//昔日大火照耀/火光中心 雨雪纷纷/曙光中心 曙光抱头上天/肮脏的书中杀人的书中/此刻剩下的只有奉献和歌声/移动我的诗 登上天梯/那无头的黎明 怀抱十日一齐上天/登上艰难的 这个世纪/这新的天空。”（《献诗》）“太阳”自身也表现他的奉献与受难，移植与装置的是“诗”的“天空”，它们与太阳互为指称，互为光芒；“太阳剥了我的皮/削尖了我的骨头/砍成两截/白为昼，黑为夜/一截是黑暗/另一截是光明”（《天堂里的流水声》），“太阳”代表着光芒、高度、方向、未来。“作为真理之自行设置入作品，艺术就是诗。”[①]“太阳”，是海子追求的神性所在，是其晚期“太阳七部书”赞美与沉思的对象，她不仅是诗中对话与沟通的超验之心，更是人类伟大性灵的见证与展示。但是，“太阳”光芒并非轻易能够占有，它考验、折磨着诗人疲倦的身心，在一次次苦难困境的转化与升华中，海子一步步地向他“大诗”所追求的普世性和神性进发，“艺术进入美学的视界之内了。这就是说，艺术成了体验的对象，而且，艺术因此就被视为人类生命的表达”。[②]召唤那秘密的、沉寂的、隐蔽的生命意识，“太阳”内核闪烁着诗人的思辨与视角，也见证着他的内部运行与光晕播撒。

他写道：

---

① ［德］马丁·海德格尔：《林中路》，孙周兴译，上海译文出版社2004年版，第62页。

② 同上书，第77页。

升出大海
在一片大水
高声叫喊“我自己”！
　　　　“世界和我自己”！
他就醒来了。
喊　喊着“我自己”
召唤那秘密的
沉寂的，内在的
世界和我！召唤，召唤

——《献诗》

海子执着于“太阳七部书”的“大诗”理念，执着于“世界之书”的灵性体验与神性追求，“太阳”之“光”的肖像正是神谕启示。正如里尔克所言：“有个人说‘光’，我们仿佛听到‘一万个太阳’。他说白天，你听到的是‘永恒’。你突然明白了：他的灵魂在说话，不是出自于他，不是通过那些你第二天就会忘记的渺小的话语，也许是通过光，通过声音，通过风景。因为，如果一个灵魂说话，它便在万物当中。它将一切唤醒，赋予它们声音，它让我们听到的总是一支完整的歌。”[①] 海子写道：“火光中心雨雪纷纷我无头来其中/通向天空的火光中心雨雪纷纷。/肮脏的书杀人的书戴上了我的头骨/因为血液稠密而看不清别的//这是新的世界和我，此刻也只有奉献和歌声/在此之前我写下了这几十个世纪最后的一首诗/并从此出发将它抛弃，就是太阳抛下了黎明/曙光会知道我和太阳的目的地，太阳和我！/献给我，我的这首用尽了天空的海水的长诗”（《献诗》），“太阳”作为绝对精神与世界实体，弥补了诗人

① ［奥地利］里尔克：《永不枯竭的话题：里尔克艺术随笔集》，史行果译，东方出版社2002年版，第99页。

的被忽视与被伤害，海子清楚他行动的执着与同一。他给自我留下这首“诗”，这首追求“太阳和我”、诗与真理融合的世界之诗和掀起意识风暴的灵魂“大诗”。诗人反复劝诫、告慰自己：“无头的灵魂/英雄的灵魂/灵魂啊，不要躲开大地/不要躲开这大地的尘土/大地的气息大地的生命/灵魂啊，不要躲开你自己/不要躲开已降到大地的你自己。”（《天梯上传来老石匠的呼喊》）“灵魂”，在诗性与神性的探索道路上变得愈加理想而赤诚、丰赡而充实。不论是“太阳”于外部的热能与方向，还是源自其黑暗“内核”中潜伏的无限可能，它们一起变成海子的精神动力，导引自我向世界做“生命”的极限挑战、搏击。晚期孤寂的书写让他从凡俗人生的经验走向高峰性的“幻象”体验，对经验世界和日常现实充满了反思与疏离的意识，诗中满布着忧郁、怀疑的声音，形成了独特的认知视角。这种“太阳”图腾和理念与“尼采精神”不谋而合，包蕴了对人类自我的悲悯与同情。通过清醒又眩晕的意志，洞悉“太阳”清晰的光芒与高度，海子走向尼采式的“太阳”精神：“查拉斯图接如是说并离开了他的洞府，炽热而强壮，如同一轮正从阴沉的山头上升腾起来的清晓时的太阳。”① 这种巨人与天才的激情，再次彰显了自身与艺术创作的“悖论”与可能。

从“外部”再现转入“内部”沉思，恰恰是西方现代哲学的自我转型，这种精神现象与存在论的独特视角和诗性言说让“诗”与“思”同一。作为生命主体的个人与世界形成了一种矛盾的关系，既彼此紧张冲突，也彼此交融慰藉，这种“或此或彼”的现代之维，也成为海子诗歌写作的理论基础与价值指向。

海子借“火”这个意象发出“自我”的呐喊与精神吁求。他写道：“在我内部/有另一个/微弱的我/在呼喊/在召唤/召唤他自己。”（《火》）海子要将“自我”掏出、分裂出一个与“世界”“诗歌”

① ［德］尼采：《查拉斯图拉如是说》，尹溟译，文化艺术出版社1987年版，第398页。

同一融合的果决灵魂，他在幽暗无序的“太阳”内核中体验与捶打形而上学的混沌、空虚。“打柴人说：/记得在黑暗混沌/一个空虚的大城/分不清我与你/都融合在我之中/我还没有醒来/睡得像空虚”（《打柴人》），在这个空虚的“内部”，海子要寻求的是关于世界与灵魂的全部秘密，这一切都指向了神性万物与命运质询。

他写道：

（天梯上传来老石匠的呼喊：）
天空运送的　是一片废墟
我和太阳　在天空上运送
这壮观的　毁灭的　无人的废墟
我高声询问
又有谁在？

——《太阳》

我背负一片不可测量的废墟
四周是深渊　看不见底
我多么期望　我的内部有人呼应
又有谁在？

我在天空深处
高声询问
谁在？

我背负天空
我内部
背负天空
我内部着火的废墟

越来越沉
更深地陷落

——《太阳》

减轻人类的痛苦
降低人类的声音
天空如此寂静
就要关闭
又有谁在？

——《太阳》

《太阳·弥赛亚》“化身为人”的序诗中写道：“献给赫拉克利特/和释加牟尼/献给我自己/献给火。”① 青春像一场大火，诗写也如大火，它们变成海子“大诗”的生命理念与情感指向，他无数次写到“大火”：“火父亲，火儿子，火母亲/一家烈火，九口人三千人/百亿人口一家烈火/内脏本来是空洞的　岩石的内脏/忽然燃烧起来/内脏起火　内脏已被太阳的饥饿借走/内脏燃烧　被太阳使用　是火的/使成物生长/火红内脏嘎嘎叫/叫着冲开天门”（《打柴人》），“火”与“太阳”互为隐喻，“太阳的饥饿”吞噬一切，又“使万物生长”。“在长长的、孤独的光线中/只有荒凉纯洁的沙漠火光/紧跟他的思想/只有荒凉的沙漠之火/热爱他，紧跟他的脚步//在火光中　我跟不上自己那孤独的/独自前进的，主要的思想/我跟不上自己快如闪电的思想/在火光中，我跟不上自己的景象/我的生命已经盲目/在火光中，我的生命跟不上自己的景象”（《在火光中》），“火”是方向，也是能量，燃烧是其属性，喷薄出“闪电的思想”。“一群群哑巴/头戴牢房/身穿铁条和火/坐在黑夜山坡/一群群哑吧/高唱黑夜之歌//这是我的夜歌/歌唱那些人/那些黑夜/那

① 《海子诗全编》，上海三联书店 1997 年版，第 861 页。

些秘密火柴/投入天堂之火//黑夜 年轻而秘密/像苦难之火/像苦难的黑色之火/看不见自己的火焰”（《夜歌》），“火”在海子晚期“太阳七部书”中是一个极其重要的意象，它既是太阳光明的象征，又毗邻“黑暗”，它们相互映衬，共同勘探与筑建了“大诗”隐蔽的深度真相与生命可能。

太阳、火、黑暗，变成“或此，或彼”的关系，蕴含着诗人身体在场的自我无助与自我强化的高峰性体验，这种矛盾关联形成了“大诗”话语的混沌性与思辨性，导引诗人摆脱现实纠结而进入“弥塞亚”的精神天堂。“文学把语言当做媒介，可是这媒介是分为两层的，一是语言的潜在内容——我们的经验的直觉记录，一是某种语言的特殊构造——特殊的记录经验的方式。”[①] 从字面到思辨，成就了海子语言之诗与形而上学的联结，其背后渗透的宗教情怀，使燃烧与喷薄转向了内在的隐喻与神话思维，它们一起建构了海子“大诗”的精神内蕴与终极之问。

第三节 天空：“中间的空虚”

海子写到了“天空”，它笼罩着世界，又构成对世界的自我呈现；它意味着召唤、沟通，也意味着隐匿与融留。“一部文学作品不可避免地存在多种声音，哪怕它只以一种声音在诉说，或者只对一种声音作出反应。”[②] “天空”，自然是“大地”的隐喻，而“太阳”无愧于“天空的主宰”，“太阳七部书”无疑指向了这种“声音”的揭示与呈现。海德格尔的“天地神人”指出了世界的象征式

① ［美］爱德华·萨丕尔：《语言论》，陆卓元译，商务印书馆2010年版，第199页。

② ［美］安德鲁·本尼特、尼古拉·罗伊尔：《关键词：文学、批评与理论导论》，汪正龙、李永新译，广西师范大学出版社2007年版，第73页。

的联结与呈现关系，它们彼此关联，并合为一体。而“太阳”时常是“神”的象征。

海子写道：“天空/巨石围成/中间的空虚/中间飞走的部分/不可追回的/也不能后悔的部分/似乎我们刚从那里/逃离，安顿在/附近的岩石”（《献诗》），“中间的空虚”是“天空”的属性，但是诗的“天空”却是哲思与神性的合一，其中蕴藏着无数“太阳”的能量与播撒。“寂静的天空 你/封闭的内部/是吼叫的废墟//大海　突然停顿在上空/突然停顿在我的头顶/养老了所有的天空/天地马上就要/不复存在”（《天梯上传来老石匠的呼喊》），这种幻象式的诗性言说指向了撕裂的探索与危险。“莫非你不能适应大地/你这无头的英雄/天空已对你关闭/你将要埋在大地/你不能适应的大地/将第一个埋葬你”（《天梯上传来老石匠的呼喊》），“天空”的超验与感应，加强了这种幻想、幻象的仪式景观。“我站在天梯上/看见这半开半合的天空/这八面天空的最后一面/我看见这天空即将合上/我看见这天空已经合上”（《天梯上传来老石匠的呼喊》）；“世界之上/是天空/万有的天空/一阵沉默/又一阵/沉默”（《金字塔》），“世界之上”的“空虚”便是诗之“沉默”与神启。“天空万有　天空以万有高喊万有　召唤/人类的本能是石头的本能/人类的数学成为石头内部的人/四条底边正向东南西北，坐地朝天/天空在世界之上　一线光明”（《金字塔》），从“中间的空虚”中点亮的这束“光明”，便是“太阳”的意旨。显然，海子要通过诗歌、生命、精神、灵魂的“天梯”搭建“天地神人”交汇的“天空”书写，“天空”成为容纳、思辨、信念与神启的“弥赛亚”。

然而，“天空”并非永远澄澈明朗，并非永远是一条“光明”与“本能”的生命纽带，“中间的空虚”启示着对阴霾与黑暗的智慧领悟，其哲理上的思辨性和敞开性形成了海子“大诗”话语形而上学与神性的合一。“何种终有一死的人能够探测这种纷乱状态的深渊呢？人们满可以对此种深渊视而不见。人们满可以设立一个又一个幻象。而此种深渊并不会消失。”① 对“深渊”的哲学反思与深度体验，自然抵达悟性与直观。

海子写道：“黑夜抱着谁/坐在热情中/坐在灰烬和深渊/他茫然地望着我/这是我的夜歌”（《夜歌》），诗人发出人类心灵中的普世性大我、大命运的终极之问。“人类的本能是石头的本能/消灭自我后尽可能牢固地抱在一起/没有繁殖/也没有磨损/没有兄弟和子孙/也没有灰烬”（《金字塔》），他要在精神探险中进行自我的形塑与建构，试图做出某种努力从而转化苦难、认识真相、繁殖思想、净化灵魂，从现实个体中发现人类大我的秘密与信念。“这一夜/天堂在下雪/整整一夜天堂在下雪/相当于我们一个世纪天堂在下雪/这就是我们的冰川纪/冰河时期多么漫长而荒凉/多么绝望//而天堂降下了比雨水还温暖的大雪/天梯上也积满了白雪/那是幸福的大雪/天堂的大雪//天堂的大雪纷纷/充满了节日气氛/这是诞生的日子/天堂有谁在诞生”（《疯公主》），“大雪”的“荒凉”与“幸福”，两种情感彼此敞开与沟通，形成了“天空”的仪式“雪国”。海子的“太阳七部书”正是一场播撒灵性的“大雪”，“充满了节日气氛/这是诞生的日子”，最终指向“天堂有谁诞生”的终极关怀。海子倾其所有，向“大诗”作了一次灵魂献礼，向人类心灵和中国诗歌作了一次意味深长的“道说”，这是一次伟大的“诞生”，也是一种“孤寂”的诀别。

《太阳·弥赛亚》写到了诗人对充满激情的“弥赛亚”的忠贞向往，但最终却无法实现与完成。海子的未完成与话语行动的错乱与疯狂，也暗示了这种诗意言说的仿真与局限，提示我们个体生活终究无法被幻象世界替代，心灵的价值虽高于生活但也一定要毗邻

---

① ［德］马丁·海德格尔：《林中路》，孙周兴译，上海译文出版社2004年版，第395页。

肉身。“语言本身是表达的集体艺术，是千千万万个人的直觉的总结。……给艺术家的个性以一定的轮廓。如果没有文学艺术家出现，那主要不是因为这语言是薄弱的工具，而是因为这个民族的文化不利于产生追求实在有个性的言辞表达的人格。”① 这种个体与世界的矛盾性、冲突性正是生命自身的规律与真相。当处于精神高地的“太阳”图腾完全支配了世俗生存，“中间的空虚”的诗意言说与日常话语不作分层，企及与思辨的生命哲学的意义就会受到制约与束缚。如何关联肉身与人类、神秘话语与生活话语，取决于艺术创作自身的规律与能量。

海子试图通过“大诗”话语来实现自我的心灵与文化价值，克服现世焦虑与虚无绝望的时代意识，“思想就必须在存在之谜上去作诗。思想才把所思之早先带到有待思想的东西的近邻”。② 通过超验与感应的象征语言为人类图景勾勒出某种可能，不断裂变与创造，实现真理的全部去蔽与在场，这是一次人类集体的实践与试验：语言的，诗歌的，哲学的，真理的，并无结局、答案、掌声与终极。最终，海子所呈现的“大诗”，是深远的，孤独的，边缘的，也是多元、丰盈与可能的。“太阳七部书”留下了无数文本间隙与空白，提供了质询、沉思、感动与慰藉的空间。面对不可逃避的苦难与“虚无”，海子通过生命与艺术的相互启示，寻找人类心灵中渐行渐远的诗性与灵性，为命运之诗、存在之诗指出了一条“向死而生”的现代路径。

综上所述，1986—1988 年期间，从《太阳 · 断头篇》到《太阳 · 弥赛亚》这七部长卷，被称为海子晚期的“太阳七部书”。海子通过对自我、个体及“身体”（肉身）的存在性体验，探讨超验与感应的象征主义写作与“向死而生”的现代之维。“太阳七部书”

① ［美］爱德华 · 萨丕尔：《语言论》，陆卓元译，商务印书馆 2010 年版，第 206 页。

② ［德］马丁 · 海德格尔：《林中路》，孙周兴译，上海译文出版社 2004 年版，第 396 页。

渗透着西方文化与宗教关怀，通过“身体”展开文化之思、展示存在之思与终极之问。在幽暗、晦涩的语言深处，践行超验的表现意识，将“诗、哲学与宗教合一”“诗与真理、民族与人类合一”；在“文化虚无”的时代意识中，重塑普世伦理的价值与可能，也为21世纪汉语诗歌语言本体的书写提供了文本实践与话语启示。

参考文献

一、国内著作

边建松：《海子诗传：麦田上的光芒》，江苏文艺出版社 2010 年版。

陈大为：《中国当代诗史的典律生成与裂变》，万卷楼图书股份有限公司 2009 年版。

陈超：《最新先锋诗论选》，河北教育出版社 2003 年版。

陈定家选编：《身体写作与文化症候》，中国社会科学出版社 2011 年版。

陈思和：《中国新文学整体观》，上海文艺出版社 2001 年版。

陈仲义：《中国朦胧诗人论》，江苏文艺出版社 1996 年版。

陈仲义：《中国前沿诗歌聚焦》，中国社会科学出版社 2009 年版。

程光炜：《中国当代诗歌史》，中国人民大学出版社 2003 年版。

程毅中：《中国诗体流变》，中华书局 1992 年版。

戴锦华：《隐形书写——90 年代中国文化研究》，江苏人民出版社 1999 年版。

董迎春：《反讽时代的孤寂诗写》，黑龙江人民出版社 2012

年版。

董迎春：《走向反讽叙事——20世纪80年代诗歌的符号学研究》，苏州大学出版社2013年版。

冯俊等著：《后现代主义哲学讲演录》，商务印书馆2003年版。

甘阳主编：《八十年代文化意识》，上海人民出版社2006年版。

葛兆光：《汉字的魔方：中国古典诗歌语言学札记》，复旦大学出版社2008年版。

龚鹏程：《文化符号学导论》，北京大学出版社2005年版。

顾城：《顾城文选》，北方文艺出版社2005年版。

洪子诚、刘登翰：《中国当代新诗史》，北京大学出版社2005年版。

洪子诚：《文学与历史叙述》，河南大学出版社2005年版。

霍俊明：《尴尬的一代：中国70后先锋诗歌》，广西师范大学出版社2009年版。

胡书庆：《大地情怀与形上诉求——对海子〈太阳〉七部书的阐释》，河南人民出版社2007年版。

黄华：《权力，身体与自我——福柯与女性主义文学批评》，北京大学出版社2005年版。

黄梁等：《地下的光脉》，唐山出版社1999年版。

姜耕玉：《汉语智慧：新诗形式批评》，东南大学出版社2005年版。

姜耕玉：《跨世纪中国诗歌描述》，百花文艺出版社1995年版。

敬文东：《诗歌在解构的日子里》，北京大学出版社2008年版。

金肽频主编：《海子纪念文集》（诗歌卷、散文卷、海子诗歌读本、评论卷），合肥工业大学出版社2009年版。

金松林：《悲剧与超越——海子诗学新论》，广西师范大学出版社2010年版。

高波：《解读海子》，云南人民出版社2003年版。

李振声：《季节轮换："第三代"诗叙论》，复旦大学出版社2008年版。

李志元：《当代诗歌话语形态研究》，人民文学出版社2011年版。

廖述务：《身体美学与消费语境》，上海三联书店2011年版。

刘波：《"第三代"诗歌研究》，河北大学出版社2012年版。

刘春：《朦胧诗以后：1986—2007中国诗坛地图》，昆仑出版社2008年版。

刘春：《一个人的诗歌史》，广西师范大学出版社2010年版。

燎原：《海子评传》，时代文艺出版社2006年版。

刘小枫：《诗化哲学》，华东师范大学出版社2007年版。

刘小枫：《拯救与逍遥》，上海三联书店2001年版。

罗建平：《汉字中的身体密码》，东方出版中心2011年版。

罗振亚：《20世纪中国先锋诗潮》，人民出版社2008年版。

欧阳江河：《站在虚构这边》，生活·读书·新知三联书店2001年版。

沈天鸿：《现代诗学：形式与技巧30讲》，昆仑出版社2005年版。

盛宁：《人文困惑与反思——西方后现代主义思潮批判》，生活·读书·新知三联书店1997年版。

孙绍振：《审美价值结构与情感逻辑》，华中师范大学出版社2000年版。

孙文波：《在相对性中写作》，北京大学出版社2010年版。

孙玉石：《中国现代解诗学的理论与实践》，北京大学出版社2007年版。

谭五昌：《诗意的放逐与重建》，昆仑出版社2013年版。

唐晓渡:《唐晓渡诗学论集》，中国社会科学出版社 2001 年版。

唐欣:《说话的诗歌》，中国社会科学出版社 2012 年版。

陶东风:《知识分子与社会转型》，河南大学出版社 2004 年版。

童庆炳:《文化与诗学》，上海人民出版社 2004 年版。

汪晖、陈燕谷主编:《文化与公共性》，生活·读书·新知三联书店 1998 年版。

汪晖:《现代中国思想的兴起》，生活·读书·新知三联书店 2004 年版。

汪剑钊:《二十世纪中国的现代主义诗歌》，文化艺术出版社 2006 年版。

汪民安:《尼采与身体》，北京大学出版社 2008 年版。

汪民安:《身体、空间与后现代性》，江苏人民出版社 2006 年版。

王昌忠:《扩散的综合性——20 世纪 90 年代诗歌写作研究》，人民出版社 2010 年版。

王昌忠:《中国新诗中的先锋话语》，学林出版社 2008 年版。

王光明:《现代汉诗的百年演变》，河北人民出版社 2003 年版。

王家新、孙文波:《中国诗歌：九十年代备忘录》，人民文学出版社 2000 年版。

王家新:《为凤凰找寻栖所》，北京大学出版社 2008 年版。

王珂:《百年新诗诗体建设研究》，上海三联书店 2004 年版。

王珂:《诗歌文体学导论》，北方文艺出版社 2001 年版。

王珂:《新诗诗体生成史论》，九州出版社 2007 年版。

王晓明主编:《二十世纪中国文学史论》，东方出版中心 1997 年版。

王一川:《中国形象诗学》，上海三联书店 1998 年版。

王岳川:《中国镜像:90 年代文化研究》，中央编译出版社 2001

年版。

吴尚华：《中国当代诗歌艺术转型论》，安徽教育出版社 2004 年版。

现代汉诗百年演变课题组编：《现代汉诗：反思与求索》，作家出版社 1998 年版。

西渡：《壮烈风景：骆一禾论、骆一禾海子比较论》，中国社会科学出版社 2012 年版。

谢冕、洪子诚主编：《中国当代文学史料选》，北京大学出版社 1995 年版。

谢冕主编：《百年中国文学总系》各卷，山东教育出版社 1998 年版。

谢冕、唐晓渡主编：《鱼化石或悬崖边的树》，北京师范大学出版社 1993 年版。

谢冕：《地火依然运行：中国新诗潮论》，上海三联书店 1991 年版。

谢冕：《谢冕论诗歌》，江西高校出版社 2002 年版。

谢冕：《新世纪的太阳：二十世纪中国诗潮》，时代文艺出版社 1993 年版。

杨匡汉、刘福春主编：《西方现代诗论》，花城出版社 1988 年版。

叶橹：《现代诗导读》，北方文艺出版社 2008 年版。

于坚：《棕皮手记》，东方出版中心 1997 年版。

余徐刚：《诗歌英雄海子传》，江苏文艺出版社 2004 年版。

翟永明：《白夜谭》，花城出版社 2009 年版。

张清华：《内心的迷津：当代诗歌与诗学求问录》，山东文艺出版社 2002 年版。

张桃洲：《现代汉语的诗性空间：新诗话语研究》，北京大学出版社 2005 年版。

张晓红：《互文视野中的女性诗歌》，广西师范大学出版社 2008 年版。

张再林：《作为身体哲学的中国古代哲学》，中国社会科学出版社 2008 年版。

赵彬：《断裂、转型与深化——中国九十年代女性诗歌写作研究》，光明日报出版社 2011 年版。

赵晖：《海子，一个“80 年代”文学镜像的生成》，北京大学出版社 2011 年版。

赵毅衡：《当说者被说的时候》，中国人民大学出版社 1998 年版。

赵毅衡：《符号学原理与推演》，南京大学出版社 2011 年版。

赵毅衡编：《符号学文学论文集》，百花文艺出版社 2004 年版。

曾方荣：《反思与重构——20 世纪 90 年代诗歌的批评》，湖北人民出版社 2007 年版。

郑敏：《结构—解构视角：语言·文化·评论》，清华大学出版社 1998 年版。

郑敏：《诗歌与哲学是近邻——结构—解构诗论》，北京大学出版社 1999 年版。

周伦佶主编：《悬空的圣殿：非非主义二十年图志史》，西藏人民出版社 2006 年版。

周伦佑选编：《打开肉体之门》，敦煌文艺出版社 1994 年版。

周伦佑、孟原主编：《刀锋上站立的鸟群》，西藏人民出版社 2006 年版。

周瓒：《透过诗歌与写作的潜望镜》，社会科学文献出版社 2007 年版。

二、国外研究相关著作

[德] 恩斯特·卡西尔：《语言与神话》，于晓等译，生活·读书·新知三联书店1988年版。

[德] 奥斯瓦尔德·斯宾格勒：《西方的没落》，吴琼译，上海三联书店2006年版。

[德] 本雅明：《发达资本主义时代的抒情诗人》，张旭东、魏文生译，生活·读书·新知三联书店1989年版。

[德] 海德格尔：《荷尔德林诗的阐释》，孙周兴译，商务印书馆2004年版。

[德] 海德格尔：《在通向语言的途中》，孙周兴译，商务印书馆2005年版。

[德] 马丁·海德格尔：《林中路》，孙周兴译，上海译文出版社2004年版。

[德] 汉斯-格奥尔塔·伽达默尔：《哲学解释学》，夏镇平、宋建平译，上海译文出版社2004年版。

[德] 黑格尔：《美学》（第三卷下册），朱光潜译，商务印书馆1981年版。

[德] 莱内·马利亚·里尔克：《给一个青年诗人的信》，冯至译，上海译文出版社2005年版。

[德] 马克斯·韦伯：《学术与政治》，冯克利译，生活·读书·新知三联书店1998年版。

[德] 尼采：《悲剧的诞生》，周国平译，生活·读书·新知三联书店1986年版。

[德] 瓦尔特·比梅尔：《当代艺术的哲学分析》，孙周兴、李媛译，商务印书馆1999年版。

[德] 于尔根·哈贝马斯：《现代性的哲学话语》，曹卫东等译，

译林出版社 2004 年版。

［俄］米·巴赫金：《巴赫金全集》（六卷本），钱中文主编，河北教育出版社 1998 年版。

［俄］维克托·什克洛夫斯基等：《俄国形式主义文论选》，方珊译，生活·读书·新知三联书店 1989 年版。

［法］A. J. 格雷马斯：《符号学与社会科学》，徐伟民译，百花文艺出版社 2009 年版。

［法］布尔迪厄：《艺术的法则：文学场的生成和结构》，刘晖译，中央编译出版社 2001 年版。

［法］大卫·勒布雷东：《人类身体史和现代性》，王圆圆译，上海文艺出版社 2010 年版。

［法］蒂费纳·萨莫瓦约：《互文性研究》，邵炜译，天津人民出版社 2003 年版。

［法］利科：《活的隐喻》，汪堂家译，上海译文出版社 2004 年版。

［法］罗兰·巴特：《符号学原理》，李幼蒸译，生活·读书·新知三联书店 1988 年版。

［法］罗兰·巴特：《恋人絮语》，汪耀进、武佩荣译，上海人民出版社 1988 年版。

［法］米歇尔·福柯：《规训与惩罚》，刘北成、杨远婴译，生活·读书·新知三联书店 1999 年版。

［法］米歇尔·福柯：《知识考古学》，谢强、马月译，生活·读书·新知三联书店 1998 年版。

［法］热奈特：《叙事话语、新叙事话语》，王文融译，中国社会科学出版社 1990 年版。

［法］雅克·德里达：《文学行动》，赵兴国等译，中国社会科学出版社 1998 年版。

［法］雅克·马利坦：《艺术与诗中的创造性直觉》，刘有元、罗选民译，罗选民校，生活·读书·新知三联书店 1991 年版。

［加］诺思罗普·弗莱：《批评的解剖》，陈慧、袁宪军、吴伟仁译，百花文艺出版社 2006 年版。

［加］诺思诺普·弗莱：《批评之路》，王逢振、秦明利译，北京大学出版社 1998 年版。

［加］约翰·奥尼尔：《身体五态：重塑关系形貌》，李康译，北京大学出版社 2010 年版。

［美］C. 赖特·米尔斯：《社会学的想像力》，陈强、张永强译，生活·读书·新知三联书店 2005 年版。

［美］艾布拉姆斯：《镜与灯：浪漫主义文论及批评传统》，郦雅牛等译，北京大学出版社 2004 年版。

［美］艾略特：《艾略特诗学文集》，王恩衷编译，国际文化出版公司 1989 年版。

［美］爱德华·萨义德：《文化与帝国主义》，李琨译，生活·读书·新知三联书店 2003 年版。

［美］爱德华·萨义德：《知识分子论》，单德兴译，生活·读书·新知三联书店 2007 年版。

［美］道格拉斯·凯尔纳、斯蒂芬·贝斯特：《后现代理论：批判性的质疑》，张志斌译，中央编译出版社 2006 年版。

［美］弗·杰姆逊：《后现代主义与文化理论》，唐小兵译，陕西师范大学出版社 1986 年版。

［美］弗雷德里克·詹姆逊：《语言的牢笼》，钱佼汝、李自修译，百花洲文艺出版社 1995 年版。

［美］哈罗德·布鲁姆：《影响的焦虑：一种诗歌理论》，徐文博译，江苏教育出版社 2006 年版。

［美］海登·怀特：《后现代历史叙事学》，陈永国、张万娟译，

中国社会科学出版社 2003 年版。

[美] 海登·怀特：《元史学：十九世纪欧洲的历史想像》，陈新译，译林出版社 2004 年版。

[美] 汉娜·阿伦特：《极权主义的起源》，林骧华译，生活·读书·新知三联书店 2008 年版。

[美] 理查德·舒斯特曼《身体意识与身体美学》，程相占译，商务印书馆 2011 年版。

[美] 刘若愚：《中国文学理论》，江苏教育出版社 2006 年版。

[美] 马泰·卡林内斯库：《现代性的五副面孔》，顾爱彬、李瑞华译，商务印书馆 2002 年版。

[美] 乔纳森·卡勒：《文学理论入门》，李平译，译林出版社 2008 年版。

[美] 乔治·桑塔亚那：《诗与哲学：三位哲学诗人》，华明译，广西师范大学出版社 2002 年版。

[美] 苏珊·桑塔格：《沉默的美学》，黄梅等译，南海出版公司 2006 年版。

[美] 苏珊·桑塔格：《疾病的隐喻》，程巍译，上海译文出版社 2003 年版。

[美] 奚密：《现代汉诗：1917 年以来的理论与实践》，奚密、宋炳辉译，上海三联书店 2008 年版。

[美] 叶维廉：《中国诗学》，人民文学出版社 2006 年版。

[美] 约翰·克罗·兰色姆：《新批评》，王腊宝、张哲译，江苏教育出版社 2006 年版。

[美] 詹姆斯·费伦：《作为修辞的叙事》，陈永国译，北京大学出版社 2002 年版。

[瑞] 费尔迪南·德·索绪尔：《普通语言学教程》，高名凯译，商务印书馆 1980 年版。

［瑞］汉斯·昆、瓦尔特·延斯：《诗与宗教》，李永平译，生活·读书·新知三联书店 2005 年版。

［意］安贝托·艾柯：《诠释与过度诠释》，王宇根译，生活·读书·新知三联书店 2005 年版。

［意］翁贝尔托·埃科：《符号学与语言哲学》，王天清译，百花文艺出版社 2006 年版。

［英］艾·阿·瑞恰慈：《文学批评原理》，杨自伍译，百花文艺出版社 1997 年版。

［英］卡尔·波普尔：《开放社会及其敌人》，陆衡等译，中国社会科学出版社 1999 年版。

［英］克里斯·希林：《身体与社会理论》，李康译，北京大学出版社 2010 年版。

［英］克里斯希林：《文化、技术与社会中的身体》，李康译，北京大学出版社 2011 年版。

［英］雷蒙·威廉斯：《关键词：文化与社会的词汇》，刘建基译，生活·读书·新知三联书店 2005 年版。

［英］诺曼·费尔克拉夫：《话语与社会变迁》，殷晓蓉译，华夏出版社 2003 年版。

［英］特里·伊格尔顿：《美学意识形态》，王杰等译，广西师范大学出版社 1997 年版。

后　记

写作诗歌总是一件极其痛苦的事情。这似乎成为某种精神压力一直压迫着真正的诗歌书写。我们这个时代是否有真正的诗歌？这既如我们追问“人是什么”成为生命的必然一样，是当代诗人竭力思考的命题之一，也是一些客观冷静又充满理想主义激情的诗人所迫切探询的可能境遇和精神性的写作背景。

真正的诗歌在不同的诗人、评论家、普通读者及其他大众眼里，的确有不同的文体认知。从形式到精神，都体现了诗歌作为艺术的差异性与多元性。但不论何种类型的诗歌，都有着一个共同的特征，即它首先是艺术的，即不断地呈现诗意。同时，诗歌也是一种“可能”，它不断地进行主体的自我关顾与质询，通过自我与世界的对话呈现某种生命的智慧和意义。

如果用以语言为本体的诗体意识考察当下诗歌写作，我们不难发现当下诗歌写作的两个流派：一类是以口语、现世、及物、反讽为特征的“非诗”写作，它们充满着怀疑与虚无的情绪；另一类是以语言、审美、精英、可能作为话语的“诗”的书写。前者是接近大众文化、强调易懂的批判与反思的叙事写作；后者是关注语言本体、探讨人类心灵可能的建构性写作。用这两条粗疏的线索归纳当下的诗歌话语，不免有某种理论褊狭之嫌，但是，这两种写作的确在时代话语中表现出相异的文化意识与生命态度，也较为有力地“标出”了面对这个时代的诗歌写作之价值与可能。

当代诗歌过多关注叙事性元素，事实上也是人们对浪漫主义与审美化诗歌元素的自觉避离。赋予诗歌现相的、肉生的、快感的、惹眼的和略带反讽的修辞，再加进现实悲情的作料，并与时代的精神背景合谋，构成了这个时代的写作主流。在诗歌已被边缘化的今天，这种写作自然会获得市场化和大众化的轰动效应，它既满足了喜剧时代人们对精神性与审美性写作身份认同的排斥，也揭示出这个时代的精神一直处于极度的压抑当中，充斥着“反讽”与否定意味。但是这种成为主流中心的、以“叙事性”为主要特征的写作潮流，隐含着时代精神危机所必然伴随的虚无主义文化思潮。调侃一切、否定一切，成为“喜剧”时代的文化征兆，也是问题隐蔽之所在。

“虚无”成为时代的主体精神，一方面标示着时代无力、焦虑、困倦、迷茫的悖论式生存，另一方面也给当代思者提供了生命的另一种探索可能。“对诗歌，对生命，那些自以为是相当的话语权威的人会说，它们表达的是同一个空洞、无用的真理，一切皆为尘埃与蒸汽，海市蜃楼，一瞬间反照出在空间中的毫无深度的存在，同样的虚无等待着我们所有人，我们珍爱的肌肤复归于尘土，作为结局，唯一可行的智慧教导人们，势不可当的必然性会把他们所曾喜爱的一切，化为冰冷的泥土，而他们唯一值得骄傲的辉煌，在于揭示出，万物最终走向虚无。”① “反讽”之后的当代诗歌如何写作，成为当下诗歌写作密切关注的一个本体问题。新历史主义者海登·怀特在诺·弗莱《批评的剖析》影响下，将诗歌研究看作“话语的

① ［法］菲利普·福雷斯特：《然而》，树才译，《诗人的春天——法国当代诗人十四家》，北岳文艺出版社 2010 年版，第 36 页。

转义”，将其分为四种类型：隐喻、转喻、提喻、反讽。“这四种转义不但是诗歌和语言的基础，也是任何一种历史思维方式的基础，因此是洞察某一特定时期历史想象之深层结构的有效工具。”[①] 当代诗歌无疑有着一种走向反讽叙事中心化、秩序化的写作倾向。[②] 的确，带有否定意味的“反讽”对前三种带有比喻特征的诗写不失为一种革新与推进，但是“反讽”之后的诗歌何为呢？“反讽由于是自觉的，已经成为一种成熟的世界观”[③]，这种“成熟性”，也暗示了话语转义轮回的必然性。反讽之后，是否重新走向带有神话寓言性质的“隐喻”与“象征”呢，能否构成一个新的“转义轮回”？海子、昌耀等人倡导带有建构性的“大诗”，是否变成书写“神话”，担起拯救当代诗歌的光荣使命呢？的确有许多问题值得反思。

20 世纪 80 年代不同阶段的诗歌都被印上了“先锋”标签，也的确按不同方式呈现了“先锋”的立场与姿态。“地下诗歌”“朦胧诗”延续了“五四”启蒙的旗帜与立场，体现出一种批判现实主义的批判立场。而“第三代诗”则通过语言的裂变与实践破坏与消解了先前的诗歌观念与文化立场。“第三代”诗歌语言的真正成熟是在 80 年代后期，主要表现在“后朦胧诗”以西川、王家新、张曙光、海子等的话语实践中。而“口语写作”到了伊沙、徐江等，他们推动了反讽作为主要话语策略的“口语写作”诗潮。此两种“朦胧诗”后的写作文化趣味与诗学态度截然相反。

“反讽”的文本动因，是语境本身巨大压力相互作用的结果，“反讽话语不仅像隐喻、换喻和提喻那样，是关于现实的陈述，而

---

① ［美］海登·怀特：《后现代历史叙事学》，陈永国、张万娟译，中国社会科学出版社 2003 年版，第 8 页。

② 董迎春：《走向反讽叙事——20 世纪 80 年代诗歌的符号学研究》，苏州大学出版社 2013 年版，第 19 页。

③ ［美］海登·怀特：《后现代历史叙事学》，陈永国、张万娟译，中国社会科学出版社 2003 年版，第 8 页。

且还至少假定陈述与其再现的现实之间的分歧。反讽言语使人模糊地意识到事实与虚假之间的区别，而这种区别不是三段论（命题、反题、合题）的辩证法，而是语言与其试图包含的现实之间转换的辩证法”。[①] 80年代后期的商业化逻辑促使人们放弃那种过于沉重的叙述而追求一种轻松的语气，而“反讽”顺应这种时代潮流呈现了人们对闲逸与超脱的心理期待，并因此构成一种对精英话语强有力的抵抗方式。

当然反讽走向中心主义，是一种诗歌话语的形而上学，其走向中心化、秩序化的写作态势，意味着话语实践的写作误区。“反讽”叙事，特别是发展到口语写作，逐渐成为一种主要的话语转义手段，到了80年代末伊沙等诗人的出现，甚至完全变成了当代诗歌书写的一种中心话语策略，一种很快被读者接受与认同的叙事风格。一方面，是因为反讽是文本表达的一种很好的修辞策略，它以其有效地解构与批判性被越来越多的诗人所实践；另一方面，反讽在进行否定与批判的同时，也意味着现实语境对文学的挤压。“这种诗，由于能够把无关的和不协调的因素结合起来，本身得到了协调，而且不怕反讽的攻击，在这深一层的意义上，反讽就不仅是承认语境的压力，不怕反讽的攻击，也就是语境具有稳定性：内部的内力得到平衡并且互相支持，这种稳定性就像弓形结构的稳定性。那些用来把石块拉向地面的力量，实际上却提供了支持的原则——在这种原则下，推力和反推力成为获得稳定性手段。”[②]

20世纪80年代末的“反讽”叙事话语对90年代以来的诗歌写作有着巨大的影响，90年代以来的文化仍然是以经济文化为中心，这就决定了消费生活在文化中所占有的重要位置，而80年代的

---

① ［美］海登·怀特：《后现代历史叙事学》，陈永国、张万娟译，中国社会科学出版社2003年版，第206页。

② ［美］赵毅衡主编：《新批评文集》，中国社会科学出版社1988年版，第339页。

“反讽”的叙事话语背后则对应着强大的“文化虚无”。

显然，走向“反讽中心主义”的诗歌话语意味着新的中心与秩序建立的同时，也意味着对诗歌语言本体的诗体意识的背离。从某种意义上来讲，反讽写作的中心化、大众化的话语现状，造成了艺术话语与时代精神的双重“悖论”，即“反讽中心主义”对当代诗学积极建构的同时，也意味着某种潜在的危险。

面对文化虚无的时代，“反讽”的叙事写作盛行并影响到90年代以来的诗歌写作。“反讽”这种话语将诗歌的文本表达策略上升到一种认知与修辞技巧的双重“成熟”程度。

作为80年代较成熟的诗学话语，主要表现如下：

第一，海登·怀特指出“转义”的四种话语，其中“反讽”代表了转义的最高样态。反讽是元分类的，辩证的，自觉的，“已经成为一种成熟的世界观，因此也是跨意识形态的”。[①] 但是，反讽作为“语言策略，它把怀疑主义当作一种解释策略，把讽刺当作一种情节编排模式，把不可知论或犬儒主义当作一种道德姿态”。[②] 在克尔凯郭尔看来，“对意义与价值无终止相对化”的浪漫派反讽是“极度危险的、甚至会导致伦理上无能的极端化的‘美学的’态度”。[③] 反讽，从语言修辞上的正话反说到变为一种认知思维，其背后同时蕴藏着自由颓废的“虚无主义”意识。如果在思维上一味地反讽，事实上也会带来某些言说的危险，例如，“把不可知论或犬儒主义当作一种道德姿态”，“导致伦理上无能的极端化的‘美学的’态度”，这种极端性对应了19世纪以来的西方意识中“现代性”的虚无主义文化危机。因而，从这个意义上讲，话语必须重新

① ［美］海登·怀特：《后现代历史叙事学》，陈永国、张万娟译，中国社会科学出版社2003年版，第8页。

② 同上书，第98页。

③ Christopher Norris, *Deconstruction and the Interests of Theory*, London: Pinter Publisher, 1988, p. 86.

转回到“隐喻”的思维上，不断创造新的神话，才能在认知思维层面具有重建信仰、确认人类心灵价值与可能。

第二，“反讽”作为诗歌写作中的认知思维，其背后渗透了批判式与否定式的写作立场，但是一味地“否定”与“反讽”，忽视与忽略人类肯定性的心灵诉求与诗意态度的价值与功能，无疑会加重虚无主义情绪。80 年代“第三代诗”中的“语言论转向”，表明西方后现代思潮对汉语诗歌写作有着重要影响，但其写作的有效性与价值态度在很大程度上存在着问题。著名学者郑敏指出他们写作中的问题所在：“诚然他们在反对古典修辞学对词藻之类的重视，但他们本身的语言观显然并没有进入西方后现代、后结构的各派所共同接受的‘语言转折’。”① 因此，这种反讽叙事的“口语写作”，或者说以反讽为中心的写作值得警惕。“反讽”成为当下时髦的诗歌话语，纷纷被精神与文化上缺失信仰的写作者所效仿。然而，“反讽”是与一个诗人的写作智慧相对应的，并不是每个人都有成熟的反讽智慧，相反，在很多反讽叙事的诗歌话语中，出现了平面化、庸俗化的情形。对“反讽”的过度使用，同时也体现了诗人自身对写作伦理与美学建构的信心和勇气的拒绝与放弃，当诗人们耽溺于这种“正话反说”的话语结构与文本修辞中时，诗歌话语背后就对应着诗人的不信任感和怀疑主义，反讽叙事也意味着颓废堕落的生命状态的“合法性”被不断认同。这种“反讽”的诗歌话语，之所以盛行于 80 年代末 90 年代初，就在于彼时人们受到众多事件的文化冲击，导致信仰上的缺失与迷茫。自改革开放以来，在文化上也同样吁求现代性，而现代性一方面以一种秩序化的面目出现，推动着文化的进程；另一方面也暗示了现代性不可完成的否定事实，使“反讽”话语背后渗透出强烈的“虚无主义”。可见，“反讽”同样存在着“悖论”，背后潜伏着“虚无”，如果诗歌话语需

① 郑敏：《诗歌与哲学是近邻：结构—解构诗论》，北京大学出版社 1999 年版，第 246 页。

要建构与突围，它必然要重新轮回到“重复阶段”（维柯语）。

面对虚无的时代状况和复杂的精神背景，有一批诗人迎难而上，冲破虚无情绪，坚守语言为本体的诗意探询，坚持审美化、艺术化的诗写态度，他们与以反讽为特征的“口语写作”保持距离，在否定、解构、颠覆一切的话语实践上，坚持隐喻化、审美化的艺术主张与认知观念，探讨当代诗写可能。“后朦胧诗”中许多诗人自觉地思考言与思的关联，以建构态度走向诗意创造。在众多诗人中，海子是可供研究的最具话语实践性的时代个案，通过他的建构性写作，我们领略到了他多年来所执着坚守的精神家园带给当代读者的重要意义。以他为代表的“大诗”写作与拒绝隐喻、着重日常口语的时代叙事和抒情（包括80年代前后的“颂歌”）相分离。在海子看来，“诗歌的全部意思是什么？做一个热爱‘人类秘密’的诗人。这秘密既包括人兽之间的秘密，也包括人神、天地之间的秘密。你必须答应热爱时间的秘密。做一个诗人，你必须热爱人类的全部秘密。在神圣的黑夜中走遍大地，热爱人类的痛苦和幸福，忍受那些必须忍受的，歌唱那些应该歌唱的”。[①] 这种写作的肯定性、建构性的追求与认同，使诗人找到了不同于携带着虚无主义的当代反讽思潮的另一种文化与精神突围之可能。

海子通过洞悉与冲破虚无的建构性写作，对光明肯定的精神结构进行着质询与重构，它构成了海子晚期以“太阳七部书”为代表的“大诗”书写的精神实质。他与时代主流、集体歌唱保持疏离，直逼神秘的黑暗，返回人类内心，为人心与人性的光辉唱着赞歌。迎面而来的“黑暗”的精神背景与文化困境笼罩“时代”，隐匿着民族与人类书写的忧患意识与悲凉情绪，它们直逼时代精神深处的创伤，海子的书写正是站在这个时代制高点上对民族、人性的观照

① 海子：《我热爱的诗人——荷尔德林》，《海子诗全编》，上海三联书店1997年版，第916页。

与俯瞰。

海子着重于对语言修辞与意识深处的双重探寻。以诗性语言为依托，并汇聚成思想的写作风格，形成了海子诗歌重要的语言特色，这种隐喻化、思想化的写作倾向贯穿海子一生。海子的写作正如他自己所言，一部分是“小诗”（抒情诗），另一部分是“大诗”（长诗、史诗，早期《河流》《但是水，水》《传说》，晚期“太阳七部书”）。但这两者是一个不可分割的精神整体：“小诗”练习或为后来的“大诗”话语打下基础，或者变成后者的写作素材；而“大诗”中许多语气、笔锋、观念、激情都在“小诗”练习中有所准备，并且不断孕育和深化。“小诗”与“大诗”交相辉映，共同组成了海子诗歌独特的价值。“海子在其短暂的生涯中，是如此紧密地将诗与生命联系在一起，并通过蓬勃的生命来呈现诗的本质。这是五四新文学运动以来一直在中国诗界潜滋暗长的生命诗学的典型表征。”① 他的诗歌始终洋溢着理想主义、浪漫主义的激情与信念，执着地践行着艺术光晕的审美性、精神性写作与播撒。海子灵魂的可贵就在于其因不断坚持艺术化和站在人类文明高处的写作态度而形成的大诗精神。正如海子生前好友骆一禾说：“中国的有志者，仍于80年代的今日，寻找自己的根，寻找新思想以冲刷陈腐的朽根，显露大树的精髓，构成新生。”② 海子把自己的一生变成果决而热忱的诗歌信念、热烈而真切的生命行动。他本身也成为时代的文化符号，推动了当代诗歌精神的自我建构。

海子诗歌一方面是积极的肯定性写作，但另一方面也始终保持着对主流“反讽”话语的自觉回避，他与时代主流的、集体的“歌唱”发生了偏移，他是黑暗与灵魂之诗的写作者，他要穿越的正是

① 金松林：《悲剧与超越——海子诗学新论》，引言，广西师范大学出版社2010年版，第2页。

② 骆一禾：《骆一禾诗全编》，上海三联书店1997，第829页。

白昼式的暗夜，为人性与人类唱赞歌。这种黑暗不以个体价值为意志，而是笼罩着时代忧伤与民族悲剧的精神性创伤，海子的书写正是站在这个时代制高点上对民族和人性进行观照与俯瞰。“海子长诗大部分以诗剧方式写成，这里就有着多种声音，多重化身的因素，体现了前述悲剧矛盾的存在。从悲剧知识上说，史诗指向睿智、指向启辟鸿蒙、指向大宇宙循环，而悲剧指向宿命、指向毁灭、指向天启宗教，故在悲剧和史诗间，海子以诗剧写史诗是他壮烈矛盾的必然产物。”①

《亚洲铜》是西川主编的《海子诗全编》的第一首，时间署“1984 年 10 月”，它的精神仿佛成为海子终其一生洞悉与沉思“虚无”的命运预感。这个时代也许不再是“黄金”，也不是“白银”，而是“青铜”，这是否暗示着文化的式微与衰退？还是诗人对当下中国文化进入一定的文明阶段后自我觉醒与突围的努力呢？他写道：“祖父死在这里，父亲死在这里，我也将死在这里/你是唯一的一块埋人的地方”，诗人以天生的敏感和对“大地”的迷恋，使得这块“埋人的地方”催生了诗意与眷恋。诗的第一节突出了“死”，在诗人内心，“死”便意味着“生”的吁求，通过对死亡的洞悉与沉思，诗人获得了自我反思与建构。诗的下面三节则由这种“死”衍生出来一系列相关“意象”：“海水”（“淹没一切”）、“屈原”（“遗落在沙滩上的白鞋子”）、“黑暗”（“跳舞的心脏”），使得全诗对“死亡”有了彻底省察。而诗人“你”此时所处的位置便是对“虚无”（死亡）的穿越与洞见地带，在“唯一的一块埋人的地方”，“你的主人”（或许就是诗人“自我”）仿佛“青草/住在自己细小的腰上，守住野花的手掌与秘密”，诗句极具张力与诗性，轻盈而又松软，如走在绳索上的“人生”状态，必须向前又极有可能遭遇危险，而“秘密”一下子把直观的、诗性的意象导入了对

① 骆一禾：《海子生涯》，《海子诗全编》，上海三联书店 1997 年版，“序”第 4 页。

“秘密”自身的思考。正因为生命充满矛盾和悖论，她才推动着自我探索与探险的生命可能。“屈原”这个意象使诗获得文化所指与精神意蕴，导引读者对诗人深刻的文化体验进行再沉思。“白鸽子”“沙滩”与“海水”相关联，我们在文化的“此岸”上产生了“屈原”这样一位诗人偶像。海子直指这种偶像之价值：“白鞋子/让我们——我们和河流一起，穿上它吧”，屈原的精神是中国文化地标与精神血脉的一部分，作为一面文化“铜镜”，为当代诗人提供了一种建构性的诗人自我形象。沉思犹如点点鼓声，在“黑暗中跳舞”，“击鼓之后”，这些被称为美好心灵（“黑暗中跳舞的心脏”），“叫做月亮”，照耀黑色夜晚，而“这月亮主要由你构成”，“你”走向了诗人自我身份认同，“光芒”也变成一生企求的热度。那“黑暗”之光，呈现了“诗人”的价值与意义，也启示了时间秘密——一种对文化虚无审视后的积极建构。

《马（断片）》可以看作后来《以梦为马》的姐妹篇，“太阳，吐血的母马/她一头倒在/我身上/我全身起了大火”，张扬一种母性之美，太阳，是吐血的母马，“她们——/我诗歌的女儿”，到了《以梦为马》中的“太阳”则是纯粹的酒神精神，轰烈燃烧。海子一生写了许多有关“马”的意象的诗，其中《以梦为马》最为著名。这首关于“马”的碎片，既是诗人展示飞腾的想象力的手段，同时“马”也是诗人的“自我”隐喻，以马的壮腾、高俊写诗人的高大壮美。马，意味着驰骋、高远，这是海子所追求的诗歌意境，“我就是那疯狂的、裸着身子/驮过死去诗人的/马/整座城市被我的创伤照亮/斜插在我身上的无数箭枝/被血浸透/就像火红的玉米”，唯有“马”与诗人如影相随，自始至终陪伴着受伤的诗人，“我”就是“马”，既是海子，是诗人，也是“马”，这种“物化”的过程，就是诗人以“马”来寄托自己雄心壮志的过程，哪怕“被血浸透/就像火红的玉米”的殉道，但是壮美与飞翔将永远存留，启示人间。

诗人首先是一个行走在世俗层面的人，他们同样有着常人的欲望和情感，其次才是精神意义的。诗人对只有“世俗”进行有效的净化和升华，才能够创造出属于心灵的文字；而精神层面的追求则往往使诗人在一种近似于高峰体验中式微自身的生命外壳，显得异常脆弱。“入乎其内，出乎其外”，是一种理想的平衡，可现实中，诗人的世界常常处于“撕裂”状态。透过表面上的温暖文字，去领悟诗人内心深处的绝望与无助。海子在即将消逝的生命晚期给我们留下《面朝大海，春暖花开》一诗，似乎验证了诗人的窘迫与疼痛，那种潜藏在温情文字背后的荒凉和“高处不胜寒”。这些审美性的情感与哲理观照确认了诗性言说的精神与文化价值。海子的第一次爱情是与小 B 的相爱。她照顾过缺少生活气息的海子，是诗人心灵和精神“知音”，他们可以在一起谈文学，她的崇拜也促成了诗人写作上的自信和创作热情。像许多恋爱中的人一样，海子享受着精神欢娱，享受着离别与思念之痛。在与她短暂相处中，海子写下了大量情诗：如《你的手》《写给脖子上的菩萨》等。但欢乐与幸福总是短暂，在爱情因对方父母干涉后而走向破灭时，海子疼痛地写下了：“我感到魅惑/小人儿，既然我们相爱/我们为什么还在河畔拔柳哭泣。”（《我感到魅惑》）如燎原在《海子评传》里所写，尽管他们后来升华了彼此的感情，接受了分手的现实，并彼此通信，但“至真至诚”的绝对永恒的“爱”在诗人心底已经枯死，他不得不接受这种生活事实。在《折梅》中他深情写道：“太平洋上海水茫茫/上帝带给我一封信/我坐在茫茫太平洋上折梅，写信。”“我们谈到但丁和他永远的贝亚德丽丝/以及天国、通往那儿永恒的天路历程。”可是“贝亚德丽丝”是多么的难以寻找，在世俗现实中破灭的爱情成为海子孕育诗篇的力量与源泉，这番“经历”在某种意义上变成一种灾难影响着他日后的生活，事实上海子晚期的

“太阳七部书”的写作多少与爱情的打击相关，并在一定程度上加速了诗人的精神分裂。生活“在昌平的孤独”，“大诗”创作过程中的孤寂感和失落感，让他感到生命的脆弱与无助。1987 年的“北京西山批判”之后，海子再次受到其“俱乐部”的指责——“他写长诗犯了一个时代的错误，并且把他的诗贬得一无是处。”（见西川的《死亡后记》）[①] 他被其他诗人“冷嘲热讽”甚至恶意“攻击”。

海子首先是一个俗世的行者，当自己先前的爱人小 B 有了自己幸福的尘世生活并和自己新的爱人准备出国时，这样层面的打击是何其之深。诗歌何用？在《太平洋的贾宝玉》《太平洋献诗》《折梅》《拂晓》等诗中出现了大量的海景与丰赡怀想，浩瀚辽远的大海给诗人带来了精神性的认同与生长，但也因为其与现实生活的距离与疏离可能将诗人淹没、卷走。1989 年 3 月 21 日，临近中午，海子来到诗人苇岸的住处等他回来。苇岸见到的海子，“脸色憔悴，神情异样。还未上楼，他开口就说：‘我差点死了。’”而且在夜里三点来过。一个不被大家注意的细节，海子“他说他已四天没吃东西了”。海子在苇岸家吃完饭，下午四点两人告别。饭间，海子向苇岸谈起：“上星期，他们教研室搞了一次聚餐，他喝醉了，说了许多同女友关系的事，醒后大为懊悔。他觉得这是对女友的最大伤害，非常对不起她，特别是讲给了那些他平日极为鄙视的人听，罪不容恕，只想一死受过。我说，让我同她谈谈，她会谅解你的。他说，不行，这是他无法忍受的，因为这样她就知道了。”临别时，“他说他先不回去，想到北面山上再独自呆会儿。他似乎不好意思回校，他仿佛对我说过他已在宿舍留好了遗书。”《面朝大海，春暖花开》仿佛是他临终瞬间的彩虹，划过黑暗天宇，留下了生命的祝福与眷恋。

诗人的生活经历了爱情的失败，他根本无法在生活中找到任何

① 燎原：《扑向太阳之豹：海子评传》，时代文艺出版社 2001 年版，第 206 页。

其他精神意义上的补偿，只有诗歌是诗人存在最好的载体和媒介，与眼前的世界相映照与响应。“不平则鸣”，在现实中无法倾诉的郁闷与无助，成就了诗人笔下最美好的文字：“孤独是一只鱼筐/是鱼筐中的泉水/放在泉水中//孤独是泉水中睡着的鹿王/梦见的猎鹿人/就是那用鱼筐提水的人//以及其他的孤独/是柏木之舟中的两个儿子/和所有女儿，围着诗经桑麻沅湘木叶/在爱情中失败/他们是鱼筐中的火苗/沉到水底//拉到岸上还是一只鱼筐/孤独不可言说。”（《在昌平的孤独》）他的“孤独”既有写作中喷薄而出的痛楚，也有面对“在爱情中失败”后“他们是鱼筐中的火苗/沉到水底”的心灵枯死，两种疼痛都使他无法在现世中找到一个恰当的倾诉途径。海子曾经是写抒情诗的高手，但“大诗”、诗剧的写作，其难度是抒情诗所无法比拟的。凡是写过五万字以上的中篇的人都知道，日复一日写那类早已规定好了的作品，写到中间，厌烦情绪就会自然产生。写到三分之二处，那种心理的孤寂和绝望，极度破坏着作者的情绪，很容易将人击溃。

这种种经历，加深了诗人对时代和生命的再次沉思与发现。但海子骨子深处的写作自信促使他继续喷薄、燃烧，他追求的“王”的风范，使他自觉地沉迷“大诗”的“孤寂书写”，他将自我与世界割裂，直逼否定性的生命体验与意识探询。人生实际上是在精神与物质世界之间不断寻求平衡的过程。尤其是对于一个诗人来讲，往往由于其超脱世俗的情怀和对精神性世界的迷恋而成就诗歌。有些人，包括那些曾经对“永恒”无限向往的文字写作者，因为依恋物质世界中的尘世幸福，最终放弃了对“纯粹”意义的生命探索，而不断与大众合流。当然，也有许多人将世俗与属灵的精神统一了起来，但在人类思想史上，这类人毕竟太少。爱情作为人生一个重要的生命形式，它既有世俗层面上的“lust”（肉欲），也有精神维度上“spirit”（灵性）。实际上，两者只有有效地“撕裂”才可能成就伟大的诗歌，许多诗人也像凡俗的个体一样为其苦痛。但不同的是，诗人对精神的依恋可能会更充实、更投入一些，于是他们常常受到更多的来自尘世的伤害。当诗人选择写作“大诗”的同时，就等于选择了尘世的宿命。我们会不断地看到“睡”“埋”“沉”这样的字眼。“让诗人受伤/睡在四方”（《青年医生梦中的地方：木桶》）；“亚洲铜，亚洲铜/祖父死在这里，父亲死在这里，我也会死在这里/你是唯一一块埋人的地方”（《亚洲铜》）；“我在太阳中。不断沉沦不断沉溺/我在酒精中下沉……”可以说，海子的每一首诗都烙上当下时代之重荷，它们被具有先知品性的诗人扛着……当诗人海子在抛开生命的形式而走向精神性永恒的一瞬间，完成了他人生意义上最完美、最温暖的文字。

春天还会远吗？春天就在我们脚下。诗人之死便是再生，诗人以自己的践行，为生者唱出了俗世的赞歌，让生者以另一种责任幸福的生活。我们在呵护一种诗情，也在保护属于自我属于内心的温暖与感动；我们在保护别人也在保护自己，当俗者在不能承受诗人过多的对于永恒或者“黑暗”的执着的沉重之后，我们就会感到生命中的另一种亮色，另一种温暖。它让我们缅怀，懂得珍惜，呵护真情：“陌生人，我也为你祝福/愿你有一个灿烂的前程/愿你有情人终成眷属/你在尘世获的幸福/我也愿面朝大海，春暖花开。”

海子多首诗歌中都出现“闪电”这一意象，沉默了许多蓄积的能量（如太阳的光芒，慈祥的月光，丰收的大地，哪怕是沉睡的黑夜），爆发所转置的幸福、喜悦、救赎与感恩！“他看见的　全是大地在滔滔不绝的地纵火/他在一只燃烧的胃的底部/与桃花骤然相遇/互为食物和王妻/在断头台上疯狂地吐火”（《桃花时节》）。海子去世前不久，写过十多首与“桃花”相关的诗篇，如《你和桃花》《桃花》《桃花开放》《桃树林》《桃花》等。“桃花”喻指爱情，是诗人临死之前对悲剧爱情的苦唱，也是对赤诚燃烧的庄严生命的烘托与喻指。在海子的生命过程中，显然“形式”已经淹没了生命自身，向往与理想甚过现实与物质，借用诗歌的形式“纵身一跃”，任凭诗歌的烈火焚烧“胃”，他毅然勇敢地走向“断头台”，在“桃花时节”向隆重的生命行敬畏礼。“你在一种较为短暂的情形下完成太阳和地狱/内在的火，寒冷无声地燃烧/生出了河流两岸大地之上的姐妹/朝霞与晚霞”（《桃花时节》），如“桃花”般鲜红，爱情仅是美丽璀璨的偶然之短暂一瞥，从此便留下了有关爱情、有关生命的美好挽歌，启示生者，告慰后人。诗人用诗歌完成了生命的仪式，以向死而生的审美态度为人类贡献了无畏赤诚的诗篇和隆重唯美的幻想，以及对生命自身最高贵的热爱与最具践行力的人生态度。

《给B的生日》这首诗从艺术技巧与思想高度上讲，并未代表诗人最高的艺术成就，但却在海子抒情诗中占有重要位置，海子生前写了许多有关女性或者献给“姐妹们”的诗歌，而“小B”对海子生活与艺术创作的影响尤为重大。小B为海子的初恋女友，中国政法大学1983级学生，她曾经带给海子美好的记忆，海子写过万字情书表达对她的思念，但迫于现实，两人最终分手，她的离去带给海子无限的痛楚，海子的离世极可能是因死前不久再次遇到小B所造成的精神波动，诗人见人思情，追忆往昔。显然，现实境遇与理想事业之间的分裂，纯美事物在现实世界面前的脆弱易碎，让海子的心灵感到极度的压抑与无力。海子是崇尚“天才”的悟性的诗人，“我相信天才，耐心和长寿/我相信有人正慢慢地艰难地爱上我/别的人不会，除非是你/我俩一见钟情”（《给你》），也许把他放在“大师”的思想高度上更容易让我们对其诗歌产生错误判断，所以我们更习惯把海子看成一个有着七情六欲的、日常的生活行者，对爱情的怀想与珍视从另一侧面表现出海子的强烈的生存欲望。但“爱情”在此处不仅仅是爱情自身，它同时也是催生艺术思想的情感助搏器，让我们呼吸到诗意世界的甘霖。要想正确认识海子，我们应该把他看成一个对艺术与思想有深刻认同的体验者和追求者，这样我们才能进一步地走入他丰富敏感的内心世界，从而把那类“向死而生”的情感体验转化为积极智慧的精神资源，从人类情感的诗性言说去沉思人生的心灵与文化价值。

海子的《夜色》写道：

在夜色中
我有三次受难：流浪、爱情、存在
我有三种幸福：诗歌、王位、太阳

1988. 2. 28 夜

学者崔卫平在《海子神话》中分析了海子诗中的“睡”“埋”“沉”这类动词语象。海子写道：“孤独是泉水中睡着的鹿王”①（《在昌平的孤独》），“两座村庄隔河而睡/海子的村庄睡得更沉”②（《两座村庄》）；“埋着猎人的山岗/是猎人生前唯一的粮食”③（《粮食》）；“我把包袱埋在果树下/我是在马厩里歌唱”④（《歌或哭》）；“那是我最后一次想起的中午/那是我沉下海水的尸体”⑤（《我的窗户里埋着一只为你祝福的杯子》），“王啊/他们昏昏沉沉地走着/（肉体和诗下沉洞窟）；我/如蜂巢/全身已下沉；我在太阳中。不断沉沦不断沉溺/我在酒精中下沉”（《太阳·土地篇》），“在一个特殊的时期内，海子的诗给人们提供了一个与现实断绝联

① 《海子诗全编》，上海三联书店 1997 年版，第 107 页。
② 同上书，第 292 页。
③ 同上书，第 66 页。
④ 同上书，第 118 页。
⑤ 同上书，第 121 页。

系的原型"[①]。"超验只有一个。但黏附在他的'此在'的交往过程的个体（会永远丰富）会对其内容、观念、行动和表意茫然无知，并认为这些是空洞的。"[②] 海子的写作慢慢形成"晚期风格"，借此对人类孤独心灵加以观照与触摸。但其与生活的巨大紧张与焦虑，也形成了他的"暴力"话语。他在超验与感应中，不断直逼灵魂，感知意识与现实的种种可能。其中如"大诗"中所分析的话语存在许多不当与偏颇色彩，甚至有违伦理，也导致他最终的精神分裂与命运悲剧。

随着海子诗歌"暴力美学"的逐步形成，他开始在混沌杂乱的世界秩序中建构"融合民族与人类、诗与真理合一"的大诗，其诗歌中的暴力着重于对自我经验的彻底否定。"这种暴力不是针对他人的，而是针对他自身的：自我分裂也是一种自我撕裂，他在这种给予自身的暴力中——自我撕裂——成长着"[③]，海子由此经历了从肉身的自我向审美的自我塑造与转变，他用一种近似人格分裂、精神错位的幻想呓语，直逼存在之思与心灵状况。此时的身体不再是现世的肉身，而是艺术反思的动力，诗人以他直觉与超验的体验，以"诗篇"为刀，对"自我"进行解剖，在"太阳七部书"中，很容易就可以见到种种身体景象，例如"尸体""胃""头颅""断头""爪子""肝脏""人皮"等。而且，诗人反复使用"斧子""刀"等一类暴力工具，"在黎明/在蜂鸟时光/在众神的沉默中/你像草原断裂"（《太阳·土地篇》），"那时候我已被时间错开/两端流着血/锯成了碎片"（《太阳·诗剧》），这些冰冷、孤寂的意象，呈现了诗人内心深处的悲沉与绝望。海子不仅要突破诗学转型，更

① 金肽频主编：《海子纪念文集·评论卷》，合肥工业大学出版社 2009 年版，第 6 页。

② ［芬兰］埃罗·塔拉斯蒂：《存在符号学》，魏全风等译，四川教育出版社 2012 年版，第 40 页。

③ 金肽频主编：《海子纪念文集·评论卷》，合肥工业大学出版社 2009 年版，第 9 页。

关注对时代精神的突围，这是“诗”与“思”的融合与观照。在一次次的诗歌实验与形式突围后，他的“大诗”自然有其独特的精神价值与形式意义，也成为当代诗写重要的精神遗产。如前所述，80年代末，诗歌的“反讽”叙事逐渐盛行，与消费化、物质化的大众生活紧密纠缠在一起，时代角落充斥着欲望与功利的符号。在这样的社会大背景下，海子逆流而行、迎难而上，其思想与艺术上的突围精神，显出一个时代个别诗人独有的艺术清醒与思想力量。走进海子的诗歌文本，汲取营养，回归诗性，建构经典，这成为写作者与研究者的重要参考。“海子无论如何不是一个神，而是一个活生生的人、有血有肉的朋友。他有优点，也有弱点，甚至有致命的弱点。”①

人生恰如尼采所说“行走在绳索上”，这种“行走”是必然的前行，也是存在的宿命，青春是生命的阶段，也是生命本体的象征，它在诗人眼里无疑是敏感而疼痛的，诗人从这一职业诞生初端，仿佛就意味着其“身份”要与世故、现实、欲望、物质和灌输与假想的文化意识保持距离。

海子早期的抒情“小诗”和《但是水，水》《河流》《传说》三部“大诗”，与中国传统文化紧密关联，“粮食”“村庄”“土地”这类意象在海子诗歌里一直象征着希望、收获、孕育与诞生，例如，海子写道：“秋天　丰收的篮子/天堂的篮子/盛放——‘果实’”②（《秋天》），其中饱含着诗人积极肯定的生命憧憬。但是，在海子晚期“太阳七部书”中，相同的意象却呈现出反思、否定的情绪，诗人自觉地转向了对“死亡”的形而上学的思考。从“牧歌”到“献歌”，这是海子诗学的丰富与价值所在，他自觉面对虚无、绝望、孤独、迷茫，对这种种“黑夜”意识的体验与认同，让

① 西川：《死亡后记》，《海子诗全编》，上海三联书店 1997 年版，第 929 页。

② 同上书，第 370 页。

海子对生命有了更为深入的发现与洞悉。“太阳映红的旷原/垂下衰老的乳房/一如黑夜的火把//人是八月的田野上血肉模糊的火把/怀抱夜晚的五谷/遁入黑暗之中//温暖的五谷/霉烂的五谷/坐在火把上。”[①]（《八月　黑色的火把》）“黑夜”，是客观时间，也是反思对象，诗人通过对客观现实的心里质询，去体验主观和超验感受，触摸内心与慰藉孤独。黑夜，像一张大网，罩住现实沉闷的大地，同时支配着惯常的理性思维，诗人在这片隐秘地带体验存在、反思自我、质询现实、观照内心，从而以存在之真与超验之美抚慰焦虑、迷茫的现代心灵。如此纯粹心灵的可能性探索，建构了语言的信心与哲理的能量。

诗人将其一生投入到对真、善、美的向往与营建中，不知疲倦，孜孜以求——“不在显赫之处强求，而在隐微处锲而不舍”（荷尔德林语），他以存在之真和发现之美去探索生命，寻找真谛，觅求内心共鸣、精神栖息的宁静时刻，通过审美化、艺术化途径暂时消解和克服生命焦虑与时代创伤。从这一意义上讲，现实的焦虑与困境催化了生命与艺术之诗的诞生，这些关于时代的表现主题成为海子诗学的重要内容与理论贡献。

从《早祷与枭》开始便透露出海子晚期写作“大诗”的精神倾向。他反复提到“太阳”，并对其精神实质与生命意味进行了沉思。“他要以‘太阳王’这个火辣辣的形象来笼罩光明与黑暗的力量，使它们同等地呈现，他要建设的史诗结构因此有神魔合一的实质。”[②]诗人以“枭”的形象来对话，这与晚期大诗“太阳七部书”的精神气场极为相似。从此诗开始，他自觉摆脱了青春写作的抒情话语，将抒情与哲理紧密地联系在一起，赋予生命更高的精神内涵与意指，直指“黑暗”，与“死亡”对话，在形而上学的精神维度，

① 西川：《死亡后记》，《海子诗全编》，上海三联书店1997年版，第368页。

② 骆一禾：《海子生涯》，《海子诗全编》，上海三联书店1997年版，“序”第3页。

进行本体反思与自我建构。此诗不断出现“死”“死后”“沉落”“绝壁”“坟墓”“哭声”“埋下”等“字眼”，既显示出诗人混沌黑暗的创作状态，也呈现了诗人思考精神突围的途径，诚如“早祷”，虽然面对的是“死亡”，但是吁求的却是内心安宁和时代突围，在诗中探寻远离现实世界的焦虑、艰辛、创伤和虚无的可能。在海子标署时间为“1986.12”的《诗集》中，第一次出现了“王”的意象，而他又是与“村庄”联系的，这无疑构成了海子晚期“太阳七部书”创作上的两大精神来源：一是母体文化（村庄、麦地、华夏文化、农耕文明）；二是他者文化（王、太阳、基督、弥赛亚）。“诗集/珠宝的粪筐”，“诗集，穷人的丁当作响的村庄”，诗人所遭遇的世故、误解、漠视、艰辛等苦难经历已被诗人转化成艺术创作的资源与能量。这种苦难的生命体验把诗人从现实维度拉开，与之保持距离，从而创造黑暗孤独、焦虑心灵的精神之诗与生命之诗。在一个诗意日益丧失的“贫困年代”，伟大诗篇通过语言创造提供了诗性言说和精神运思的可能，维系了生命的诗意通道。“诗集，我嘴唇吹响的村庄/王的嘴唇做成的村庄”，海子极为重视他的写作状态，这些“诗集”是“我”（“王”）用“嘴唇吹响”、用“嘴唇做成”的“村庄”，“村庄”，意味着收成和精神的归依，“诗人的天职是返乡，惟通过返乡，故乡才能作为达乎本源的国度而得到准备。守护那达乎极乐的有所隐匿的切近之神秘，并且在守护之际把这个神秘展示出来，这乃是返乡的忧心”。[①] 海子通过“诗篇”孕育、建构他的精神故乡，其“王者”心态再次确证了诗人的艺术信心与思想抱负。

荷马是瞎子，但他却为人类贡献了伟大的《荷马史诗》；阿炳是瞎子，他却是民间最伟大的艺术家之一。诗人，无疑是人类心灵的精神探险家，这类精神探险和冒险是对人类思想的反思与哲理的

① ［德］海德格尔：《荷尔德林诗的阐释》，孙周兴译，商务印书馆2000，第31页。

探索，是对生命力最隐秘精神世界的灵魂观照与沉思。他是黑暗道路上的夜行者，“我的耳朵是被春天晒红的花朵和虫豸”，诗人的耳朵是聆听思想与艺术的耳朵，它犹如春天灿烂的花朵，呈现着耀眼的鲜红与赤热，也如辛勤耕耘的“虫豸”蜜蜂，收获着充盈与喜悦，还可能是另一类与花朵无关的虫类，但它却时刻在倾听喧哗与嘈杂，抑或孤寂与安宁。

海子的《死亡之诗》指向了对焦虑、虚无、困乏、无力、孤寂、迷茫的存在性思考。诗人的精神探险和冒险是对被语言遮蔽了的精神世界的探索，通过语言，探索自我真实的心灵秘密。“从抒情出发，经过叙事，到达史诗，他殷切渴望建立起一个庞大的诗歌帝国：东起尼罗河，西达太平洋，北至蒙古高原，南抵印度次大陆。”[①]诗人成为被现实和时代所遮蔽的黑暗道路上的夜行者，简单而孤独，执着而清醒。

海子写道：“漆黑的夜里有一种笑声笑断我坟墓的木板/你可知道，这是一片埋葬老虎的土地//正当水面上渡过一只火红的老虎/你的笑声使河流漂浮/的老虎/断了两根骨头/正在这条河流开始在存有笑声的黑夜里结冰/断腿的老虎顺河而下，来到我的/窗前//一块埋葬老虎的木板/被一种笑声笑断两截。”[②]（《死亡之诗（之一）》）黑夜，成为海子形而上学思考的文化语境与心灵在场，“笑声”从现世传来，在“这是一片埋葬考虑的土地”里，“笑声笑断我坟墓的木板”，老虎“在水面上渡过”“漂浮”，最终断了“两根骨头”，笑声四起的黑夜是何等寒冷，这是现世的隐喻，“河流”因而“结冰”，由此联想“死亡”是如此僵冷与真实，这只“断腿的老虎顺河而下”，在冰冻的河面上行走，以生命在场抵达我的“窗前”。“老虎”不只是诗人的沉思客体，也是写作主体的精神

① 西川：《怀念》，《海子诗全编》，上海三联书店1997年版，“序”第9页。

② 《海子诗全编》，上海三联书店1997年版，第133页。

关怀，海子最终要实现的是对“诗人”这一身份的建构。“坟墓”埋葬了“老虎”，“这也是一片埋葬老虎的土地”，而这片“土地”的主人是“谁”呢？也许是“命运”自身。诗人之所以成为诗人很大程度上源于对苦难所持有的同情态度和对存在真相所毗邻的虚无状态的积极审视，通过对虚无的友爱与亲切聆听，触摸自身无法逃避的孤寂与创伤，这也许是“死亡之诗”不断激起读者情感共鸣的真正原因。

海子在《哭泣》中写道：“哭泣——一朵乌黑的火焰/我要把你接进我的屋子/屋顶上有两位天使拥抱在一起/哭泣——我是湖面上最后一只天鹅/黑色的天鹅像我黑色的头发在湖水中燃烧/用你这黑色肉体的谷仓带走我/哭泣——一朵乌黑的新娘/我要把你放在我的床上/我的泪水中有对自己的哀伤”，海子在《哭泣》中写到了“哭泣”，诗人敏感而单纯，面对世界更多地以感伤式的“哭泣”来抒怀与表达诗人的发现与洞见（这一点不同于小说家，后者更喜欢用“笑声”对世界做出回应）。“哭泣——一朵乌黑的火焰/我要把你接进我的屋子”，海子选择了一种主动的方式亲近“哭泣”，让哭泣返回内心深处。此时，“屋顶上有两位天使拥抱在一起”，幸福的天使，孤独的天使，“哭泣——我是湖南上最后一只天鹅/黑色的天鹅像我黑色的头发在湖水中燃烧/用你这黑色肉体的谷仓带走我”，诗人指出了“天鹅”就是悲伤的自己，纠结于思想的泥潭与湖泊，幽深廓远，不可触摸，而又如此逼真，导引进入意识深处的精神深渊，“黑色肉体的谷仓”变成了孕育精神实体的文化城堡，丰富与提升了诗人对自我与现实境遇的现实反思与命运观照。“哭泣——一朵乌黑的新娘/我要把你放在我的床上/我的泪水中有对自己的哀伤”，诗人形象地用“我”与女性的关系把“哭泣”比作“新娘”，企图以想象与占有方式拥有“哭泣式”的体验与自省，完成这类否定性情感与形式对于人心与人性的心灵建构与哲理观照。

真正的诗歌无疑是纯真的、梦想的、吟唱的和理想主义的，这些都是“青春写作”的特点，也是诗歌的特点。“理想”“爱情”“死亡”这三个主题构成了海子早期诗歌写作的重要特征，对这三类主题的关注，呈现了青春写作的激情与梦想，其中有困境，有压抑，更有向往与释放。海子的诗歌写作，完美地体现了“青春写作”的特征，这也是海子诗歌在今天仍然具有不凡的影响力且不断引起当代年轻诗歌爱好者共鸣与认同的原因所在。

他在《莫扎特在〈安魂曲〉中说》中写道：“请在麦地之中/清理好我的骨头/如一束芦花的骨头/把它装在琴箱里带回”，“当我没有希望/坐在一束麦子回家/请整理好我那零乱的骨头/放入那暗红色的小木柜，带回它/像带回你们富裕的嫁妆”。“安魂曲”，是莫扎特写给时代的挽歌，亦是诗人海子“自我”的命运，呈现了命运无法逃避自身的哀伤与痛楚。像莫扎特、海子这类具有时代洞察力的天才，他们能够敏锐而清醒地看到人类自身的局限（虚无），并试图通过艺术书写来消解、克服负面性和否定性的生命情绪，以书写者的文化立场与思想身份慰藉、抚摩时代困倦疲惫的现代心灵。诗人在1986年还写了大量赠诗，借赠诗与先贤对话，表现诗人的思想发现与生命体悟，比如，萨福、安徒生、梭罗、托尔斯泰、卡夫卡、莫扎特。他们同属于一个精神家园，对人类思想的精神冒险、对爱的执着、对人类绵绵苦难的深刻同情，同气相求。与这个家族中诗人、哲学家、音乐家的对话，折射出海子的审美趣味和思想境界。“有境界则自成高格”（王国维语），海子独特的思想抒情与抒情思想，走出了“第三代诗”中“口语写作”一脉“非诗”写作的误区，实现了“诗人”自我身份的积极建构。“请在麦地之中/清理好我的骨头/如一束芦花的骨头/把它装在琴箱里带回”，“当我没有希望/坐在一束麦子回家/请整理好我那零乱的骨头/放入那暗红色的小木柜，带回它/像带回你们富裕的嫁妆”。

在《给卡夫卡》这首诗里，诗人同样赞美了卡夫卡这类有着思想良知的精神写作。在习惯于现有体制与既有生活秩序的世人看来，他们无疑成了“在冬天放火的囚徒”，生活的现实语境，使诗人清晰的明白，“当他被身后的几十根玉米砸倒/在地，这无疑又是/富农的田地”，这首抒情小诗呈现给读者一种精神困境，以及在这困境中诗人的独立思考。“当他想到天空/无疑天空还是被太阳烧得一干二净”，“太阳”似乎成为与“天空”相对的某种障碍物或者施压者，“这太阳低下头来，这脚镣明亮/无疑还是自己的双脚，如同核桃/埋在故乡的钢铁里/工程师的钢铁里”，“太阳”低头展示明亮的“脚镣”——使精神与思想的行走受到束缚的压力，最终“埋在故乡的钢铁里/工程师的钢铁里”，“工程师”无疑就是现代工业的象征。如此种种，对向往自然、人性、诗意的海子而言，只能借助诗歌捕捉已然消失的“故乡”，慰藉现代工业时代人们迷茫而苍白的疲倦心灵。

海子生前的“献诗”中多次出现“黑夜”这个意象。“黑夜”意味着人类精神的困境，海子像荷尔德林、里尔克、特拉克尔等伟大心灵一样，积极转化黑暗生命中消极否定性的情感体验，敢于直逼黑暗。“在分析了以往作家、艺术家的工作方式与其寿限的神秘关系后，海子得出这一结论；他尊称那些‘短命天才’为光洁的‘王子’。或许海子与那些‘王子’有着某种心理和写作风格上的认同，于是‘短命’对他的生命和写作方式形成了巨大的压力。”① 从“黑暗”出发，勘探人类被遮蔽的精神意识与生命可能。“黑夜”，既是实指的黑暗状态，也可归结成某种否定情绪——一种“向死而生”的存在意识，通过否定之否定来呈现人类精神世界的某种可能。“海子用生命的痛苦、浑浊的境界取缔了玄学的、形而上的境

① 西川：《死亡后记》，《海子诗全编》，上海三联书店 1997 年版，第 923 页。

界作独自挺进……‘冲击极限’。”[①] 诗人必须远离客观现实与时代，通过精神遨游与超验想象的艺术书写，释放、缓解客观现实的焦虑与苍茫。“黑夜”，是自然的能指，也是生命的所指，“黑夜降临，火回到一万年前的火/来自秘密传递的火，他又是在白白地燃烧”，火，来自黑暗并照亮黑暗。只有大胆的质询和冷静的沉思，才能深刻望见这“秘密传递的火”。这种精神之火照亮光明道路，让“火回到火　黑夜回到黑夜　永恒回到永恒”，精神之火不灭，铸就“永恒”，“黑夜从大地上升起　遮住了天空”，黑暗的“天空”因为有了内部“黑夜”的升腾，从精神高处继续导引、上升，变成“大地”的光明与憧憬。

然后，海子最终还是逝离而去。诗人西川把海子自杀的原因归纳为：自杀情结、性格因素、生活方式、荣誉问题、气功问题、自杀导火索（感情原因）、写作方式与写作理想等。“海子去世以后，理论界大多从形而上学的角度来对海子加以判断。我不否认海子自杀有其形而上的原因，更不否认海子之死对于我们这个时代的精神意义，但若我们把海子框定在一种形而上的光环之内，刚我们便也不能洞见海子其人其诗，长此以往，海子便也真会成为一个幻象。”[②] “海子的死带给了人们巨大和持久的震撼。在这样一个缺乏精神和价值尺度的时代，有一个诗人自杀了，他逼使大家重新审视、认识诗歌与生命。”[③]

如许多论者所言：“海子不是一个事件，而是一种悲剧，正如酒和粮食的关系一样，这种悲剧把事件造化为精华；海子不惟是一种悲剧，也是一派精神氛围，凡与他研究或争论过的人，都会记忆犹新地想这种氛围的浓密难辨、猛烈集中、质量庞大和咄咄逼人，

---

① 骆一禾：《海子生涯》，《海子诗全编》，上海三联书店 1997 年版，“序”第 4 页。

② 西川：《死亡后记》，《海子诗全编》，上海三联书店 1997 年版，第 921—922 页。

③ 同上书，第 920 页。

凡读过他作品序列的人会感到若理解这种氛围所需要的思维运转速度和时间……海子是得永生的人，以凡人的话说，海子的诗进入了可研究的行列。”① “海子用生命的痛苦、浑浊的境界取缔了玄学的、形而上的境界作独自挺进，西川说这是‘冲击极限’。”② “海子在文本体式上的‘残篇策略’也许都是在作出某种暗示，暗示其文本残篇其实只是其‘精神残篇’的一种象征。一方面，其任何残篇实际上都可以独立成篇来读；另一方面虽然每一个残篇都意味着还有无穷的话，但是再无穷的话也难掩诗人那里注定要发生的精神短路。”③ “海子早期诗作中的少女后来变成了天堂中歌唱的持国和荷马，我不清楚是什么使他在 1987 年写作长诗《土地》时产生了这种转变，但他的这种转变一下子带给了我们崭新的天空和大地，海子期望着从抒情出发，经过叙事，到达史诗，他殷切渴望建立起一个庞大的诗歌帝国：东起尼罗河，西达太平洋，北至蒙古高原，南抵印度次大陆。”④ 海子一开始就是健康的、沉潜的、深沉的，他以抒情呈现情怀，以思想把握诗意，以丰富而深刻与奇诡的诗歌意象、陌生化的语言、超现实主义的创作手法、向死而生的黑暗意识来建构宏大的精神气场并寻找灵魂出路。显然，海子为当代文学与文化留下了重要的精神遗产，他成为一种精神符号启示播撒了文学的传统与诗性。海子的精神生命如植物一样繁茂地生长于诗意的大地，他重建了当代诗歌的个体意识、担当精神、诗性传统与文化信心。

专著《“独自走上我的赤道”：海子“大诗”谫论》完成于 2010 年 12 月至 2013 年 12 月，就海子早期、晚期的十部“大诗”

① 骆一禾：《海子生涯》，《海子诗全编》，上海三联书店 1997 年版，“序”第 1 页。

② 同上书，“序”第 4 页。

③ 胡书庆：《大地情怀与形上诉求》，河南人民出版社 2007 年版，第 166 页。

④ 西川：《怀念》，《海子诗全编》，上海三联书店 1997 年版，“序”第 9 页。

做了梳理。海子的晚期诗歌，其混沌与混乱之处，不仅表现为写作上的不完整性，还在于他思想中的芜杂性和伦理话语纠缠的矛盾。这些因素也是研究与构建海子“大诗”写作景观与灵魂内核的困难所在。不断返还海子作品的研读，不断吸纳同行的研究成果，断断续续的四年研究与写作，慢慢形成了近期的这个“果实”。2017 年 1 月至 3 月，经过两个多月的密集修改，重新将海子的生命诗学统一于论者近些年通过读诗、写诗和海子研究的个人体验而形成的超验诗歌论这一诗学体系内，将诗论与哲学阐释结合起来。

从 2011 年初稿完成，到 2017 年年初定稿，历经六年。跨度之大，笔者从未写过如此艰难的一部书。鉴于海子研究的难度与复杂，笔者时刻警惕自己“过度阐释”与“强制阐释”对海子诗歌研究的伤害与破坏，对于海子“大诗”的得失，竭力做出客观的阐释，但仍有附加与“过度”之“读解”。在肯定海子“大诗”的贡献的同时，也指出其不当与谬误之处。需要指出的是，针对海子“大诗”的复杂性与错乱性，再加上诗歌研究这一体裁本身的特殊性，难免有“强制阐释”之嫌，甚至臆想与猜测的成分。这也是诗歌研究的特殊性所决定。研究海子，经历了从初始写作时的“自我”共鸣与兴奋、写作过程中的骑虎难下与负担沉重到晚期的极度压抑，直至今天读到“让我离开你们　独自走上我的赤道　我的道/我在地上的道/让三只悲伤的胃　燃烧起来/（耶稣　佛陀　穆罕默德）/三只人类身体中的粮食/面朝悲伤的热带吟诗不止。//让我独自度过一生”（《太阳王》），我第一次流下了眼泪，这完全是“疯子”的话语，在疯癫之后，愈加能够感受到诗人的单纯与萌真，以及笔者因对其“着魔”试图保持客观淡化而不得的无奈与无力。

当下诗坛仍然强调口语叙事机智与反讽的同一性与雷同化，而海子诗学的价值意义正在于他对反讽这种成熟修辞的向死而生的冲击和对隐喻式神话写作的坚守与超越。但在反讽的时代语境中，这种精神写作与文化意识自然不得不遭受现实的忽视与毁灭。因而，对当下文化中虚无意识的精英式抗争和对精神写作的顽强坚守是继续探讨海子诗歌的积极意义所在。

海子短暂的一生留下了许多重要的经典作品，为当代文学与文化留下了重要精神遗产。海子与其作品均成为一种文化符号，播撒着文学的经典化、思想化的写作传统，在人们遭遇精神危机之际不断启示着一种诗性的生活与生存。约翰·多恩（John Donne）写道："无论谁死了，/我都觉得是我自己的一部分在死亡。/因为我包含在人类这个概念里。因此我从不问丧钟为谁而鸣，/它为我，也为你。"（《没有人是一座孤岛》）海子的创作，是对时代与人性最具有感染力量的精神回声，为我们认识当下时代精神、生命意识提供了一条精神通道。

因此，对海子一生十部"大诗"的诗性与诗学考察，旨在探索这种民族与人类书写的精神价值与可能。诗人在认知思维上的人类意识与时代精神的综合与毕其一生的践行与沉思，为当下文化重建与精神导向提供了具体的反思文本与观照对象。他的超验诗写的精神底蕴与形式实践，以及背后的文化意识与历史担当，在当代文学历程中极其少见。海子为当代诗歌建构了一种自我认同与写作伦理，让诗人重新回到"诗人"这一身份，洞悉生命的局限与忧伤，其"向死而生"的"黑夜意识"成就了生命的另一种可能，这正是海子与所有执着坚守诗意书写的诗人最具价值和意义的伟大之所在。

此书顺利出版，得益于广西民族大学文学院对青年学者治学与学术研究所提供的宽松氛围与工作环境，以及给予的学科经费资助。笔者一直认为，个人的写作与学术成长和这个集体中的"写作"传统密不可分。感谢所有的领导、同事，以及编辑老师，他们都是"贵人"，没有他们的扶持与推助，就没有笔者今天。他们启迪了笔者的耐心与坚持，更专注于字里行间的实诚与情义；他们的缮性扶持与诗意认同，赋予了笔者完成此书的能量与信心。这种感激之情也送给一届届共同追求“写作”梦想的作家班同学。与其说这是一部专著，毋宁说是一部“作品”，它由海子与“我”共同完成。做正确之事，做有情有义之事，是一个理想，也是一件工作——时常如此提醒自己。

2017年3月19日